ROBYN CARR

Club de amigas

Editado por Harlequin Ibérica.
Una división de HarperCollins Ibérica, S. A.
Avenida de Burgos, 8B - Planta 18
28036 Madrid
www.harlequiniberica.com

© 2024, Robyn Carr
© 2025 Harlequin Ibérica, una división de HarperCollins Ibérica, S. A.
Club de amigas, n.º 314 - 23.4.25
Título original: The Friendship Club
Publicada originalmente por Mira Books, Ontario, Canadá
© De la traducción: Ester Mendía Picazo

ISBN: 979-13-7000-509-2
Depósito legal: M-2979-2025
Impreso en España por: BLACK PRINT
Fecha impresión Argentina: 20.10.25
Distribuidor exclusivo para España: LOGISTA
Distribuidor para México: Distibuidora Intermex, S.A. de C.V.
Distribuidores para Argentina: Interior, DGP, S.A. Alvarado 2118.
Cap. Fed./Buenos Aires y Gran Buenos Aires, VACCARO HNOS.

Capítulo 1

—Y... hemos terminado —dijo el director—. Creo que tenemos todo lo que necesito. Lo editaré y podrás revisarlo.

—Gracias, Kevin —dijo Marni—. Mi hermana y mi hija van a venir a tomar una copa de vino. ¿Te apetece tomarte algo con nosotras para celebrar el final de otra temporada?

—Gracias, pero voy cronometrado. Nuevo bebé en camino.

—¡Es verdad! ¿Cómo está Sonja?

—Enorme —dijo él riéndose—. Pero el bebé sigue creciendo. La matrona dice que aún le quedan unas semanas más. Sonja estuvo una hora llorando cuando lo oyó.

—Recuerdo esa sensación como si fuera ayer. Más te vale estar cerca de ella. Gracias por todo esta temporada. Creo que tenemos buen material.

Entonces Marni se giró hacia su becaria, Sophia Garner, y dijo:

—Pero tú te quedas, ¿no?

—No me lo perdería. Creo que va a ser una especie de reunión de asesoramiento.

—Ay, qué bien. Me encantan —dijo Marni con una pizca de pánico—. Si Ellen y tú recogéis, sacaré unos aperitivos.

Cómo no, Marni estaba preparada. Solo hacía falta un poco de elaboración y presentación. Marni Jean McGuire trabajaba todos los días y se tomaba muy pocos descansos de cocinar, escribir, estudiar, viajar y experimentar con recetas nuevas, aunque solo grababan los segmentos del programa sesenta días al año. Aun así, las grabaciones eran intensas. Dos veces al año grababan durante treinta días a lo largo de seis semanas, suficiente para dos temporadas. Era la presentadora de uno de los programas más famosos de la televisión por cable. Hoy era el último día de grabación y siempre lo celebraban.

La cocina de Marni era básicamente un plató; lo grababan todo en su casa en lugar de en un estudio. Sonrió al ver a su productora, Ellen, tan afanosa recogiendo y limpiando con Sophia. Ellen era una chef de verdad, pero no tenía ningún interés en estar delante de la cámara. Sophia, por su parte, adoraba la cámara y la cámara la adoraba a ella. Después de haber aparecido en pantalla accidentalmente unas cuantas veces, había conquistado a los telespectadores con su agudeza mental y su delicioso acento.

Marni cocina era muy popular, pero presentar un programa de televisión nunca había sido el objetivo de su vida. Ni mucho menos. Le había caído encima como un glorioso milagro. Cuando era una joven madre viuda y había hecho todo lo posible por sacarse un dólar y criar a su pequeña Bella. Había aceptado un empleo sirviendo muestras de comida para una cadena de supermercados. Con su niña en un portabebés a la espalda, se convirtió en toda una sensación. Vendía todas las existencias de su producto día tras día, probablemente porque Bella era muy graciosa y juguetona, y Marni, aunque no había tenido una vida fácil, era agradable y accesible. Casi inmediatamente después de haber empezado en ese trabajo, los compradores iban a buscarla y a charlar con ella. Le daban buenas valoraciones y les comentaban a los gerentes de las tiendas lo mucho que les gustaba.

En una ocasión cubrió el puesto de demostradora de productos para la misma cadena de supermercados y les mostró a los interesados clientes cómo picar verduras, espiralizarlas y cortarlas en rodajas y en tiras. De nuevo, Bella la acompañaba. Las guarderías eran carísimas. El sentido del humor de Marni y su facilidad para estar delante de una pequeña audiencia encandiló a la gente, incluyendo al productor de un canal de televisión. La contrataron para hacer un par de recetas semanales en un programa matutino local. Además, hizo demostraciones de cocina en ferias y exhibiciones, publicó un par de pequeños libros de recetas, ayudó en servicios de cáterin, empezó a escribir una breve columna de cocina para el periódico y sustituyó a algunos chefs cuando estos no estaban disponibles para acudir como invitados en distintos programas de cocina. Luego consiguió un trabajo a tiempo completo como chef en directo para un programa de cocina de la televisión por cable. En aquel momento tenía treinta y dos años. Su audiencia creció rápidamente y poco después ella contrató a Ellen, que era experta en el tema por derecho propio. El programa de Marni se vendió a un montón de cadenas afiliadas y su popularidad siguió creciendo. Sabía que debía su éxito tanto a Ellen como a su propio esfuerzo y trabajo. Ellen tenía un don para crear elaboraciones exquisitas, pero era tan introvertida que jamás había accedido a salir delante de la cámara con Marni.

En manos de Ellen, la comida se convertía en una pura y vívida maravilla, y con el tiempo ella se había convertido en productora asociada gracias a

Marni. Ella sabía que tener a Ellen era todo un regalo y la cuidaba muy bien. Y, a su vez, Ellen sabía la gran oportunidad que tenía con Marni. Nadie más en el negocio le permitiría cocinar sin asumir responsabilidades de dirección y, aun así, le pagaría tan bien. Cada vez que la suerte de Marni mejoraba, Ellen salía beneficiada también.

Poco más de veinte años atrás, Marni había conocido a Jeff, un presentador de noticias de la cadena local afiliada. Desde la pérdida de su joven esposo cuando Bella solo tenía nueve meses, no había tenido esperanzas de volver a encontrar a un hombre con el que poder estar para siempre, pero el destino la había sorprendido al traerle a Jeff. El suyo era un amor fantástico, lleno de promesa y pasión. Habían sido un equipo desde el principio, ambos trabajando en la televisión y siendo muy visibles en la comunidad. Trabajaban juntos, apoyándose y alentándose. Jeff era un padrastro fantástico para Bella y con orgullo la había llevado hasta el altar seis años atrás.

Poco después, algo cambió. A Marni le preocupaba que una mujer con la que Jeff trabajaba tuviera dobles intenciones. Llevaba años al acecho, enviándole mensajes, pidiéndole consejo y diciendo a los cuatro vientos que era su amiga, su protegida y su apoyo constante. En muchas ocasiones Marni le había advertido a Jeff que tenía que tener cuidado y no darle coba a esa mujer, y él siempre había respondido que podía manejar la situación. Pero su comportamiento cambió y Marni empezó a sospechar. Los pilló enrollándose en el coche de Jeff, en el aparcamiento de un parque local ubicado bajo la sombra de las preciosas Sierras.

Al ser consciente de lo que estaba presenciando, condujo muy despacio hasta el coche y plantó las manos en su claxon. Ellos, espantados, se separaron del bote que pegaron. Fue divino.

En aquel momento supo que su matrimonio, del que tantísimo había disfrutado, estaba acabado. Sin duda, Jeff llevaba años mintiendo y llevando una doble vida. El dolor que le produjo fue atroz. Pero en el fondo sabía que Jeff y esa mujer tenían lo que se merecían: el uno al otro. Ninguno era sincero ni leal. Al instante supo que no estaría ni un segundo más con un hombre capaz de mirarla a los ojos y engañarla. Le dijo que se fuera. Él no discutió ni intentó salvar el matrimonio, pero sí que contrató a un buen abogado y luchó por un sustancioso acuerdo. En aquella época ambos tenían unas carreras sólidas, pero Marni le sacaba ventaja y Jeff buscaba llevarse un buen pellizco de ese éxito; de hecho, se atribuía el mérito por haberle dado tantos consejos maravillosos. Al menos, así lo veía él.

Ante la insistencia de Marni, llegaron a un acuerdo y se divorciaron rápidamente. Ella había dudado si debería pararse a reflexionar, tal vez probar con terapia matrimonial, pero su instinto le dijo que le pusiera fin enseguida. Y cuando él pidió un porcentaje de sus futuras ganancias, ella supo que no se había equivocado. Eso tenía que acabar lo más rápido posible. Le dio la mitad a pesar de que él no había ganado la mitad. Como no había niños menores ni negocios de por medio, Jeff no pudo sacar más. Marni le dio un cheque, le dijo adiós y salió huyendo de la quema. Descubrió que se puede correr a toda velocidad incluso con el corazón roto.

Tras un par de años odiándolo, las cosas se calmaron. Había entregado más dinero del que le parecía justo, y desde luego más del que Jeff se merecía, y eso la enfurecía, pero al menos, en su corazón, la relación estaba acabada. Y como el karma tenía muy mala leche, a Jeff lo bajaron de categoría en su trabajo mientras que la popularidad de ella se puso por las nubes.

Jeff había usado el dinero del acuerdo para abrir un restaurante con la esperanza de sacar provecho de la notoriedad de Marni como chef televisiva. Pero Gretchen, la otra mujer, era su socia en el negocio y Marni se negó a apoyar el restaurante. Mientras él estaba ocupado intentando aprovecharse de su éxito, ella se limitó a agachar la cabeza, trabajar mucho y hacerse más popular incluso.

Luego se produjo un cambio radical. Jeff no se había casado con Gretchen, pero se había gastado mucho dinero en ella y la pilló engañándolo. Al final, ella lo abandonó sin contemplaciones y lo dejó convertido en un hombre roto, mucho más pobre y con un restaurante en apuros. Por supuesto, él se plantó ante Marni arrepentidísimo, suplicándole que lo perdonara. ¡Diciéndole que dejarla marchar había sido el mayor error de su vida!

—De eso no hay ninguna duda —había dicho Ellen.

—A buenas horas —había dicho Bella, que estaba más enfadada que Marni, si cabía, por la traición de Jeff.

—Los hombres son tontísimos —había dicho Sophia al oír la historia.

Hacía tiempo que Marni había dejado de quejarse a sus amigas.

A Jeff le había dicho:

—Me has roto el corazón y has hecho añicos mi familia. No esperes compasión de mí.

—No lo entiendes, Marni. Creo que me ha

utilizado y me ha puesto en tu contra cuando eres la única mujer que de verdad me ha querido.

—Ay, sí, creo que lo entiendo perfectamente —había dicho ella.

Esa historia era tan antigua como el tiempo. Jeff había sucumbido a los halagos y había estado pensando con la polla. Por muy arrepentido que estuviera, ella sería idiota si volvía a confiar en él. Y no era idiota.

Pero sí que había aplacado un poco su ira y ahora tenían una relación cordial. De vez en cuando Jeff la llamaba o le escribía o se pasaba a verla, pero los cerrojos de la casa llevaban tiempo cambiados. En el último par de años él le había propuesto salir a cenar y ella siempre lo había rechazado. Con gran torpeza, Jeff incluso le había sugerido que le cocinara algo.

—Una de tus recetas nuevas favoritas. Me encantaría.

—Ni lo sueñes —había respondido ella.

Marni oyó el lavavajillas ponerse en marcha y salió de sus pensamientos del pasado. Sacó los canapés de pesto del horno y la salsa de alcachofas de la nevera y oyó a Kevin marcharse.

La puerta volvió a abrirse.

—¿Mamá? —gritó Bella.

—¡Aquí! —dijo Marni—. ¿Cómo está el Bollito?

Bella estaba embarazada de cinco meses y preciosa. Había sido un embarazo muy difícil de lograr a base de carísimos procedimientos de fertilización *in vitro*.

—Un poco juguetón —dijo ella con una sonrisa de orgullo.

La puerta volvió a abrirse y Nettie, la hermana de Marni, accedió desde el garaje.

Marni llevó los aperitivos, la atracción principal,

desde la isla de la cocina a la larga mesa de café rectangular del salón mientras Ellen llevaba una bandeja con copas de vino. Sophia las seguía con un gran cubo ovalado lleno de hielo y dos botellas de vino blanco abiertas. Volvió a por una botella de sidra espumosa sin alcohol, metida en un cubo de hielo sobre un trípode, para Bella, que no podía beber.

A Marni le encantó verlas entrar. Eran sus amigas, sus seres queridos. Ellen entraba en los sitios ágil y elegante, con su algo más de metro ochenta y actitud tímida. Llevaba el pelo, antes rubio y ahora canoso, en un sencillo corte estilo paje. Siempre agachaba la cabeza ligeramente y Marni no sabía si era porque su altura la hacía sentirse incómoda o por su timidez.

Nettie, diez años más joven que Marni y madre de dos niños, era profesora de Lengua Inglesa en la universidad de Reno.

Marni puso un par de bandejas más de aperitivos, Sophia colocó servilletas por todas partes, Ellen sacó una butaca para que Bella apoyara los pies y todas se acomodaron. Primero hubo un brindis.

—Por una buena temporada, creo —dijo Marni—. Una de las mejores. Mañana duermo hasta tarde.

Brindaron, llenaron los platitos y desdoblaron las servilletas. Y Marni miró a su alrededor envuelta en una reconfortante satisfacción. Ese era su lugar feliz. Ese salón con sus mejores amigas y su familia. Y fuera, a través de las puertas del patio y reflejadas en la piscina infinita del jardín trasero, se veían las montañas de Sierra Nevada, aún cubiertas de nieve a pesar de que era mayo. Todas vivían en Breckenridge, Nevada, un pintoresco pueblecito enclavado en la base de la cordillera, justo al sur de Reno y del lago Tahoe. Había una carretera serpenteante, que, sin ser exactamente un secreto, era poco conocida, recorría las montañas en zigzag y bajaba hasta el lago Tahoe. Los que habían crecido en Breckenridge la conocían bien.

Era un pueblo dedicado a la agricultura y al esquí, con las montañas muy cerca y precioso, con unas lujosas vistas de la naturaleza en todo su esplendor. Para Marni era parecido a Austria.

Marni había supervisado cada aspecto de la construcción de esa casa, que tenía la cocina como punto focal. Jeff y ella habían estado casados en aquel momento, pero, aunque él había colaborado dando consejos y ayudándola a supervisar la obra, la casa era de ella. Fue ella quien aprobó los planos y la convirtió en parte de su negocio. Y le encantaba. Sabiendo que la casa saldría en pantalla, la había decorado de una forma preciosa, con tonos beis, marrón, rosa y malva. La redecoraban casi anualmente por la misma razón: actualizarla para los telespectadores. Pero para Marni lo más importante era que la casa fuera como un abrazo para ella, que la hiciera sentirse segura y protegida.

Cuando Jeff se fue, ella enseguida llenó el vacío que había dejado.

Lo de llenar el vacío que le había dejado en el corazón había llevado más tiempo. Aunque había dejado de quererlo y había dejado de odiarlo, ahí seguía habiendo un agujero. Uno negro y frío que con frecuencia le recordaba que no tenía talento para el amor.

—Pues resulta que Nettie, Sophia y yo hemos estado hablando sobre que... —dijo Bella.

Al instante Marni pensó que de ahí no podía salir nada bueno.

—... llevas sola demasiado tiempo —continuó Bella— y deberías empezar a salir con gente.

—Seguro que lo hacéis con buena intención, pero no tengo ningún interés en volver a casarme —dijo Marni.

—¿Quién ha dicho nada de casarse? —contestó Bella—. No es que vayas a ponerte a formar una familia, pero ¿no estaría bien tener un novio? ¿Un compañero? Al menos deberías echar un vistazo. Solo tienes cincuenta y siete años. ¡Te quedan años de diversión por delante! ¿No quieres tener a alguien con quien disfrutarla?

—Bella, eso no se me ha pasado por la cabeza en ningún momento —dijo Marni. Y lo dijo con un tono bastante hastiado—. He estado casada dos veces, pero me he pasado sola gran parte de mi vida adulta. A lo mejor no estoy destinada a tener pareja.

—Pero sí que estás destinada a ser una empresaria de éxito —dijo Ellen con tono suave pero ferviente. Dio un trago de vino—. Y a tener unas amigas maravillosas.

—Estoy bastante feliz con mi vida —dijo Marni.

—No has estado casada tanto tiempo —dijo Bella—. ¿Con mi padre cuánto? ¿Dos años? ¿Y con Jeff? ¿Quince o así? A lo mejor es hora de tener otro tipo de relaciones. No tienes por qué casarte, pero ¿no estaría bien tener a alguien que esté deseando verte para cenar juntos? ¿O con quien viajar de vez en cuando? ¿O simplemente con quien poder hablar?

—Tengo mucha gente con la que poder hablar —dijo Marni.

—¿O con quien echar un polvo? —señaló Sophia.

Todas se rieron.

—Ni se me ha pasado por la cabeza —dijo Marni. Pero era mentira. Era prácticamente lo único que se le pasaba por la cabeza en lo que respectaba a los hombres, pero parecía que los riesgos superaban con creces los beneficios. Luego tocaría hacer malabares con las emociones para decidir si valía la pena arriesgarse. Y, una vez cruzabas esa línea, venía demasiada introspección para decidir si el hombre en cuestión te gustaba lo suficiente como para tener que preocuparte por pequeñas cosas como el orden y la pulcritud. O grandes cosas como la fidelidad. ¿Y qué pasaba con lo de la posibilidad de descubrir que tu dinero le gustaba más que tú? ¿Y lo de plantearte a la larga si tu corazón sería lo bastante fuerte para soportar descubrir que él había encontrado a alguien que le gustaba más? Alguien más joven, más guapa y más lista. Alguien que tuviera el poder de llevárselo, usarlo un tiempo, quedarse con su dinero, que resultaba que era el tuyo, y luego abandonarlo. Como Gretchen le había hecho a Jeff.

O tener que preocuparse por que él se enfadara mucho y... le pegara.

—Mamá, ¿no te sientes sola?

—Estoy demasiado ocupada para sentirme sola.

Pero ¡por supuesto que se sentía sola! Sería una maravilla tener a alguien ahí que te quisiera y respetara. Alguien cerca en quien poder confiar y con quien poder contar de verdad si lo necesitabas. Alguien a quien le gustaras de verdad tal como eras, alguien a quien le parecieras una monada por dormir con la boca abierta y soltar algún que otro sonido parecido al de una motosierra...

—No pasaría nada por echar un ojo —dijo Nettie.

—Venga, mamá. ¿Qué dices?

Marni soltó una risita.

—¡No sabría ni por dónde empezar!

—¡Pero me tienes a mí! ¡Y te he creado un perfil! Creo que deberíamos mirar algunas webs de citas.

—¿Deberíamos?

—Yo puedo ayudarte —dijo Bella—. Soy objetiva.

—Ay, Dios —gimoteó Marni.

—Vale, iré empezando.

—Nada de webs de citas...

—Pues preguntaré por ahí. A amigos de amigos. Mantendré los ojos bien abiertos. Solo nos interesa encontrar un compañero. Te prometo que no voy a organizarte una cita hasta que hayas tenido tiempo de mirarlo todo, pero es hora de al menos abrir un poquito esa puerta y ver si hay o no un hombre que quiera pasar tiempo contigo. Alguien con quien salir. ¿Vale?

—La verdad es que no me interesa. Tengo mi familia, a ti, a la tía Nettie y al Bollito. Y buenas amigas. Buenos compañeros de trabajo. Un trabajo muy exigente.

—No has mencionado a Jason —dijo Bella—. Tu yerno.

—No pretendía omitirlo. Pero, sí, por supuesto, también tengo a Jason, el mejor yerno que una mujer podría pedir.

—Creo que te has pasado con el sarcasmo, pero lo voy a dejar pasar porque últimamente no ha sido tan maravilloso. Está gruñón e insoportable. Bueno, voy a publicar tu perfil y a ver qué pescamos. Vale. Hecho.

—¿Nettie? —dijo Marni—. ¿Tú apoyas esto?

—No ha sido idea mía, pero admito que no me importaría verte en una relación feliz. Y tengo muchos amigos que han encontrado pareja en webs de citas.

—A ver, la cosa es así —dijo Marni—: a veces están muy felices y luego no duran. A veces se es más feliz siendo independiente, teniendo el amor y la lealtad de unas buenas amigas y de tu familia en lugar de arriesgándote a estar con un hombre que no cumple sus promesas. ¡No soy una infeliz!

—No estoy sugiriendo que necesites un hombre para encontrar la felicidad —dijo Nettie—. Eso sería una estupidez. Pero te diré una cosa: trabajas muchísimo y llevas años haciéndolo. Por suerte, te ha merecido la pena, pero me gustaría oírte reír más. Y ojalá los ojos te brillaran como antes. Como cuando te ilusionaban otras cosas además de tener más trabajo.

—¡Me encanta mi trabajo!

—Mucho trabajo y poca diversión...

«... te vuelven una aburrida», terminó Marni en su cabeza.

El nombre de Marni no era diminutivo de nada; era su nombre de pila. Se lo habían puesto por su abuela materna, a la que apenas había conocido. A su abuela la habían descrito como enérgica, inteligente, divertida y atrevida. La perdieron pronto, cuando la atropelló un tranvía en San Francisco. Dejó tres hijas mayores y una nieta. Nettie, su segunda nieta, nació siete años después de su muerte. Marni tenía tres años cuando murió y no recordaba a su abuela, pero había crecido oyendo historias sobre ella.

Marni creció en una sencilla casa en Reno junto a su madre, Celeste, y su padre, Ernie. Al tiempo sus dos tías, Ruth y Dahlia, se fueron a vivir con ellos. Ruth se había casado y divorciado dos veces mientras que Dahlia estaba casada y sin hijos cuando su marido, con el que llevaba diecisiete años, había caído muerto. Celeste había sido la pequeña y la que había tenido el matrimonio más duradero. Era una casa de mujeres y su padre había tenido muy poco

que decir. Las mujeres, en cambio, rara vez se calla-
ban. Ernie murió con cincuenta y siete años, un
dato que a Marni solía pasársele por la cabeza porque ella ahora tenía esa misma edad. El médico de
la familia había dicho que fue un fallo coronario,
pero la tía Ruth decía que probablemente murió de
desesperación. Precisamente por eso Marni se había sometido hacía poco a un chequeo cardíaco
completo, que la había declarado sana y fuerte.

Marni y Nettie, diminutivo de Annette, recibie-
ron muchas atenciones, pero en realidad no tuvieron un modelo masculino a seguir. Ernie fue
todo lo que conocieron. Era mecánico de coches y
había trabajado en el mismo taller durante años.
Por mucho que se lavara las manos, siempre tenía
aceite negro y suciedad bajo las uñas. Todos los días
llevaba los mismos pantalones azules marinos y la
camisa azul clara con su nombre bordado en el bolsillo izquierdo.

Fue un buen hombre. Amable y atento. Se preocupaba por la gente que tenía problemas. A veces
arreglaba coches gratis, algo que sacaba a Celeste de
sus casillas. Era posible que Marni hubiera aprendido esa buena voluntad de Ernie, pero su padre no
le había enseñado a nadie cómo tener una relación
marital de éxito.

Y de ahí la breve e infeliz relación de Marni con
su novio del instituto, Rick. Dudaba que Bella pudiera sacar algo bueno si conociera la verdad. Y la
verdad era que Marni se había muerto de amor por
él desde los diecisiete años y él se había vuelto agresivo. La buena noticia era que Rick se había alistado
en el ejército a los dieciocho años y desde aquel momento había pasado mucho tiempo fuera. La mala
era que volvía mucho a casa. Se casaron cuando ella
tenía diecinueve años y él veintiuno. Pensó en dejarlo

a los veinte, pero entonces descubrió que estaba embarazada. Poco después de que Bella naciera, Rick murió en un accidente de tráfico. Había estado bebiendo y, gracias a Dios, había chocado contra un árbol y no contra otro vehículo. Nadie sabía que había sido un maltratador. De hecho, ni siquiera Marni lo había tenido claro hasta mucho después de su muerte. Ella cargaba con la vergüenza de ese secreto al igual que muchas mujeres maltratadas. Volvió a casa de su madre con Celeste, Nettie, la tía Ruth y la tía Dahlia. La gente solía decir lo fuerte que era por haber salido adelante con tanto optimismo y esperanza.

Por supuesto que fue optimista. Había días en los que incluso lo había echado de menos y se había preguntado si las cosas habrían mejorado con el tiempo, aunque su instinto más profundo le había dicho que eso era una quimera. Pero había sido feliz en general. El peligro había pasado. Y estaba volcada en Bella.

Cuando pasaron los años, Marni les contó lo de su marido a un par de amigas muy íntimas. Aunque sabía que el maltrato no era culpa suya, una pequeña parte de ella temía que la juzgaran. Así era la vergüenza secreta de una mujer maltratada. Decía que sus razones para no estar con un hombre eran su trabajo y su hija; que estaba demasiado ocupada y no quería poner en riesgo ni la estabilidad de Bella ni el crecimiento de su carrera.

Después de charlar un poco más y volver a brindar por otra buena temporada, Bella se preparó para marcharse.

—Hoy me toca hacer la cena a mí. Y echo mucho de menos el vino, así que me marcho antes de que abráis más. Cuando nazca el bebé, probablemente beberé directamente de la botella.

—Seguro que resulta una imagen muy atractiva

—dijo Nettie—. Yo también tengo que irme. Hoy le toca hacer la cena a Marvin —añadió riéndose, porque casi siempre le tocaba hacer la cena a Marvin—. Salgo contigo.

Sophia recogió copas y platos y fue a la cocina, donde Ellen la interceptó y le quitó las copas.

—Yo me ocupo, Sophia. Tú puedes dar por acabada la jornada.

—¿Seguro? Porque mi coche hace ruidos desagradables y había pensado en llamar a un amigo al que le gusta trastear con motores.

—Desde luego, eso es una prioridad —dijo Marni—. Y si necesitas ayuda o que te lleve a algún sitio o algo...

—Gracias. Si necesito ayuda, mi padre saldrá pronto del trabajo y sabe lo de los ruidos. Puedo llamarlo si lo necesito. No le importará.

Marni recogió el resto de platos mientras Ellen seguía fregando.

—¿Te apetece una taza de té? —preguntó Marni cuando se quedaron solas.

—Mucho. Ha sido un día largo, qué bien que ha acabado.

Y mientras colocaba los platos para ponerlos a secar, añadió:

—He estado teniendo unos sueños maravillosos con platos principales *gourmet* de carne, como lomo de cerdo relleno y *braciola* de ternera.

—Cómo no —dijo Marni riéndose a la vez que sacaba tazas y bolsitas de té. Cuando la tetera silbó, los sirvió—. Vamos a sentarnos en el sofá. Pero no hablemos aún de recetas. Sé que tendrás una lista de sugerencias cuando yo esté preparada.

—Una lista estupenda.

—¿Qué te parece la idea esa de Bella? ¿Lo de las citas?

—Que mejor tú que yo. Pero lo que yo opine da igual. A mí eso no me interesa. Y tampoco creo que a tus ojos les falte brillo o que no sonrías lo suficiente.

—Sé sincera, ¿parezco infeliz? —preguntó Marni.

—Para nada. No creo que tengas que estar todo el rato dando brincos por ahí para demostrar que eres feliz. A veces la única prueba necesaria es que duermas bien y tengas buen apetito.

—No me importaría tener un hombre en mi vida —dijo Marni—, pero es que no dejo de preguntarme si merecerá la pena.

—Y esa es la cuestión. Ya sabes qué opino yo al respecto.

Ellen se había pasado la mayor parte de su vida adulta cuidando de un marido con una discapacidad grave. No se casó hasta los treinta y ocho, lo hizo con un hombre diez años mayor y, a los dos años, él sobrevivió a una aneurisma que lo dejó paralizado y con problemas mentales. Se pasó postrado en una silla de ruedas diecisiete años, muchos de los cuales estuvo en una residencia. Ellen nunca lo dijo, pero Marni imaginaba que su amiga recibió su muerte con cierto alivio, si no por ella, desde luego sí por él.

Ellen tenía familia, un par de hermanas y unos sobrinos ya mayores y con sus propios hijos. No estaba completamente sola.

—¿Te sientes sola alguna vez? —le preguntó.

—Nunca —respondió Ellen—. Nunca me ha importado estar sola. Solo hay una cosa que me produce un cierto pesar. Los nietos. Habría sido complicadísimo tener hijos, criarlos y hacer frente a la vez a los problemas de Ralph, aunque habría sido agradable tener nietos. Pero, bueno, tengo sobrinos...

—Nunca me has contado nada de esto, pero ¿tuviste romances en tu juventud? Lo mío ya lo sabes. Me enamoré en el instituto para terror de mi madre.

Ellen soltó una carcajada y dio un sorbo de té.

—Me pasé gran parte de mi vida sintiéndome completamente invisible. Era muy alta y desgarbada y nunca podía arreglarme el pelo. Mi madre me prohibía llevar maquillaje, pero mi secreto era que yo en realidad no quería. Con tal de no llamar la atención, era feliz.

—En el instituto tenía una amiga... Bueno, supongo que sigue siendo amiga aunque no tengamos relación. El caso es que era... es... preciosa y muy vanidosa. Decía que, si entraba en un sitio y toda la gente no se volvía para mirarla, entonces es que había hecho algo mal.

Ellen se rio con fuerza.

—Si una sola persona se volviera para mirarme cuando yo entro en un sitio, ¡me aseguraría de que no voy arrastrando papel del baño pegado al zapato!

Ellen dio un trago de té.

—¿Cómo fue estar enamoradísima perdida a los diecisiete años?

—No tan divertido como podrías pensar. Fue un poco como una intoxicación alimentaria. Era tan joven y tan tonta que, cuando me di cuenta de que había perdido mi identidad mientras estuve con Rick, ya llevaba varios años viuda. Rick era un controlador y tomaba todas nuestras decisiones. Discutíamos mucho. No habría durado. O, al menos, no debería haber durado.

—Nunca supe nada de eso —dijo Ellen.

—Bueno, está muerto. No gano nada hablando mal de él. Y, aunque sé que a lo mejor es una tontería, no querría decepcionar a Bella.

—Nunca has dicho nada...

—Pasó hace mucho tiempo y me temo que dejé que la gente pensara que fui una pobre chica recién casada que había perdido al amor de su vida. Suena muy romántico y nunca reconocí la joven idiota que fui. Algún día te lo contaré todo.

—Por eso estabas tan encima de Bella. La vigilabas como un halcón, ¡sobre todo cuando había chavales cerca!

—Lo intenté. Creo que hemos tenido suerte con Jason. Ahora lo que me preocupa es lo convencida que está de que tengo que salir con alguien.

—Mmm —dijo Ellen mientras bebía—. Conozco a Bella desde hace mucho tiempo y pocas veces he visto un brillo tan feroz en su mirada.

—Daba miedo —dijo Marni.

—Tengo la sensación de que te has aferrado a la idea de estar sola. Y sé que estás bien como estás, pero eres una persona sociable. Podrías abrir tu mente a la idea de que puede que haya alguien especial ahí fuera, para ti, con expectativas similares. Solo por ver qué pasa.

—¿Tú lo harías?

—Ni hablar. Yo no quiero a nadie en mi espacio. No quiero ningún consejo de un hombre presuntuoso. No hay nada que pueda ofrecerme un hombre que a mí no me sobre ya. Pero tú...

El pensamiento de Marni dio un giro. No se opondría a sentir la piel o el vello del torso de un hombre contra su cuerpo siempre que fuera un buen hombre que no le rompiera el corazón. Echaba mucho de menos tener a alguien con quien reírse. Y no es que no se riera con su hermana, su hija y sus amigas; se reían, y a veces como locas. Pero esas risas descontroladas bien entrada la noche, en la oscuridad... Esas las había disfrutado muy brevemente y mucho tiempo atrás. Pensó que sería maravilloso tener un hombre que se interesara por lo que ella hacía, al que le apasionara lo que ella hacía. Tener lo mismo que Ina Garten tenía en su marido, que aparecía en su programa con regularidad y expresaba su asombro ante sus estelares habilidades culinarias. No le importaría tener un hombre romántico con quien viajar, que quisiera hacer lo mismo que ella, como visitar granjas, viñedos, destilerías, misteriosas cocinas escondidas, pequeños restaurantes con comida rica.

«Esa persona no existe», se recordó rápidamente.

—Tendrás que afeitarte las piernas con frecuencia —dijo Ellen.

—He sido muy feliz sola —dijo Marni—. Y llevando pantalones largos o *leggings*.

—Yo lo que creo es que has estado muy bien sola, pero que nunca lo sabrás con seguridad a menos que abras tu corazón y tu mente a la idea de tener a una persona especial. Si estás cerrada... pues ya sabes.

—¿Crees que una persona se pone a canturrear «Venga, estoy abierta a la idea» y, ya está, el universo decide ayudarla?

—Claro —dijo Ellen antes de dar un sorbo de té—. Básicamente.

Capítulo 2

El sol aún estaba haciendo su perezoso descenso cuando Ellen se terminó el té y se marchó. Los días de mayo eran cada vez más largos y se estiraban para recibir al verano. En pueblecitos de montaña como Breckenridge aún hacía fresco por la noche. Marni encendió el brasero de gas del patio trasero, dejó descorridas las puertas de cristal y volvió a la cocina. No tenía hambre, ni siquiera un poco, pero sacó cebolla y ajo y empezó a cortar y picar en la isla de la cocina. Vertió caldo de pollo en una olla, lo puso a hervir y añadió unos *linguini*. Por lo que tenía en el puño, sabía que era la cantidad correcta de pasta. Lavó unos champiñones y unas hojas de espinaca.

Pensó en la sugerencia de Bella y en su conversación. En la idea de salir con alguien. Y, la verdad, sonaba fatal.

Metió unas pechugas de pollo en el horno y, mientras se cocinaban, cortó los champiñones en rodajas. Iba a darle su toque particular al pollo a la florentina. Para cuando escurrió la pasta, reservando el caldo, el pollo estaba casi listo para despedazarlo. Lo dejó enfriar y luego, con dos tenedores, lo desmenuzó. Añadió los champiñones y las espinacas al ajo y la cebolla, incorporó la pasta, el pollo, el caldo espesado con un poco de harina, medio tarro de queso crema y un poco de pimienta negra. El aroma y la textura, tan cremosos y suaves, la relajaron. Había mujeres que se servían una copa de vino para relajarse después de un día largo, pero Marni preparaba comida, incluso aunque no tuviera hambre.

Aun así, sí que se echó una pequeña ración en un plato y lo probó. Luego añadió aceitunas negras en rodajas.

Se había entrenado a sí misma para ser catadora más que una gran comedora. Tenía mucho peligro pasarte la vida en la cocina y enamorarte de cada creación. Mientras que la mayoría de las mujeres que vigilaban su figura podían darse un margen de dos kilos y pico, Marni a veces se pasaba cinco o siete, en cuyo punto tenía que ponerse a contar las calorías y los bocados diligentemente. De no trabajar en televisión, tal vez ni se molestaría.

El timbre sonó sobresaltándola. Miró el reloj. Eran las nueve y cuarto. Cualquiera que la conociera sabía que, con mucha frecuencia, estaba en su dormitorio a las ocho y media. Si estaba en casa y no viajando, claro. Había ocasiones en las que tenía que salir: reuniones de negocios, cenas, recaudaciones de fondos, asuntos de la comunidad. Ser una personalidad de la televisión local requería muchas apariciones fuera de la jornada laboral.

Entró en la aplicación del teléfono que mostraba sus cámaras de seguridad y ahí, en la puerta principal, vio a Jeff, su exmarido. Tenía una botella de champán y flores. Ella respiró hondo para intentar calmarse. Últimamente había estado dándole largas, esquivando sus llamadas, evitando sus intentos de ir a visitarla. Estaba claro que estaba decidido a verla por algún motivo.

Lo que también captó en ese segundo fue su atractivo. Sí, desde luego era guapísimo. Tenía lo que llamaban «planta para la televisión». Además, era encantador, sexi y divertido, que era el punto débil de Marni. Podía hacerla reír incluso cuando estaban en plena batalla.

Resentida con los atributos de Jeff, abrió la puerta.

—Imagino que estoy a punto de descubrir qué quieres.

—Quiero felicitarte —dijo él entregándole las flores—. ¿No acabas de terminar de grabar la temporada?

—¿Y si no hubiéramos terminado? —preguntó ella, aunque aceptó las flores de todos modos.

—Conociéndote, lo dudo. Pero si no hubierais terminado, entonces esto sería incluso más necesario —dijo él levantando el champán. Olisqueó el aire—. Debe de haber sido una buena grabación. Aquí huele de maravilla.

—Es por el ajo.

—¿Qué le has puesto alrededor? —preguntó él esperanzado.

—Pollo a la florentina. Más o menos.

—No me muero de hambre, pero podría probarlo y darte mi opinión. Ya sé que estará fantástico, pero solo por si acaso...

—Vale, pasa. Te daré un poco. No es de la grabación. Eso ha ido al congelador.

Se giró y lo dejó seguirla.

—La casa está genial. La has remodelado.

—Siempre la actualizo un poco antes de una grabación. Aunque la cocina sea el foco central, a los telespectadores siempre les gustan las pequeñas excursiones por la casa y el jardín, y se fijan en las mejoras. Nos lo dicen constantemente. Y los responsables de las redes sociales publican todas las fotos nuevas en Instagram y cosas así. La gente suele pedir recomendaciones.

Le acercó un plato de pasta.

—Es otra fuente de ingresos —dijo él sonriendo con aire de suficiencia— eso de meter artículos y productos en el plató que luego la gente compra. Son unas oportunidades de publicidad increíbles.

—Lo sé —respondió ella, aunque no dijo más al respecto. Llevaba años haciéndolo, pero con sutileza. Un centro de flores preparado especialmente para su plató, un mueble, un artículo de decoración, un accesorio para la cocina. Ella no hacía anuncios, pero si el artículo se veía y los telespectadores preguntaban, se les daba el nombre de la marca y la tienda. En algunas ocasiones llegaba a decir algo como «Esta es una herramienta útil», y ahí lo dejaba. Los distribuidores pagaban por ese privilegio.

—Me has llamado varias veces. ¿Qué pasa?

Él masticó, saboreó con los ojos cerrados y tragó.

—Está increíble, ¡cómo no! Solo quería ver cómo estabas. ¿Y cómo está Bella?

—Nunca la he visto tan feliz y tan sana. Y yo estoy bien.

—Las audiencias del programa son altas. Cada vez mejores.

—La pandemia no nos ha afectado. Estuve en el lugar adecuado en el momento adecuado. La gente estaba obligada a quedarse en casa y buscaba algo que ver en la tele. Otras cadenas nos compraron el programa y teníamos muchos episodios que ya habíamos emitido y con los que se llenaron muchos huecos. Y, además, la gente hacía la compra por teléfono y comía en casa.

—A mí no me fue tan bien. Lo que te benefició a ti me hundió a mí.

«No preguntes», se dijo Marni con firmeza.

Gretchen había convencido a Jeff para que se jubilara anticipadamente de la cadena y abriera un pequeño restaurante *boutique* especializado en cocina vasca entre otras cosas, así que él, además de perder gran parte de la fortuna que se había llevado con el divorcio, tenía a Gretchen como copropietaria del restaurante. Y entonces llegó la pandemia. Nadie sufrió tanto como los que se dedicaban a la restauración. Unos amigos comunes no muy cercanos le habían comentado que Jeff y Gretchen, aún en conflicto por el negocio, iban y venían en su relación. Marni les deseaba un sufrimiento continuado.

—Es una cuestión circunstancial —dijo ella sin sentir la más mínima compasión por él—. Ni siquiera un genio del *marketing* podría haber capeado ese temporal.

Para sí y de mala gana, admitió que Jeff era un estratega del *marketing* con mucho talento.

Pero no, nada de compasión por él.

—¿La cosa está empezando a mejorar?

«Mierda», pensó. «¡Ya he preguntado!».

—Poco. Me falta mucho para remontar, aunque me alivia ver que a ti te va muy bien. Y al menos Bella vuelve a hablarme. También poco. Pero pensé que jamás nos reconciliaríamos.

—Yo ahí no me voy a meter. Lo siento si estáis teniendo problemas en vuestra relación, pero...

—No digas más. Fue todo culpa mía. Y últimamente está más amable. Creo que es por el embarazo. Está más tierna. Más flexible.

Automáticamente, al oírlo, Marni quiso ser amable.

—A lo mejor tú también.

Él se rio con suavidad, como avergonzado.

—Me gustaría ejercer de abuelo. Si ella me deja.

—Eso es muy bonito.

Y entonces, sin ni siquiera darse cuenta de lo que hacía, Marni empezó a sacar comida otra vez. Él estaba sentado en la isla con su plato de pollo a la florentina mientras ella, en frente, reunía piezas de fruta. Manzanas, kiwis, peras, plátanos, mandarinas, nueces, pasas y cerezas. Empezó a lavarla, a cortarla en rodajas y a trocearla. No había pensado hacer una ensalada de fruta, pero manipular y combinar sabores y aromas la hacía sentirse más fuerte. Improvisaría una ensalada Waldorf mientras charlaban. Pelaba y cortaba con un cuchillo grande y extremadamente afilado como si estuviera ejecutando un *ballet*. O más bien como un barman lanzando botellas al aire.

—Brindemos por tu año —dijo él peleándose con el corcho del champán—. Ese cuchillo me pone los nervios de punta.

Marni sacó dos copas y las dejó en la isla. Una vez que estuvieron servidas, Jeff levantó la suya.

—Por una próxima temporada aún mejor.

—Gracias —dijo ella antes de dar un sorbo.

Charlaron de banalidades mientras Marni cortaba los ingredientes de la ensalada y Jeff comía la pasta. Él le preguntó cómo iban las cosas en la cadena y ella le dio su respuesta habitual: no pasaba tanto tiempo allí, solo iba para alguna reunión que otra y para hablar de asuntos de programación o producción. Marni le preguntó cuándo había hablado con Bella por última vez y él dijo que se aseguraba de llamarla al menos dos veces al mes y que había almorzado con ella hacía solo una semana. Hablaron sobre algunos de sus amigos comunes. Brad Thomas había aceptado un puesto en la Cámara de Comercio y a Gloria Neiman la habían ascendido a presentadora de la mañana. A Elizabeth Reynolds le habían ofrecido un puesto de presentadora en horario de máxima audiencia en San Francisco.

—Nunca me cayó bien —dijo Marni.

—A nadie. Casi se podría pensar que eso es un requisito para conseguir un puesto de alto nivel.

Para cuando ella estaba terminando la ensalada Waldorf y él estaba aclarando su plato, el auténtico motivo de la repentina visita salió a la luz.

—Mira, las cosas han ido un poco peor de lo que te he contado. El restaurante no sale adelante y yo estoy con el agua al cuello.

Marni se endureció.

—Siento oírlo, Jeff. En circunstancias normales, habría sido un éxito.

—He estado en todas partes buscando ayuda, buscando asistencia financiera o préstamos o incluso un comprador, pero me he quedado sin ideas.

Ella no dijo nada durante un momento y, tras una larga pausa, respondió:

—¿Has hablado con tu madre?

—Claro. Ahí no hay tanto como yo pensaba. Mi hermana es la albacea testamentaria y no está dispuesta a darme un adelanto de la herencia porque mi madre necesita cuidados y no hay forma de saber durante cuánto tiempo. Podría durar dos años o diez.

—¿Pero de momento está bien y feliz?

—Sí. La vi hace solo unos días. Estaba jugando al *bridge* con unas señoras de su nueva residencia. Parece feliz. Jasmine está muy pendiente de que reciba todos sus cuidados.

La madre de Jeff era una especie de heredera. La muerte de su marido unos años atrás le dejó no solo una valiosa póliza de seguros, sino un buen patrimonio neto, en fideicomiso y protegido de hijos avariciosos y sus respectivos cónyuges. Pero la realidad era que, si la madre de Jeff vivía diez años en una residencia cara, quedaría muy poco dinero por el que discutir.

—Como debería ser...

—Estoy de acuerdo. Mientras tanto, yo voy a perder el restaurante. Justo cuando estamos tan cerca de hacerlo funcionar.

—¿«Estamos»?

—Bueno, Gretchen. Pero sobre todo, nosotros, el personal y yo. Varias personas dependen de ese local. Gretchen solo mira los libros de cuentas de vez en cuando por orden del juzgado, para asegurarse de que no le están estafando su mitad, por la que no mueve ni un dedo. Yo quiero salvar el local por la gente que ha invertido su vida ahí. El chef, su esposa, su hija y su hijo y otros familiares. Todos son vascos. Tienen una ética laboral envidiable. Cuando el restaurante se hunda, ellos también lo harán.

—¿Has pensando en venderlo?

—Claro, pero estoy tan endeudado que sería una ganga, y no creo que tampoco saldara la deuda nunca. Lo mejor que puedo hacer es encontrar un préstamo. Soy un cliente de riesgo, pero es lo mejor que puedo hacer.

—¿Y eso qué tiene que ver conmigo? —preguntó ella, aunque temía que ya lo sabía.

—Si pudieras ofrecerme...

—¿De qué estamos hablando? ¿Y qué garantía me darías?

—Con unos cientos de miles...

—¿Unos cientos de miles? —gritó ella—. ¡En el divorcio te di cinco millones!

—Yo contribuí a ese patrimonio, sabes que sí. Y cedería mi parte del restaurante...

—¡Ay, Dios! ¿Por qué no firmaría un acuerdo prematrimonial? ¡Esos cinco millones aún me escuecen!

Pero lo más importante aquí es ¿por qué no firmaste un contrato con Gretchen antes de asociarte con ella? ¡Te dije que esa mujer tenía segundas intenciones! ¡Buscaba el dinero! Y resultó ser un montón de dinero. Lo único que se me ocurre peor que que tú no pagues el préstamo ¡es que yo acabe asociada con Gretchen!

—¿No crees que me arrepiento de haber dejado que juegue conmigo? Creía... Bueno, ¡qué más da lo que yo creyera! Supongo que la respuesta es «no»...

—¡Solo una idiota permitiría que semejante locura se repitiera! ¡En solo unos años!

—Siento haber preguntado. No lo habría hecho, pero, de verdad, eras mi último recurso, la única posibilidad que se me ha ocurrido. Mmm, escucha, el cuchillo...

Marni había sacado unos tallos de apio, una cebolla y unos champiñones de la nevera y estaba cortándolos en trozos diminutos, distraídamente. Paró, un poco sorprendida por lo que estaba haciendo.

—Ay, Jeff, ¿pero en qué te has metido?

—Ya he pasado demasiadas horas culpándome. No tengo experiencia en restauración, aunque sí que trabajé mucho. Vivía en ese lugar. Pero la pandemia me enterró y Gretchen no solo me abandonó, sino que se largó sin haber aportado su parte. Logró sacar más dinero del que yo conseguiré nunca.

—¿No creaste una sociedad de responsabilidad limitada?

—No, pero ella sí.

Marni silbó.

—Te ha tomado el pelo.

—Me lo ha tomado a base de bien.

Ella sacudió la cabeza.

—No me das pena, pero tampoco quiero discutir más contigo. ¡Estoy hartísima de estar enfadada!

No puedo hacerte un préstamo de semejante cantidad. De hecho, no puedo hacerte ningún préstamo. Sería idiota. Conozco las leyes; sé que, por mucho daño que me hicieras, estamos en un estado de bienes gananciales y de divorcio unilateral, así que te llevaste tu mitad sin tener que pedir perdón en ningún momento. Te di la mitad, y fue una fortuna.

—Sí que pedí perdón. Y tengo un montón de remordimientos.

—Qué pena que no tengas también un montón de compensaciones para mí.

—No sé cómo podría recompensarte.

—Sinceramente, estoy cansada de todos los rollos del divorcio. Quiero acabar con eso. Siento no poder ayudarte. Pero tampoco soy un monstruo y nunca permitiré que te mueras de hambre. Si ves que no puedes alimentarte, avísame. Me aseguraré de que tengas comida, y puedo ayudarte a encontrar la forma de que tengas un techo. Jamás te verás descalzo ni sin casa, aunque la idea me resulte un poco atractiva...

—No estoy tan mal, pero gracias.

—No me des las gracias. Tu angustia no me trae el placer que imaginaba.

Unos minutos después, y tras una incómoda despedida, Marni recogió la cocina y se fue a la cama. Le pesaba el corazón. En una época había querido a Jeff y había confiado en él, y había pensado que él la quería y confiaba en ella. Se habían separado hacía cinco años y del divorcio hacía prácticamente el mismo tiempo. No entendía que el tema siguiera haciéndole daño. El karma había hecho su trabajo y la mujer que Jeff había elegido había acabado jugándosela. ¿No debería ella dar ya el asunto por cerrado?

«La traición debe de ser como una espada enorme que deja cicatrices profundas», pensó.

Por supuesto, no durmió bien con Jeff tan metido en la cabeza. Se pasó lo que parecieron horas gritándole por todas las cosas que no se le habían ocurrido en su momento. Se despertó atontada y agarrotada. Y temprano. Hacía poco que había amanecido.

Después de un café, y aún en pijama, salió descalza al jardín. Mientras que la Condesa Descalza publicaba preciosas fotos profesionales de sus exuberantes jardines y huertos, los de Marni eran puramente funcionales. Disfrutaba cultivando algunos de los alimentos que preparaba. Se relajaba con las largas y uniformes hileras de plantas y con el olor de la tierra. Era un jardín orgánico, donde se las tenía que ver con bichos e insectos. Rociaba los límites con repelente de conejos y, menos frecuentemente, de ciervos. Luchaba contra el pulgón con lavavajillas y agua. Arrancó la maleza y eso la ayudó a quemar su furia contra Jeff. Cavó alrededor de las raíces con su cultivador y su aireador de mano. Al momento tenía barro en las rodillas y suciedad bajo las uñas. El timbre sonó, pero ella aún no había terminado de reprender mentalmente a Jeff. Y tampoco se encontraba en condiciones de abrir la puerta.

De todos modos, fue a mirar por la cámara conectada al móvil quién había ido a visitarla tan temprano. Aunque, pensándolo bien, no era tan temprano. Se había pasado en el huerto cerca de dos horas, así que ya era una hora respetable para llamar a un timbre.

Era Sam, el padre de Sophia. Llevaba una caja grande de madera en las manos.

Marni había olvidado la ropa que llevaba y en

qué condiciones estaba. Al menos hasta que abrió la puerta y Sam la miró de arriba abajo, despacio y sonriendo ligeramente.

—No suelo ser muy oportuno, pero creo que esta vez sí.

Al oírlo, Marni se miró los pies, las rodillas embarradas y las manos sucias.

—¡Ay! ¡He salido de la cama y me he ido directa al jardín! Hoy no tenía que trabajar y he hecho lo que me ha salido de forma natural: excavar y arrancar.

—Entonces llego justo a tiempo, señora McGuire.

—«Marni», por favor. Llámame Marni.

Él ladeó la caja para que ella pudiera mirar dentro. Levantó una gasa bajo la que apareció una pequeña cama de espárragos blancos.

—Sophia me ha dicho que te ha estado costando sacar esta variedad y yo tengo un buen lecho. Hoy ella había quedado con sus amigas, así que me he ofrecido a traértelos.

—Qué maravilla —dijo Marni impactada—. ¡Eres muy amable!

—No es nada. ¿Quieres que te ayude a encontrarles un buen sitio?

—Sophia me ha dicho que eres agricultor —dijo Marni como si acabara de recordarlo.

—Por así decirlo. Mi huerto personal es bastante pequeño, pero tengo mucha suerte con los espárragos y algunas otras verduras y frutas ancestrales. Se necesitan unos cinco años para asentar un buen lecho de espárragos.

—Mi huerto es muy pequeño.

—¿Puedo verlo? ¿Puedo ayudarte a buscarles un buen sitio?

—¡Claro! ¡Por favor! —dijo ella sujetándole la puerta y echándose a un lado.

—Puedo entrar por la puerta del jardín trasero...

—¡Ni hablar! Estoy más sucia que tú —dijo Marni, y entonces se rio—. Al menos tú estás vestido. Yo, en cambio, estoy en pijama, como es obvio... O eso espero.

Su pijama no era en absoluto revelador, así que por eso no tenía que preocuparse. El de hoy eran unos pantalones largos y una camiseta de manga corta con veleros sobre un fondo azul celeste.

—Soy penoso para la moda. No distinguiría un pijama de un traje de Versace.

Eso la hizo reír.

—Nadie está tan desfasado.

—Te lo aseguro. En lo que respecta a la última moda...

Tenía una buena voz. Una voz excepcional. Ni demasiado profunda ni demasiado chillona, justo en el medio, con una ligerísima aspereza. Marni recordó que, cuando lo conoció hacía por lo menos un año, no le resultó muy atractivo. «Corriente» sería más preciso. Tenía la nariz un poco torcida y las orejas un poco grandes, y lo que fuera que había bajo ese gorro era un misterio. Parecía un granjero. Vaqueros azules, camisa de batista con las mangas enrolladas, botas de cordones para todo tipo de clima y sombrero de paja de ala ancha.

Después de limpiarse las botas en la alfombrilla, la siguió a través de la casa. Las puertas traseras estaban abiertas y el jardín y huerto se extendía al otro lado de la piscina, limitado por hortensias y árboles frutales. Tras él, a un lado y a otro, se veían las montañas.

—¡Es precioso! Perfecto.

Sam soltó la caja y empezó a moverse por allí. Se detuvo a mirar de cerca cada hilera, se agachó para arrancarle unas flores marchitas a una enredadera y se las guardó en el bolsillo del pantalón. Desde ahí se acercó a los árboles frutales y examinó algunas de las frutas.

—El ciruelo en flor es uno de mis favoritos, pero admito que me gustan mucho más las flores que la fruta.

—¿Sophia no te prepara conservas? ¿Mermelada de ciruela?

—Me temo que no. Trabaja y va a clase y tiene una vida social muy activa. Regalo muchas de las cosas que cultivo en el huerto. ¿Y tú?

—Mi situación es muy diferente. Utilizo el huerto para el programa, sobre todo para las recetas de verano.

Él se inclinó hacia delante para examinar una tomatera de aspecto muy fuerte y sano.

—Está robusta. Dará frutos grandes y buenos.

—Salsa roja. Italiana. Me encanta hacer conservas. Tengo un armario bodega, pero también una despensa muy grande para las conservas. Estos son Brandywine —dijo ella orgullosa por haberlos identificado.

—Yo cultivo Cherokee Purple. Nunca decepcionan.

—Estoy luchando contra los pulgones pulverizando agua con lavavajillas, y funciona, pero hay que hacerlo a diario y es frustrante. No tengo suficiente tiempo para mi huerto y a veces tengo que contratar ayuda.

—En la camioneta tengo un espray, si te interesa. No es tóxico. Es natural y dura varios días.

—Genial. Y me encantaría probar tus Cherokee Purple.

—Por supuesto. ¿Dónde están las hierbas? ¡Una chef tiene que tener sus propias hierbas aromáticas!

—Por aquí, en la parte trasera de la casa. Es un huerto elevado, muy pequeño. Le da el sol por la mañana... —dijo mientras bordeaba el jardín en dirección a la zona donde cultivaba las aromáticas. Él la seguía—. Las utilizo en mi cocina y este lecho aguanta bien en primavera, verano y otoño. Además, está cerca de la despensa, donde seco las hierbas.

—Pues creo que hemos encontrado el lugar perfecto para los espárragos. Dejaré la caja aquí apoyada en la fachada. Mañana volveré con madera y arena y te construiré uno a juego con tu huerto de aromáticas.

—¡No hace falta! Puedo llamar al jardinero y...

—No, deja que lo haga yo. Y, si no crecen bien, puedes echarme la culpa a mí. Aunque creo que crecerán bien. No hace falta que estés en casa...

—Mañana es domingo. Estaré aquí seguro.

Él soltó la caja y siguió avanzando.

—¡Tienes las lechugas y las verduras con mucho color y muy sanas! Y eso que aún es muy pronto.

—Es mi propio compost de la cocina. Creo que se está alimentando a sí mismo.

—Seguro que ya llevas semanas recolectando esta tanda.

—Y lo comparto con todo el mundo. Menos con Sophia, que tiene su propio huerto.

—Tiene mi huerto. Y no lo trabaja. Solo lo disfruta.

—¿Siempre has sido agricultor?

Él se detuvo donde estaba, agachado y apoyado en el talón de la bota, y la miró.

—Me crie en una granja en el Medio Oeste, que entre el frío y los inviernos largos no tiene nada que ver con esto. Aquí la agricultura es más sencilla. Me interesa más la ciencia agrícola que la agricultura comercial.

Se levantó.

—Mi huerto personal es para disfrute propio.

—¿Te gusta cocinar?

—Me gusta comer —respondió él riéndose—. El huerto de verano es mi favorito. Quitando el codillo que le echo a las judías de vez en cuando, básicamente soy vegetariano. Judías, tomates, cebollas, calabazas. O verduras con hueso de jamón... ¿Alguna vez has cortado calabacín en tiras finas y lo has dejado toda la noche macerando en aliño italiano?

—¡No! Tiene que estar delicioso. ¿Y lo comes con pan?

—Pero el pan lo compro —admitió—. Como te he dicho, comparto mucho de lo que saco del huerto. Es más, me da casi tanto placer compartirlo como comerlo. La comida sostenible es la base de mi estudio.

—¿Estudio?

—Doy clases, aunque investigo más que enseño. Estudio agricultura e hidroponía. ¿Tu madre te enseñó a trabajar el huerto?

—No, no había huerto donde crecí. Aprendí sola mucho tiempo después. Crecí en una casa muy rara. Mi padre murió cuando yo era pequeña y mis dos tías se mudaron a vivir con mi madre, así que fuimos una familia de mujeres. Mi hermana y yo, mi madre y mis tías. Fue una buena vida. Hasta que no fui mucho más mayor no me di cuenta de lo excéntrica que fue, aunque más o menos a la vez descubrí que no existen las familias normales —añadió riéndose.

Él estaba avanzando por la hilera hacia las verduras de raíz. Se puso de cuclillas.

—¿Puedo echar un ojo?

—Claro. Adelante.

Él sacó una zanahoria larga y delgada.

—Muy bien —murmuró.

A continuación, un bulboso puerro.

—Ooooh —gimoteó con suavidad. Luego pasó a los calabacines, los pepinos, las judías y las calabazas amarillas de cuello torcido. Levantó dos clases distintas de pepinos, uno corto y gordo y otro largo y estilizado.

—Para encurtidos y para ensaladas —explicó ella sin que le preguntara.

—Me gusta tu huerto. Tiene lógica y es práctico. Y el espacio está muy bien aprovechado.

—Pero no es precioso. Yo me muero por el de Ina Garten. Es productivo y parece de escaparate.

—A mí el tuyo me parece precioso —dijo él con una sonrisa bastante bonita—. ¿Qué ha impedido que lo conviertas en uno de escaparate?

—Solo el tiempo y la destreza —respondió ella justo cuando le sonó el móvil.

Lo había dejado en la mesa del patio.

—Disculpa —dijo. Lo miró, vio que era Bella y respondió—: Buenos días, cariño.

—¡Mamá, he conocido al hombre más maravilloso del mundo! Se llama Tom y creo que podría ser perfecto para ti. Es...

—Espera, cielo. Me encantaría escucharlo todo, pero ahora mismo estoy ocupada. Te llamo en un ratito —dijo y miró a Sam, que estaba sacudiéndose las rodillas.

—¿Qué estás haciendo? —preguntó Bella.

—Me he ensuciado estando en el huerto. Ahora te llamo.

Colgó antes de que Bella pudiera discutir. Ni siquiera se paró a pensar por qué no quería que la distrajeran en ese momento, aunque por dentro podía sentir que estaba disfrutando charlando con Sam sobre su huerto, y era uno de los encuentros más agradables que había tenido últimamente.

—No cuelgues si no quieres. Tengo que irme de

todos modos. Tengo muchos recados que hacer —dijo Sam.

—Solo es Bella. Hablamos una vez al día como mínimo, y por norma dos o tres.

—Eso hacíamos Sophia y yo, pero su vida social ha tomado velocidad y últimamente apenas tiene tiempo ni para llamarme a ver qué tal. Bueno, supongo que es como debe ser. Tiene veintidós años, es inteligentísima y está ocupadísima.

—Mi hija ha decidido que ya es hora de que salga con alguien —confesó Marni, y luego se preguntó por qué había compartido esa información—. Imagino que tú estás pasando por lo mismo.

—Justo lo contrario —dijo él con una tímida sonrisa—. La madre de Sophia murió y no creo que ella se haya planteado siquiera que yo pueda estar con otra mujer. Y eso que han pasado años.

—Sí, es verdad. Siento mucho vuestra pérdida.

—Gracias. Fue muy duro para Sophia, pero creo que está mucho mejor.

—¿Incluso aunque no te deje salir con nadie?

Sam soltó una risita.

—Estoy muy ocupado tal como estoy. Y, viendo cómo se está expandiendo la vida social de Sophia, espero que pronto se le pase la fase posesiva. Imagino que mañana vendré a montarte tu bancal de espárragos, y prometo no venir demasiado temprano. Entraré por la puerta trasera.

Ella se tiró de la camiseta del pijama y dijo:

—Suelo levantarme temprano, pero mañana me aseguraré de vestirme.

—Espero que no lo hagas por mí. Esos veleros son monísimos.

Sam sonrió y bordeó el patio.

—Mejor salgo por aquí con mis pies llenos de barro.

—Gracias, Sam. Me hace mucha ilusión lo de los espárragos.

—Un placer —dijo él tocándose el sombrero de paja.

Y con eso, se marchó.

Capítulo 3

Marni llamó a Bella justo después de que Sam se marchara, pero no tenía mucho entusiasmo por conocer a ese hombre que su hija encontraba tan agradable, educado, nada mal físicamente y muy formal.

—Entiendes que no volveré a casarme a menos que esté drogada, ¿verdad? —dijo Marni.

—Sí, pero creo que estaría bien que tuvieras a alguien. Ya sabes...

—No sé. ¿Por qué no me explicas por qué te parece tan importante que conozca a alguien?

—Solo creo que estaría bien que tuvieras a alguien con quien charlar y con quien salir, para que no estés siempre sola o con un par de mujeres. Sé que a veces te sientes sola, aunque intentes ocultarlo. Así que no, no pretendo casarte con nadie, pero me encantaría que me dijeras que vas a ir con un hombre a tal sitio o a tal fiesta. O que vas a pasar la noche en la zona de la Bahía para ver un espectáculo. O que vas a cocinar para alguien que a lo mejor se queda a dormir. Ya sabes, alguien que encaje en tu vida y al que te haga ilusión ver. Entiendo que no quieras una pareja viviendo contigo a tiempo completo. De verdad que sí. Tom es un buen hombre, de tu edad y con mucho éxito, aunque no recuerdo en qué.

—¿El embarazo te ha afectado a la memoria? —preguntó Marni riéndose.

—¡Totalmente! Pero el motivo principal es que lo he visto un rato muy corto. Su hijo es uno de los abogados de la oficina del fiscal y Tom solo pasaba por allí. No hemos hablado mucho.

—¿Entonces por qué tienes tan claro que debería salir con él?

—Me ha caído bien, nada más. Así que le he preguntado a Richard, su hijo, si estaba soltero y si salía con alguien. Entonces a Richard le ha parecido buena idea y ahí está: dos hijos organizándoles una cita a sus padres.

Marni suspiró. Sonaba más latoso que hacer de mamá ayudante en clase de los de seis años o de acompañante en un viaje de estudios de bachillerato.

—¿Por qué no me consigues un gato? El refugio de animales está haciendo una promoción.

—No se puede hablar con un gato.

—Sí que se puede. Yo hablaba todo el tiempo con el señor Chips, que en paz descanse.

—Os citaré para tomar café. Si no te cae bien Tom, pues nada.

El problema era que sentía que, si no le caía bien, decepcionaría a Bella. A Bella y a un abogado llamado Richard.

Marni no dijo más al respecto. El bebé llegaría en poco tiempo y esa locura de las citas tendría una muerte natural. Bella tenía pensado tomarse tres meses de baja maternal. Después, entre el trabajo y cuidar del bebé, estaría demasiado ocupada para preocuparse por la vida amorosa de su madre.

Tampoco mencionó que ya había algo que le

hacía ilusión: su bancal de espárragos blancos y la curiosidad que le despertaba el hombre que se lo iba a instalar. Estaba deseando que fuera domingo por la mañana. Había visto a Sam tres o cuatro veces en los meses que Sophia llevaba trabajando con ella, pero sería la primera vez que estuvieran solos y manteniendo una conversación larga.

Aunque Sam prometió que no llegaría temprano, Marni se levantó al amanecer, se duchó, se arregló e incluso se maquilló.

Luego se entretuvo recogiendo el dormitorio, viendo un rato las noticias, hojeando algunos de sus libros de cocina favoritos y asomándose a la ventana al menos veinte veces. Dedicó un momento a echar un ojo a la agenda. Estaba completa. Había ciertas cosas relacionadas con el hecho de ser una cara conocida que la mantenían ocupada; tenía que mantenerse las uñas y el pelo arreglados para asegurarse de estar siempre lo mejor posible delante y detrás de la cámara. Tenía una estilista que le controlaba el armario y la visitaba cada mes con prendas nuevas. Y sus equipos de limpieza y paisajismo iban con regularidad. Las empleadas del hogar, dirigidas por Julia, iban cada semana, todos los lunes muy temprano, para encargarse de que todo resplandeciera y para hacer la colada, incluyendo sábanas y toallas. Los jardineros iban los viernes, también temprano.

Tenía reuniones regulares con la cadena y con el equipo de producción. Las oficinas estaban en Sacramento, a dos horas en coche, y, según la agenda, tenía una reunión el jueves. Su trabajo implicaba mucho más que solo cocinar. El suyo era un negocio complicado y competitivo.

No fue hasta las once cuando oyó ruido en el jardín trasero. Al salir al patio, vio que Sam estaba ahí, con una bolsa grande de tierra para macetas y varios tablones que parecían hechos a juego con los de sus cajones de cultivo de hierbas. Además tenía una pala curvada, una cuadrada, un rastrillo y guantes.

—¿Cómo has metido todo esto aquí sin hacer ruido?

—A lo mejor no he hecho ruido antes —dijo él con tono animado—, pero estoy a punto de hacerlo. Hoy estás muy guapa, aunque el pijama de veleros era un toque muy bonito.

—Hoy va a hacer calor, pero ¿te apetece un café recién hecho antes de que suba la temperatura?

—Si tú te tomas otro...

—Claro. ¿Leche? ¿Azúcar?

—Un poco de leche.

Marni asintió y fue a la cocina a por dos tazas. Cuando volvió, Sam estaba usando una pala para hacer un cuadrado en la tierra del mismo tamaño que el cajón de hierbas. Ella dejó las tazas en la mesa del patio a modo de reclamo para sacarlo del jardín.

—¿Dónde tienes el huerto?

—Lo tengo detrás de la casa. Empezó con unas lechugas y unos tomates, y fue creciendo. Ahora es mucho más grande. Es mi placer culpable. Trabajo otro huerto, pero no en mi tierra. Cuando era pequeño la cosa no era así. Crecí levantándome antes del amanecer para empezar con las tareas. Mi familia cultivaba maíz y soja.

—Pero conociste a tu mujer en Argentina. Sophia me dijo que tú fuiste el norteamericano listo que se enamoró de su madre. ¿Y qué hacías en Argentina?

—¿Has estado en Argentina?

—Poco tiempo. Admito que no he visto mucho del país. Es un lugar precioso. ¿Fue eso lo que te llevó allí?

—No, pero es uno de los motivos por los que me alegré de estar allí. Es una larga historia.

—Tengo mucho tiempo. Y Sophia es una persona especial para mí.

—A ver... Mucho antes de conocer a Sophia y a su madre, cuando era muy joven, quería viajar, pero el hijo de un agricultor no tiene esa clase de oportunidades. Así que, ante la insistencia de mi padre, fui a la universidad. No fue idea mía. Me especialicé en Agricultura porque pensé que me resultaría fácil, que ya lo sabía todo sobre cultivos. Cuando me licencié, busqué programas de posgrado que incluyeran viajar a otros países para estudiar su agricultura. Visité granjas y aldeas agrícolas en Europa, Canadá, Sudamérica y Centroamérica. Cuando acabé en Buenos Aires, una ciudad que depende de los cultivos que envían a otros países, habían pasado años, mi rumbo de estudios se había desviado hacia la Biotecnología y me enamoré de la madre de una niñita adorable —dijo riéndose, y su rostro se iluminó y embelleció. Tenía unos dientes increíbles—. Me casé con Selena y adopté a Sophia. Viajé y estudié mucho por Sudamérica y Centroamérica, en grandes explotaciones agrícolas comerciales y en pequeñas granjas familiares desde Guatemala a Costa Rica. Con el tiempo nos mudamos a California y ahí estábamos viviendo cuando Selena enfermó. La perdimos cuando Sophia tenía solo quince años. Encontré un trabajo aquí hace cinco años y ahora básicamente viajo por placer y curiosidad. Muy pocas veces tengo que viajar por negocios.

—Disculpa, pero ¿qué te trajo aquí?

—Ah, sí, perdona. Nunca se me ha dado bien

contar historias. Trabajo para la universidad en el laboratorio de investigación experimental de agricultura. Escribí sobre mi investigación y con eso conseguí un buen empleo.

—¿Cómo investigaste? ¿Fotos? ¿Notas? ¿Entrevistas? ¿Cómo?

—Todo eso, sí, pero sobre todo trabajé con agricultores.

Empezó a describir algunas de las explotaciones agrícolas que estudió. Las grandes y comerciales eran las más accesibles; un capataz lo llevaba consigo haciéndole un recorrido en profundidad por las instalaciones y asegurándose de que lo veía todo. Pero las que más disfrutó fueron las más pequeñas y familiares. Se las describió con sus nombres: la granja Aguirre, la granja Sepúlveda, la granja Soto. Le habló de los miembros de las familias; en una había siete hijos varones. Aunque la granja estaba considerada de tamaño medio pequeño, en la comunidad eran apreciados por todos los hijos que tenían. La familia Soto tenía hijas y, aunque trabajaban igual de duro, el valor de la propiedad familiar no subió hasta que no se casaron. Era todo muy del viejo mundo, muy tradicional.

Esas granjas estaban increíblemente bien atendidas. Rotaban las cosechas con gran diligencia, cuidaban de sus plantas con el amor de una madre, empleaban métodos antiguos y orgánicos para combatir las plagas. Le dijo el nombre de todos los hijos de cada familia y habló sobre sus talentos especiales y, sobre todo, de quién llevaría cada granja a la siguiente generación.

También le habló de las casas, muy pequeñas en comparación con las de Estados Unidos. Marni quería saber más sobre las cocinas. Casi todo lo que se cocinaba allí era para un gran número de personas y, en su mayoría, se preparaba fuera, en grandes calderas y sartenes con cucharones y espátulas de mango largo. Sam describió las hierbas y los pimientos que colgaban del techo en la despensa y la cocina. Las cocineras, por norma mujeres, arrancaban alguna hoja o semilla para añadir sabor o un toque picante. Eran unos anfitriones maravillosos y lo agasajaban con pepián, tamales y mole, todo ello acompañado de montañas de arroz, judías y tortillas. Criaban sus propios pollos, y las patatas, los tomates, las zanahorias y el maíz salían de su tierra.

—Tendré que aprender alguna de esas recetas —dijo ella.

Luego él describió la belleza de la tierra que rodeaba cada granja, desde las espléndidas montañas hasta los abundantes ríos y el rico suelo. Al rato pasó de la mesa del patio al lugar donde construiría el bancal elevado para los espárragos. Marni también se movió, animándolo a que siguiera detallándoselo todo. Al momento Sam estaba hablando de esquiar y de cuánto les encantaba a Sophia y a él. Era una de las razones por las que había decidido instalarse cerca de Reno. La universidad, el esquí y la actividad agrícola.

—Actividad agrícola experimental —aclaró ella por él.

—Pero háblame de ti —dijo él—. De ti y de la cocina.

—Bah, no es tan interesante.

—Prueba. Me encantaría saberlo todo.

—Fue algo completamente accidental. Yo también había enviudado. Era muy joven; mi bebé, Bella, solo tenía nueve meses cuando mi marido murió en un accidente de tráfico. Siempre quise ir a la universidad, pero nunca llegué a hacerlo. Empecé sirviendo muestras gratuitas en supermercados. Bella siempre estaba conmigo, llamando la atención de los clientes. Le reconozco la mayor parte de mi éxito. Pasé de las muestras a las demostraciones de productos, y de ahí a la preparación de alimentos. Bella pasó de ir en la mochila a ir a la guardería, pero a veces me acompañaba incluso cuando fue mayor. Y yo fui subiendo en la jerarquía local, despacio pero a ritmo constante. Hice de suplente en un par de programas matinales hasta que, como de milagro, me dieron un puesto tres mañanas a la semana. ¡En directo! ¡Fue aterrador! ¡Pero funcionó! Y ya hace más de veinticinco años que mi programa se vendió a otras cadenas. *Marni en la cocina* o *Marni cocina*. Por algún golpe de suerte, cuajó.

—Es un buen programa.

—¿Lo has visto?

—¡Claro! ¡Sophia trabaja para tu programa! ¡Le encanta! Creo que tú eres la razón por la que ha estudiado Comunicación. Le gustaría hacer carrera en televisión.

—No creo que tenga mucho problema para lograrlo —dijo Marni.

Él terminó de montar el cajón, plantó los espárragos, los cubrió con la muselina y cargó las herramientas en su camioneta. Marni no lo dejaría marchar sin que primero se tomara un sándwich con ella.

—El mejor sándwich que he comido en mi vida, cómo no —dijo él con una sonrisa de admiración—. Está claro que tienes un don.

Charlaron mientras se tomaban un almuerzo ligero y al final tuvieron que darlo por concluido. Con las herramientas ya en la plataforma de la camioneta, se dijeron adiós.

Sam había estado en su casa un total de tres

horas y todo ese tiempo habían estado hablando. Se habían hecho preguntas el uno al otro mientras Sam construía el cajón, y ahora que él ya se había ido, Marni seguía oyendo su voz. Se sentó en la tumbona del patio a disfrutar del sol y a escuchar su voz en su cabeza. Casi podía visualizarlo trabajando con las familias de las granjas agrícolas, comiendo en su mesa, cargando sus verduras en camionetas para llevarlas al mercado. Había dicho: «La comida sostenible es lo que une a las familias, las comunidades y los países».

¿Cómo era posible que Sophia llevara seis meses trabajando con ella y que esa hubiera sido la primera vez que había disfrutado de una prolongada conversación con Sam? No dejaba de repetirse en silencio sus palabras. Qué bondadoso era, qué corazón tenía.

Era inspirador.

Esa noche se llevó sus historias y su seductora voz a la cama y se preguntó qué opinaría él si supiera que el sonido de su voz la había arrullado hasta quedarse dormida.

La primera impresión que Marni se llevó de Tom, el hombre simpatiquísimo que le había elegido Bella, fue positiva. Quedaron en un Starbucks a las diez de la mañana casi una semana después de que Bella lo hubiera propuesto, y cuando Marni entró, un hombre alto y medio calvo se levantó de una mesa en el rincón y la saludó con la mano. Ella miró a su alrededor, se señaló a sí misma y se encogió de hombros, haciéndolo reír. Tom dio dos pasos hacia ella y alargó la mano.

—Hola, Marni.

—¿Tom?

—Sí, claro. Siéntate ahí y yo voy a pedirte algo. ¿Qué te apetece?

—Un *latte* de vainilla, gracias.

En pocos minutos él volvió sonriendo y se sentó enfrente. Exceptuando una mujer con un libro y un par de clientes más, que trabajaban en sus portátiles, el lugar estaba desierto.

Le pasó el *latte*.

—Me alegro de conocerte en persona. Si no te importa que te lo diga, eres incluso más atractiva en persona que en la tele.

Ella notó cómo se le encendieron las mejillas exageradamente. ¡A lo mejor resultaba que no era tan mala idea! Marni no era inmune a los cumplidos. No era vanidosa en absoluto y se consideraba solo un poquito por encima de la media en cuanto a físico, pero le prestaba mucha atención a su aspecto. Bueno, después de todo, tenía una vida pública. Y resultaba agradable que alguien te admirara.

—He de admitir que nunca había visto ningún programa de cocina, pero cuando Bella me habló de ti, de su madre soltera, tuve que echar un vistazo.

Ella enarcó las cejas.

—Me parece razonable. ¿Te gusta cocinar?

—Hay una o dos cosas que puedo hacer sin ponerme en ridículo, aunque no es una de mis aficiones. ¡Pero tú me pareciste fascinante! ¿Cuánto tiempo llevas haciendo esto?

—¿Con mi propio programa? Más de veinte años. Los primeros años tenía dos bloques de media hora a la semana en un canal y luego el programa se vendió a más cadenas. Bueno, ¿y tú? ¿Cuánto tiempo llevas viviendo en esta parte del mundo?

—Diez años, pero primero estuve en San José, luego en San Francisco, en Sacramento y de ahí aquí. He pasado la mayor parte de mi vida en el norte de California. Fui profesor, representante de ventas e incluso vendedor de coches de segunda mano, una combinación de profesiones muy interesante. Acabé trabajando en una inmobiliaria en Reno, y está claro que es lo que siempre he querido hacer. Gané una fortuna con ello. Fue cuando el mercado estaba en lo más alto, pero, aun así, tenías que saber lo que hacías, y no hay duda de que trabajar con gente es mi punto fuerte. Estoy medio jubilado ahora, pero sigo teniendo mi licencia. De vez en cuando me vuelve a picar el gusanillo. Ya sabes, el aliciente de hacer tratos, negociar, cerrar una buena venta. Tuve una casa en el lago Tahoe...

Y entonces empezó a relatar una lista de sus logros especificando algunos tratos y negociaciones. No le dijo directamente cuántos años tenía, pero ella se lo preguntó y él le respondió que tenía sesenta y cinco y que se había divorciado dos veces. Se reía bastante... con sus propios chistes. Y entre sus historias colaba halagos: «¿Que tienes cincuenta y siete? ¡Por Dios! ¡Pero si pareces mucho más joven!».

Siguió hablando de sus acuerdos favoritos, recalcando que su inteligencia en las negociaciones era su verdadero don.

—No puedo evitarlo, me encanta cuando la transacción se complica. Ahí es cuando de verdad uso todos los recursos y pruebo con todo a ver qué funciona. Todo el mundo tiene algún punto débil y, si contraofertas lo suficiente, te lo muestran y entonces tú sabes exactamente cuándo y cómo dar el golpe final. Una vez tuve un comprador que incluyó tantas condiciones en los términos de la oferta que el precio bajó tanto que no merecía la pena negociar. Se esperaba una contraoferta igual de compleja, pero yo no respondí. Simplemente dejé que la oferta expirara y eso lo dejó desconcertado y lo pilló desprevenido. Lo que yo le estaba diciendo básicamente era que no iba a llevarse la casa a cualquier precio. Le sugerí que otra persona me había presentado una oferta menos compleja y entonces, como era de esperar, volvió. Me gustan esos tratos, son divertidos. Pero también he tenido de los absurdos. Ya sabes, compradores que se preocupan más por salirse con la suya que por el resultado final. Tuve un comprador que echó a perder un gran acuerdo por cinco mil dólares.

Se rio con ganas al recordarlo.

—Yo no perdí ni un segundo de sueño por aquello, pero seguro que él sí.

Marni quería mirar el reloj, pero en lugar de eso dio un sorbo al *latte*. En algún momento entre tanta historia, empezó a aburrirse. ¡Y eso que le encantaban las casas! Le encantaba mirarlas, imaginarse en ellas. Había construido la casa en la que vivía. Se vio tentada a contárselo, era una casa fantástica, hecha a medida para su negocio.

Vio que tenía un problema. No sabía cómo ponerle fin a la cita. Debería haberle preguntado a Bella cómo se hacía eso hoy en día. ¿Era el momento de ser brutalmente sincera y decir: «Lo siento, pero creo que esto no me convence»?

—Em, disculpa, Tom. Creo que ya va siendo hora de que demos por acabado nuestro café. Tengo...

—¿Quieres otro *latte*?

—No, gracias. Es que tengo una reunión.

—¿Una reunión? No me dijiste nada cuando hablamos.

—Pensé que en una hora tendríamos tiempo de vernos, y así ha sido.

—¿Qué clase de reunión?

—De negocios.

—¿Y qué negocios hace una chef?

Marni detectó un poco de sarcasmo en su voz y se tensó. La despedida iba a resultarle más sencilla de lo que se había temido un momento antes.

—Quiero decir, me interesa mucho, si no te importa que te pregunte —añadió él.

—Una reunión de producción —dijo ella con frialdad—. Mi equipo y la productora tienen mucho que planificar antes de la siguiente grabación.

—Claro —dijo él echando el freno—. Me gustaría que volviéramos a quedar.

—Encantada te llamaré cuando consulte la agenda —dijo ella. Se levantó—. Muchas gracias por el café. Y por una conversación tan agradable.

Le estrechó la mano.

—Nos vemos —añadió.

—Te acompaño al coche —dijo él siguiéndola—. La próxima vez, me encantaría que pudiéramos quedar para tomar una copa.

—Te diré algo cuando consulte la planificación —repitió.

Y entonces, sorprendentemente, él la agarró como para acercarla. Marni se tensó y se apartó. Algo descontrolada y llevándose una mano al pecho, exclamó:

—¡Uy!

—Vale, sí. Demasiado pronto.

—Adiós —dijo ella abriendo la puerta del coche.

—¡Te veo pronto! —gritó él.

«No, si yo te veo primero», pensó Marni.

Marni no tenía ninguna reunión. Se alegró de tener un rato a solas para pensar. Tom no la atraía lo más mínimo, pero tampoco es que él lo necesitara. Parecía bastante enamorado de sí mismo. Por otro lado, pasar una hora con él le recordó que había

estado demasiado tiempo sin que un hombre la ro-
deara con sus brazos.

Hacía un día tan precioso que se pasó gran parte
de la tarde en el patio. Estaba ahí sentada, hojeando
libros de recetas, cuando sonó el teléfono. Era Bella.
Iba a tener que decirle la verdad.

—Me ha llamado Tom —dijo su hija—. Me ha dicho que cree que la primera impresión que te has
llevado de él no ha sido muy buena. ¿Qué ha pasado?

—Nada demasiado interesante. Ha hablado de sí
mismo y solo me ha preguntado por mi edad.

—¡No! ¡Anda ya!

—Bueno, también me ha preguntado cuánto
tiempo llevo cocinando en la tele. Y luego ha vuelto
a preguntarme mi edad.

—Pero ¿te ha gustado? —quería saber Bella.

—Me ha parecido un hombre muy simpático,
pero no quiero salir con él.

—¿No crees que, al menos, deberías darle otra
oportunidad?

—No. Creo que vas a tener que buscarte otra afición. Una que no haga sentirse a tu madre tan incómoda.

—Pero ¿por qué estabas incómoda si ha estado
tan simpático?

Marni suspiró.

—Porque ha estado todo el rato hablando de sí
mismo. Y lo que he aprendido de la gente que habla mucho sobre sí misma es que ni te escucha ni
tiene ningún interés en ti, solo está pensando en lo
próximo que va a decir. Es así. Y, lamentablemente,
esas personas solo resultan interesantes para ellas
mismas.

—A lo mejor solo quería entretenerte.

—O intentar impresionarme con sus muchos logros. Lo siento, Bella, pero me he aburrido.

—¿Te ha hablado de su viaje a África? ¿O de su crucero a Escandinavia? ¿O de su hijo el abogado?

—No, de nada de eso.

—Vale, creo que las dos deberíamos sentarnos y hablar de lo que buscas en un hombre.

—Nada, eso es lo que busco. O tal vez un Jason con unos veinte años más. Ups, tengo que colgar. Alguien llama a la puerta. Será un repartidor...

—Estoy entrando en el aparcamiento del súper. Luego te llamo.

Marni se guardó el teléfono en el bolsillo y fue a abrir. Cuando miró por la mirilla, ahí estaba Sam Garner. Era la última persona que se habría esperado ver. Al instante, una sonrisa se le plantó en los labios. Abrió la puerta.

—¡Pero bueno! ¡Hola!

—Espero no molestar. Te habría llamado, pero no tengo tu número y no quería pedírselo a Sophia, así que he traído una botella de vino y he cruzado los dedos. ¿Estás trabajando?

—No. Y no me importaría nada tomarme una copa de vino. He tenido un día estresante.

—¿Se te ha roto el horno? —preguntó él sonriendo.

—No, esta mañana he tenido una cita. No ha sido muy prometedora.

—Vamos a abrir esto y me cuentas.

Sam la siguió hasta la cocina. Ella abrió el vino.

—¿Por qué no querías pedirle mi número a Sophia?

—No quería darle ideas. Imagino que te habrás fijado en que es una fisgona. Empezaría a hacerme un montón de preguntas y no se tragaría las respuestas. Ni siquiera después de tantos años, puedo predecir sus expectativas. Aunque le dijera que solo voy a visitar los espárragos, me haría más preguntas. He tenido esposas menos metomentodo.

Ella abrió los ojos de par en par.

—¿Has tenido más de una?

—Me casé justo al terminar la universidad. Fue muy breve. Ni merece la pena mencionarlo. Resultó que no teníamos nada en común. Ni siquiera discutíamos; así de pacífico fue todo. Compramos un kit de autodivorcio en la librería.

—Pero la madre de Sophia...

—La hija de un granjero argentino. Una joven encantadora. Sophia solo tenía seis años y Selena, veintiséis. Yo tenía cuarenta. La edad no pareció importar. Murió nueve años después de que nos casáramos. Era demasiado joven para morir.

Marni le dio una copa.

—Qué difícil debió de ser también para una niña pequeña...

—Los quince son una tortura de por sí, te enfrentes a lo que te enfrentes. Hace un tiempo perfecto para ir a ver los espárragos. ¿Podemos tomarnos el vino fuera?

—Ahí estaba cuando has llamado al timbre.

Fuera, en el patio, quedaba claro dónde había estado sentada. Había una pila de libros de cocina de gran formato en el suelo, junto a una de las tumbonas, y encima de esta, una pequeña almohada para la espalda.

—Creo que estabas trabajando —dijo él al sentarse en otra.

—Leo recetas para relajarme. ¿Tú qué lees para relajarte?

—Acción y aventura. Y mucha historia. O catálogos de semillas. Además de las recetas, debe de haber algo que te guste.

—La ficción para mujeres. Y también me encantan las películas románticas. Libros y películas con finales felices.

—Crees en los finales felices —dijo él, y no fue una pregunta.

—Espero finales felices —aclaró ella.

—Pero, Marni, cualquiera diría que eso ya lo tienes. Una casa preciosa, una familia encantadora, una carrera de éxito...

—No me quejo. Pero me gusta leer sobre finales felices. Las situaciones más imposibles se resuelven ingeniosamente y todo el mundo es feliz para siempre.

—Reconozco que me gusta esa idea.

—Llevas viudo mucho tiempo. ¿Sales con gente?

—Creo que mi situación podría ser única —dijo él sacudiendo la cabeza—. Mi hija no hace de casamentera. La he oído decir: «Mi padre nunca querrá a otra mujer». Si es así o no, no lo sé. De hecho, podría ser incluso peor si tuviera esperanzas de buscarse una madrastra, y eso que a nadie le vendría mejor una madre que a Sophia. No le iría nada mal la sabiduría de una mujer mayor, alguien con quien pudiera hablar de su vida amorosa. El último chico con el que salió era brusco y frío. Menos mal que no duró.

—Pues me sorprende —dijo ella, y lo dejó ahí.

Sam era de todo menos brusco y frío. Al menos, por lo que sabía de él, parecía afable y encantador.

—Lo mismo pensaba yo, pero supongo que será el afán posesivo paternal. Sophia me dice que soy tonto y que, si lo conociera mejor, lo admiraría —dijo él, y enarcando una ceja añadió—: Lo dudo. No le mostraba ningún respeto.

—Mi situación también es única —dijo Marni—. Mi hija está empeñada en que salga con alguien.

—¿Le has preguntado por qué?

—No quiere que esté sola.

—¿Es que lo estás?

Ella sacudió la cabeza.

—Está claro que todos estamos un poco solos a veces, pero no lo estoy tanto como para estar dispuesta a arriesgarme con otra relación. Yo también he estado casada dos veces y he enviudado una. Mi primer matrimonio también fue breve.

—No sabía que tuviéramos eso en común. Y pensaba que tendrías un montón de hombres interesados revoloteando a tu alrededor.

—Nada que ver, aunque tampoco me veo en muchas situaciones en las que tenga ocasión de conocer a hombres solteros de edad respetable. Después de un divorcio complicado hace cinco años, no tengo ganas de esa clase de aventura. Y, la verdad, le voy a quitar a Bella la ilusión porque me parece demasiado follón.

—Estoy de acuerdo —dijo él riéndose—. ¿Qué ha pasado en la cita?

—Ha sido solo un café, organizado por Bella, pero yo no tenía ningún interés en conocer a ese hombre. Es majo, aunque a lo mejor ha estado demasiado forzado. Me he aburrido. Luego me he sentido molesta. Y luego estaba deseando largarme.

Sam se rio a carcajadas.

—Ha sido muy incómodo —dijo Marni con un gruñido.

—Conozco a muchas mujeres que creen que debería casarme —admitió él antes de dar un sorbo de vino—. Sinceramente, no quiero casarme.

—¡Ni yo! —dijo ella poniéndose más recta—. Cuando me paro a pensarlo, no quiero. Ni siquiera me interesa tener una relación seria. Estoy perfectamente satisfecha como estoy. No me importaría tener un amigo, si fuéramos compatibles y nos divirtiéramos juntos, pero ¡estoy muy ocupada! Mi trabajo me importa y me quita mucho tiempo. Le dedico al menos cincuenta horas a la semana, ¡y me encanta lo que hago! ¿A ti no? Bueno, tampoco sé exactamente a qué te dedicas además de a lo de la agricultura.

—Es básicamente lo que hago. Experimentos agrícolas. Puede resultarle aburrido a cualquiera que no se dedique a eso.

—No sé, pero yo estoy enamorada de mi nuevo bancal de espárragos.

—Parece que les has dedicado tiempo al huerto y al jardín. Está todo exuberante. Y feliz.

—Muy feliz. Lo que me diste para los pulgones es increíble. ¿De dónde lo has sacado?

—Lo he hecho yo. Cuando se te acabe y necesites más, dímelo. ¿Qué tal con los conejos?

—Mi valla está resistiendo, aunque sí que rocío los bordes más visitados con repelente de conejos.

—A los conejos les gustan las hojas tiernas, así que, si logras mantenerlos alejados hasta que la mayoría de tus plantas hayan madurado, tendrás más suerte.

Sam respiró hondo y miró al jardín.

—¿Cincuenta horas a la semana? Dime, ¿qué haces para divertirte? ¿En tu tiempo libre?

—No tengo mucho, pero me entretengo bien sola. Me gusta viajar, aunque sobre todo para estudiar recetas culturales y menús. Disfruto con la gente que conozco tanto como disfruto con la comida.

—Eso me pasaba a mí cuando viajaba de granja en granja.

—Cuando estoy en casa y no tengo que trabajar, sigo cocinando para probar cosas nuevas. Leo mucho. Me encantan las películas antiguas. Disfruto con el silencio de estar sola. En invierno esquío. En verano voy a la playa.

—¿Llevas mucho tiempo viviendo aquí?

—Crecí aquí, o cerca de aquí. Breckenridge es un pueblecito perfecto, tan limpio y precioso. Mi hija trabaja para el fiscal del condado y quiere criar aquí a su familia, así que no me voy a marchar. Mi hermana está aquí. Es profesora en Reno y está casada con un bombero. Definitivamente, este es mi hogar.

—¿Tu hermana es profesora?

Ella asintió.

—En la universidad, en el Departamento de Lengua Inglesa. Nettie Carlisle. Es decir, Annette Carlisle. ¿La conoces?

—No —respondió él negando con la cabeza—. Pero, ahora que lo sé, la buscaré. ¿Así que leer y ver películas antiguas?

—Tengo una bici. Y también me gusta dar paseos largos, a veces hago caminatas por el campo, y juntarme con mis chicas. Eso incluye a Sophia, aunque últimamente, como su círculo de amigos se está ampliando, ya no tanto. Nos juntamos mi hermana, mi hija, mi asistente y a veces algunas mujeres de la cadena.

—¿Sueles ir a la ciudad?

La pregunta le arrancó una espontánea sonrisa.

—Me encanta San Francisco.

—¿Qué te gusta hacer allí?

—Restaurantes, cómo no. Pero también la música en directo, las galerías de arte, ir de compras, visitar tiendas de artículos de importación... No sé navegar, pero he hecho pesca de gran altura un par de veces y me encanta. ¿Tú lo has hecho?

—Sí, y estoy de acuerdo. Es divertidísimo. Lo pondremos en la lista de algo que podríamos hacer juntos alguna vez.

—¿Y no se lo dirás a Sophia? —preguntó ella con una pícara sonrisa.

—Tú haz lo que quieras, pero yo no quiero complicar las cosas en el frente doméstico. Sophia es una chica preciosa con un temperamento en ocasiones explosivo.

—Yo no se lo diré si tú no se lo dices a Bella —dijo ella con una risita.

—Pero antes de que hagamos planes para ir a San Francisco, ¿te gustaría ver mi huerto?

—¡Me encantaría! Tengo la sensación de que vas a dejar el mío en evidencia.

—Consulta tu agenda y dime un día que te venga bien. Si tienes tiempo, picaremos algo.

—¡Seguro que habrá tiempo!

Estuvieron hablando durante dos horas, intercambiaron números de móvil y se despidieron en la puerta. Se habían reído hablando de sus hijas, las dos unas crías, terriblemente independientes y que se creían con derecho a todo. Hablaron de todo menos de vida extraterrestre y religión, pero pareció que fue solo porque todavía no habían llegado a esos temas. Hablaron de sus matrimonios y Marni fue bien consciente de que se centraron en los segundos: el suyo con Jeff y el de él con Selena.

Había otra cosa más de la que no hablaron. Amor. Los dos habían dicho que no querían volver a casarse; los dos mostraban verdadera indecisión sobre tener otra relación seria. Pero ninguno había dicho nada sobre estar enamorado. Marni consideraba que, en su caso, era una debilidad de carácter, que anhelaba volver a estar enamorada. No había nada tan emocionante y que te hiciera sentir tan vulnerable como enamorarte; nada tan aterrador o demoledor como temer que se te está escapando el amor. Ni nada tan estimulante como sentir que el amor te llena el corazón, que se llena de esperanza y promesas. A pesar de sus recelos hacia el matrimonio y cuánto le preocupaba que confiar en un hombre supusiera un riesgo terrible, tenía que admitir que la idea de enamorarse era deliciosa.

Capítulo 4

Bella lavó unas verduras y preparó una ensalada gigantesca. Si había algo positivo que la pandemia había destapado era la cantidad de trabajo que un abogado podía abarcar en casa. Con el teléfono y el portátil se había afianzado un espacio en su pequeño salón e incluso podía tener los pies en alto mientras trabajaba. Lo malo era que el regazo le estaba desapareciendo deprisa.

Estaba yendo a la oficina del fiscal del distrito al menos dos veces por semana, por norma tres o cuatro, pero era todo un alivio saber que podía quedarse en casa. Su asistente, Shelly, estaba en la oficina prácticamente cada día, preparada junto al ordenador y el teléfono, ocupándose de los detalles y manteniéndola al corriente de todo. En realidad, si no fuera por las reuniones, las entrevistas y las deposiciones, no tendría que salir mucho de casa.

Lo de ir al juzgado era otra cosa; eso sí que era ineludible. Y desde que la pandemia se había ido convirtiendo en endemia, había mucho en lo que ponerse al día. Una gran cantidad de casos judiciales se habían pospuesto y reprogramado. Bella esperaba estar al día de todo para cuando llegara el bebé. Luego tenía pensado tomarse tres meses de baja maternal.

Jason también podía pedir la baja paternal, pero empezaba a parecer que no quería. Decía que estaría más tiempo en casa, pero que no veía la necesidad de pedirse una baja prolongada. Para Bella era decepcionante, pero podría soportarlo.

Justo cuando pensó en él, oyó la puerta del garaje abrirse. Y oírlo hablar por teléfono mientras entraba en casa resultó familiar y molesto.

—Sí, me ocuparé de eso mañana a primera hora —estaba diciendo—. ¿Has comprobado todos los informes disponibles para los cierres de propiedades del caso Hanson? Y para evitar sorpresas desagradables, haz una investigación más extensa de órdenes de registro y detenciones a escala nacional. No, es solo una corazonada. Mejor asegurarnos que tener que lamentarnos.

Jason, también abogado, trabajaba para un bufete en Reno. Era abogado defensor mientras que Bella era ayudante del fiscal, de la acusación. Se conocieron justo después de acabar Derecho y llevaban juntos desde entonces.

Bella había puesto la mesa y su enorme y preciosa ensalada estaba en el centro. Puso mantelitos individuales y todo. Y pan para Jason.

—¿Otra vez ensalada? —dijo él después de cambiarse de ropa.

—Me estoy esforzando mucho para no ganar más peso —respondió ella—. No quiero estar como una calabaza cuando nazca el bebé.

—¡Pero es que me muero de hambre! —se quejó Jason.

—No sé, ¿no te puedes hacer un sándwich o algo? ¡Sabía que, si hacía una cena grande, me lo comería todo!

—Vale, voy a prepararme un sándwich o algo.

Se sentaron y ella sirvió la ensalada, luego le preguntó qué tal el día y le contó lo que pudo sobre el suyo. Tenían que tener cuidado con lo que se contaban; al fin y al cabo, estaban en equipos contrarios. Jason estaba demasiado callado y ella no sabía si era porque no podía hablar de un caso o por lo de la ensalada.

—Sigo con hambre —dijo él en un tono que a ella le pareció muy infantil.

Le acercó la ensaladera.

—En serio, no quiero más lechuga.

—¡Yo también tengo hambre! Prometiste que me apoyarías. Después de todo, ¡a la que le toca estar embarazada es a mí!

Él no dijo nada. Fue a la nevera, la abrió y miró dentro. Bella sabía que no había mucho para hacer sándwiches, pero siempre tenían mantequilla de cacahuete y mermelada. Luego Jason cerró la puerta y volvió al dormitorio. Cuando salió unos minutos después, llevaba unos vaqueros, una sudadera fina y unas botas. Agarró la cartera, el teléfono y las llaves, que había dejado en la mesa de la zona de bar del salón.

—Voy a Bilby's a tomarme una cerveza.

Bilby's era el bar y asador favorito de los dos en el barrio.

—Te acompaño —dijo ella levantándose.

—¿Por qué no me dejas ir solo? He tenido un día muy frustrante y necesito un poco de espacio para relajarme. No tardaré mucho y prometo estar de mucho mejor humor cuando vuelva a casa.

—Podría ir y prometer no hablar —dijo ella.

—No creo que funcione. Solo dame un ratito para despejarme y quitarme este mal rollo que tengo encima.

—Últimamente estás haciendo mucho esto.

—En casa no hay alcohol —le recordó Jason.

Bella había dejado de comprar porque ella no podía beber. Cuando él compraba, ella decía lo mucho que le gustaría tomarse una cerveza fría o un martini seco.

—Hay vino —dijo Bella—. ¿Quieres que abra una botella?

—No, gracias. Me gustaría que me dejases salir un momento. Cuando vuelva a casa, estaré de mejor humor.

—Vale. Yo también he tenido un día largo, ¿sabes?

—Lo sé. No tardaré.

Jason huyó antes de que ella pudiera ponerle más barricadas. Bella terminó de cargar el lavavajillas y se sentó. Puso los pies en alto y abrió el libro que estaba leyendo. Le parecía que llevaba años con él, pero solo iba por la página 129. Leyó dos párrafos. Luego se levantó, se calzó, agarró el bolso y salió por la puerta.

Condujo las cinco manzanas que había hasta Bilby's. Era un lugar pequeño y genial, con un ambiente agradable y donde todos se conocían. En el barrio tenían varios locales así, acogedores. Vivían a solo dos pueblos pequeños de Breckenridge, a veinte minutos de su madre y a un trayecto sencillo a Reno o Carson City. En su pueblecito tenían un local de *sushi* estupendo, un asador de alta calidad, un pequeño restaurante italiano regentado por una familia y una hamburguesería excelente, además de Bilby's. Llevaba tiempo sin ver ninguno por dentro porque había estado vigilándose el peso. Había engordado mucho en los primeros meses de embarazo y la matrona le había sugerido que intentase bajar porque, de lo contrario, tendría un peso poco saludable cuando llegara el bebé.

Se suponía que Jason estaba apoyándola en sus esfuerzos, aunque él no tenía problemas de peso. ¡Qué suerte! Y tampoco tenía problemas de hormonas, ¡mientras que las de ella tenían la misma estabilidad de un corrimiento de tierra!

El coche de Jason no estaba en Bilby's. ¿Se había tomado la cerveza y había vuelto a casa enseguida, tal como había prometido?

Aparcó y entró para asegurarse.

—Hola, Bella. ¡Te veo genial! —dijo el barman.

Ella sonrió satisfecha. Se sintió orgullosa, y es que no había sido un embarazo fácil. No mucho tiempo atrás temió que jamás pudieran tener un bebé.

—Estoy buscando a Jason. Creía que había pasado a tomarse una cerveza. Ha tenido un día complicado.

—Aún no he visto a Jason.

—Ah, pues entonces supongo que lo veré en casa. Como no puedo beber, no voy a quedarme.

—Puedo prepararte un té verde con crema de vainilla francesa.

—Ay, qué rico —dijo ella con sarcasmo—. Nos vemos otro día.

Condujo hasta los otros locales que le encantaban a Jason. El coche no estaba. Condujo unas manzanas más y acabó mirando en las entradas y en el aparcamiento de un complejo de casas adosadas, pero no había ni rastro de él. Imaginando que podía estar en cualquier parte, decidió volver a casa.

Llevaba allí unos diez minutos cuando él entró.

—Hola, cariño —dijo Jason antes de darle un beso en la frente—. Perdona si he estado de mal humor.

—¿Estás mejor?

—Mucho. Gracias.

—No has ido a Bilby's.

—Ya. He cambiado de idea.

—¿Dónde has estado?

—¿Me has estado buscando? ¿Por qué no me has llamado si me necesitabas?

—¿Por qué no me has dicho dónde ibas a estar?

—Porque no quería disgustarte ni discutir contigo. He ido a Johnny D's y me he comido una *pizza* —dijo echándole el aliento—. ¡Peperoni!

—¿Por qué Johnny D's? ¡Pero si ni siquiera te gusta ese sitio!

—No, a «ti» no te gusta ese sitio. ¡Tienen una *pizza* estilo Nueva York buenísima! ¡Y me moría de hambre!

—¿Has cenado con alguien? —preguntó ella con la barbilla temblorosa.

Él se encogió de hombros sin demasiada convicción.

—El camarero se ha sentado un momento porque no había mucha gente. Quería saber si yo era un atleta local. Pero... —Jason empezó a reírse a carcajadas y entonces se fijó en la expresión de Bella—. Oye, ¿a ti qué te pasa? ¡No te lo he dicho porque no quería discutir contigo! Mira —dijo agarrándole las manos—, sé que estar embarazada no es fácil, y menos de la forma en que lo hemos hecho, y haré todo lo que pueda por ayudarte, pero, Bella, tengo que comer comida. Comida, no hierba. Toda esa lechuga me pone de muy mala leche. Si quieres que me traiga mi propia comida o que me pare en algún sitio a comérmela solo, puedo hacerlo. Pero no puedo tener al bebé por ti y no puedo adelgazar por ti. ¿Vale?

—¿Seguro que fue un camarero y no una camarera? —preguntó ella con una lágrima en el ojo izquierdo.

—¡Dios bendito! —dijo él soltándole las manos antes de dirigirse al dormitorio.

Bella no lo siguió. Se quedó ahí sentada compadeciéndose de sí misma durante diez buenos minutos antes de ir al dormitorio. Él estaba tumbado en la cama con un voluminoso informe jurídico en las manos. La miró con cautela. Ella se quitó la ropa y se puso un camisón. Cuando se metió en la cama, Jason soltó un profundo suspiro de frustración y la acercó a sus brazos. Se giró hacia ella, que estaba de espaldas a él, y se acurrucó antes de empezar a acariciarle la barriguita, el trasero y después los pechos. Luego la tumbó boca arriba y la besó. Con delicadeza le hizo el amor, y luego ella pudo dormir profundamente.

Temprano por la mañana, él salió de la ducha, la besó y le dijo:

—Hoy tengo que estar pronto en el juzgado. ¿Ya estás bien?

—Sí. ¿Y tú?

—Estoy bien. ¿Hoy trabajas en casa?

—Voy a ir unas horas. ¿Llegarás tarde esta noche?

—Te llamo si surge algo. Ahora mismo el plan es estar en casa a las siete como mucho.

—Vale. Que tengas un día estupendo. Y recuerda que te quiero.

—Bella, intenta recordar que te quiero.

Le lanzó un beso y salió por la puerta.

Ella oyó la puerta del garaje subir, el motor arrancar y la puerta bajar. Llamó a su madre, como hacía todas las mañanas.

—Mamá —dijo con voz suave—, ¡Jason tiene una aventura!

De todos los dramas que Bella podía soltarle a primera hora de la mañana, ese fue el más inesperado.

—¿Lo sabes seguro? —preguntó Marni pasmada.

—Me dijo que fue a tomar una *pizza*, pero fui a todos sus locales favoritos y no estaba en ninguno.

—¿Y por qué iba a tomarse una *pizza* sin ti?

—¡Porque una *pizza* tiene demasiadas calorías para mí! Y necesito alimentos ricos en fibra, así que preparé una ensalada grande para cenar. Me dijo que iba a tomarse una cerveza y a despejarse un poco porque estaba de mal humor, pero no fue adonde dijo que iría. ¡Me está mintiendo! Y solo puede haber una razón para que me mienta.

—Seguro que hay más de una razón. Mira, preferiría decírtelo a la cara mientras te agarro las manos para tranquilizarte, pero, Bella, si hasta en tus mejores momentos estás siempre demasiado nerviosa, ahora, con esta sobrecarga de hormonas que tienes, ya te pasas. No creo que la prueba de una aventura sea que un hombre salga a comerse una *pizza*.

—¿Entonces qué es?

—Con Jeff tardé un tiempo en ver las señales, pero, basándome en mi experiencia, supongo que habría todo tipo de cosas: pintalabios en el cuello de la camisa, no estar localizable durante periodos prolongados, muchos mensajes y correos electrónicos de la misma mujer, muchas llamadas de una mujer... Imagino que, si sospechas que tiene una aventura, mirarás su teléfono. ¿Lo miras?

Bella se quedó callada un momento largo.

—Ya has dicho suficiente —dijo Marni—. Lo miras.

—Nos sabemos las claves del otro...

—Creo que Jason no te daría su clave si tuviera algo que esconder. Imagino que su secretaria no tiene la clave de su móvil personal.

—Su secretaria es mayor que tú y no muy atractiva precisamente. No me preocupa en absoluto que esté flirteando con Janine. Además...

—Creo que deberías hablar con alguien. Llama a la clínica de fertilidad. Recuerdo que, cuando leí todo lo que me enseñaste, había una psicóloga en el listado.

—¿Una psicóloga? —preguntó Bella horrorizada.

—Es solo una suposición, pero tratan con muchas mujeres a las que las han atiborrado de hormonas para que la *in vitro* funcione y eso tiene efectos secundarios, como volverte un poco excéntrica y paranoica.

—¡No estoy siendo paranoica! ¡Me dijo que me apoyaría en todo momento, así que no debería alterarme ni darme disgustos! ¡No es bueno para el bebé!

—Lo que quiero decir es que veas a una psicóloga para que no tengas que pasar por una ansiedad innecesaria. A mí no me dieron hormonas de más cuando estaba embarazada y, aun así, me daban ataques de llanto sin ningún motivo, perdía cosas, me pasaba todo el tiempo durmiendo o tenía insomnio...

Bella empezó a gimotear.

—Espero no estar haciéndole daño al bebé al estar siempre tan disgustada y alterada...

—A ver, esto no es una opinión médica, pero hay una cosa clara: si disgustarse durante el embarazo le produjera problemas al bebé, no habría más que embarazos problemáticos por todo el mundo. Por propia naturaleza, las mujeres embarazadas están preocupadas por todo y, aun así, siguen naciendo bebés. En cuanto a lo de la psicóloga...

—Mamá, seguro que en el congelador tienes algo maravilloso, sabroso y calórico que podrías darme. Me gustaría cocinar algo estupendo que le encante a Jason, pero no tengo tiempo. Además, lo que yo hago nunca está tan rico como lo que haces tú. Puedo pasarme a recogerlo esta tarde.

Marni suspiró profundamente.

—Tengo *fetuccini* en el congelador, pero solo te lo daré si prometes llamar a la psicóloga.

—Mamá, por favor...

—Seguro que tienen horas reservadas para mujeres afectadas por las hormonas que creen que sus maridos las están engañando cuando solo se han escapado a tomar una *pizza*...

—Vale, vale, llamaré para preguntar. ¿Tienes pan de ajo?

—Sí...

—¿Y puedes prepararme una ensaladita? ¿O *bruschetta*? ¡Eso! ¡*Bruschetta* de albahaca fresca y aceitunas!

Marni no pudo evitar reírse. Bella no había heredado ninguna de sus habilidades culinarias, pero sabía bien leer una carta y tenía un paladar impecable.

—Seguro que se da cuenta de que lo has hecho tú, pero no importa —dijo Bella.

—No importa porque estará muy agradecido de que me hayas llamado. Si está muerto de hambre, claro. Bella, estás muy malcriada. Recuerda nuestro trato. Llama a la psicóloga.

—Claro. Seguro. Aunque tengo una agenda muy ocupada.

Esta nueva generación de abogados nunca decía «día ocupado». Decía «agenda ocupada».

—Y yo, cielo. Te prepararé una neverita. ¿Crees que tendrás tiempo de sacarlo todo y calentarlo?

Bella soltó una risita porque, de pronto, todos sus problemas estaban resueltos. El marido infiel se había convertido en un marido hambriento.

—¿Podrías traérmelo tú?

—¡No! ¡Yo también tengo una agenda ocupada! —dijo Marni—. Te quiero. Cálmate.

Y colgó.

Marni no era tan tonta como para pensar que todo eso se resolvería con una cena. Seguiría pasando una y otra vez durante todo el embarazo. Y, posiblemente, durante los primeros seis años de la vida de su nieto.

Pero ¿y si Jason estaba siendo infiel? Marni no se lo había planteado nunca, pero si había algo que pudiera dolerle más que haber pillado a Jeff teniendo una aventura sería descubrir que su yerno estaba engañando a su hija. Daba por hecho que eran felices.

Aun así, sacó los *fetuccini* del congelador, puso a descongelar una *baguette* y miró a ver si tenía ingredientes para preparar una ensalada. Luego se sentó frente al portátil en la barra de desayuno y gugleó: «Aventuras amorosas». Tuvo que recordarse por millonésima vez que la vida de Bella no tenía nada que ver con la que había tenido ella.

Su primer marido había sido un problema; de hecho, su embarazo no le había preocupado tanto como el temperamento de su marido. Su segundo marido había sido algo controlador, siempre metiéndose en sus asuntos, siempre dándole consejos, hasta que había empezado a prestarle demasiada atención a otra mujer, una más joven y muy dominante. Lo que estaba viviendo Bella era bastante común: se sentía gorda y poco atractiva, estaba demasiado sensible, llorona. Súmale altas dosis de hormonas para facilitar la FIV y ¡bum!

¿Cómo sabes si tu marido te engaña? fue el primer pódcast. *Qué hacer si sospechas que tu marido te engaña,* el segundo. Los escuchó mientras esperaba a que Ellen llegara al trabajo. Y en ningún momento, en ninguno de los dos, sugirieron le pidieras a tu madre que preparara una cena maravillosa.

Ellen disfrutaba su trabajo mucho más cuando las jornadas eran un poco más cortas y no había prisas para tener que estar en la cocina al amanecer. Se había quedado haciendo repostería hasta tarde y había dormido hasta las ocho. Luego había metido en su bolsa unas galletitas y otros productos horneados, la agenda y la libreta, y había entrado en el garaje. Pulsó el botón de arranque de su Lexus último modelo y oyó ese horrible sonido: un clic sordo. Era un coche silencioso de por sí, pero es que ahora ni siquiera ronroneó un poco.

Salió al camino de entrada con el móvil en la mano y buscó entre los contactos. Su coche era tan fiable que no sabía si tendría guardado un número para averías. Pensó que, en el peor de los casos, siempre podía llamar a Marni para pedirle que pasara a buscarla o el nombre de un buen mecánico.

—¡Ellen! —oyó.

Al levantar la mirada vio a su vecino, que estaba en su propia entrada.

—Buenos días, Mark.

El hombre cruzó los jardines de los dos.

—¿Tienes algún problema?

—Estoy bastante segura de que es la batería, aunque no debería. El coche solo tiene tres años.

—Creo que esas baterías están programadas para acabarse a los seis días de que caduque la garantía. Déjame echar un vistazo.

—Puedo llamar a alguien. Imagino que tendrás que ir a trabajar...

—Tengo tiempo —dijo él yendo directo al coche—. ¿Tienes la llave inteligente en el bolso?

—Sí. Gracias. Eres muy amable.

—No hay de qué.

Él probó a arrancar, oyó el mismo clic y salió para levantar el capó.

—Es solo una suposición, pero sí que suena y actúa como si fuera la batería. ¿Qué te parece si la llevo a la tienda de repuestos, pido una nueva, la traigo y te la instalo?

—No quiero que te tomes tantas molestias...

—Lo hago encantado, Ellen. No tengo nada urgente que hacer.

—¿No tienes que ir al trabajo?

—Tengo tiempo de sobra.

—Bueno, pues gracias. Pero, claro, la batería la pago yo.

—Claro. Saca lo que necesites del coche e iremos en mi camioneta —dijo él antes de sacar la batería del compartimento del motor.

Mark Wascott se había mudado a la casa de al lado hacía unos tres años. Ellen había ido a presentarse al instante, pero hacía solo un año que se había enterado de que la esposa de Mike había fallecido y que él, al no querer vivir en la misma casa sin ella, había vendido la casa en la que habían vivido juntos tantos años y se había comprado una algo más pequeña. Tenía un hijo mayor y un par de nietos, que vivían en Las Vegas. Iban a visitarlo, aunque no muy a menudo. Ellen suponía que tal vez Mark, al estar solo, sí que iba a verlos a ellos más. Al menos, había ocasiones en las que parecía que estaba un tiempo fuera del pueblo.

Eran amigos cordiales, se saludaban cuando se veían por la calle. Si Mark estaba arreglando el jardín, a veces le aspiraba a ella las hojas del camino de entrada, y en una ocasión incluso le quitó la nieve con una pala... ¡hasta la misma puerta de casa! No les nevaba mucho, así que tampoco fue para tanto, pero sí que fue muy amable por su parte y ella tomó nota. Una vez él le preguntó si le importaba que cortara las ramas de una buganvilla que estaba invadiendo su jardín trasero y acercándose demasiado al patio. A veces le llevaba los cubos de basura vacíos desde la acera hasta el garaje, un gesto caballeroso que ella agradecía. Era atento y amable. Un vecino estupendo.

Ella le había dicho que trabajaba para el programa de cocina matutino del Canal 40 y él le dijo que estaba oficialmente jubilado, pero que trabajaba a media jornada en un supermercado local para sacarse un dinero extra y tener algo que hacer. No parecía muy mayor. Tendría unos sesenta. Y estaba en buena forma, según había visto Ellen antes de reprenderse por fijarse.

Mientras conducían hacia la tienda de repuestos, y después de que le diera las gracias tres veces más, ella dijo:

—Me dijiste que estabas jubilado, pero no me dijiste a qué te habías dedicado.

—Fui bombero. Durante más de treinta años. Podría haber intentado quedarme más, pero Susan enfermó y decidí que era momento de dejarlo. Estaba luchando contra el cáncer y el final estuvo cerca durante mucho tiempo. Demasiado.

—Lo siento muchísimo.

—Gracias. Ojalá hubiera vivido lo suficiente para disfrutar un poco de la jubilación.

—Os robaron tiempo —dijo Ellen—. No es justo.

—Tú también eres viuda, ¿no?

—Sí, pero mi marido estaba discapacitado y yo estuve cuidándolo mucho tiempo antes de que muriera. Lo cuidaba a tiempo parcial porque no dejé de trabajar. Si no, me habría vuelto loca —añadió—. Se pasó sus últimos años en una residencia. Nunca hubo ninguna esperanza de que pudiéramos jubilarnos juntos. Murió hace seis años. Pero he vivido sola mucho tiempo. Diez años.

—¿Alguna vez llegas a acostumbrarte?

—Sí, yo ya me he acostumbrado. Creo que tengo unos hábitos muy arraigados. Pero mis circunstancias son muy distintas a las tuyas. Cuando Ralph entró en la residencia, estaba discapacitado física y mentalmente. Yo sentí una mezcla de dolor y alivio. Sabía que nunca volvería a casa y lo único que quería era que él pudiera encontrar algo de descanso.

—Has sufrido mucho. ¿Tienes hijos?

Ella negó con la cabeza.

—Perdimos la oportunidad.

—Qué pena. Mi hijo y mi familia me alegran y divierten mucho. Es gratificante.

No hablaron durante el resto del trayecto. Cuando llegaron a la tienda, Mark, encantado, cargó con la batería y Ellen lo siguió. La revisaron y vieron que estaba descargada, pero, como a la garantía aún le quedaban unos meses, se la cambiaron por otra gratis. Ya en casa, Mark la instaló y Ellen arrancó el coche, que volvió a la vida felizmente. Los dos se rieron como si hubiera sucedido un gran milagro.

—Tengo una idea —dijo Mark—. ¿Te apetecería cenar?

Ella se tensó e incluso emitió un grito ahogado.

—¡Ni siquiera sé qué significa eso!

Él soltó una risita.

—Pues a ver... Podría significar que vayamos juntos a un restaurante o podría significar que uno de los dos cocine para el otro.

—¡Soy chef! Te lo dije, ¿no?

—Yo, bombero. He cocinado mucho, pero desde luego no soy chef. También podría significar que cocinemos juntos. ¿Sabes? El viernes libro, así que ¿qué te parece si cocino para los dos el viernes por la noche? ¿A las seis? Algo informal. ¿Te gusta la lasaña?

Ella asintió y entonces se dio cuenta de que tenía la boca abierta. La cerró. Luego sacudió la cabeza ligeramente y dijo:

—Mira, no he salido con nadie...

—¿Desde que murió tu marido?

—Desde mucho antes.

Él le sonrió. A menos que Ellen lo estuviera malinterpretando, la sonrisa decía que a Mark le parecía mona. Una chica mona. Y eso resultaba un poco embriagador para una mujer de sesenta años que solo había estado con un hombre en toda su vida.

—Lo pasaremos bien. Será algo sencillo. Nos echaremos unas risas, ¿vale?

—Vale —respondió ella encogiéndose de hombros.

—Genial. ¡Ya tengo algo que esperar con ilusión!

Capítulo 5

Marni sabía que una de las cosas que más le gustaban a Ellen de su trabajo era planificar las grabaciones de la siguiente temporada. Requería semanas de preparativos y práctica, tanto para las recetas como para la preparación de las fotos y del plató. Y, aun así, Ellen parecía algo callada y distraída. Más de lo habitual.

La primera fase consistía en reunirse para hablar del plan de producción, que incluía cientos de recetas que había que reducir a cincuenta y luego a treinta. Consultaban un montón de libros de cocina con imágenes, elegían unos platos rápidos y sencillos, otros más *gourmet* para cenas de dos y cuatro personas, aperitivos y otros platos más sustanciosos elaborados en sartén y en el horno, y otros más complicados y laboriosos. Tenían categorías básicas como ternera, cerdo, pollo, pescado y comida vegetariana. Luego venían los postres. Y después la planificación. Intentaban encontrar un equilibrio en las producciones.

Sophia, por su parte, ese día tenía clase por la mañana y trabajaba para Marni por la tarde.

—Sophia, tengo un proyecto para ti y voy a dejar

que lo hagas sola. Puedes usar mi despacho y mi ordenador. Me gustaría que crearas los prototipos de distintos sets. Querría veinte servicios de mesa diferentes, bufés, mantelerías, bandejas de servir o platos, arreglos florales, accesorios de fondo y demás. Los usaremos tal cual o haremos sustituciones apropiadas para la grabación. ¿Te gustaría probar tus propias ideas?

—¡Ay, sí, Marni! ¡Puedo hacerlo!

—Imaginé que te gustaría la idea.

—Cuando haya menos follón en la cocina, te enseñaré algunas composiciones.

—De maravilla. Serán unas buenas prácticas para una futura productora.

Sophia estaba deseando empezar con sus diseños de plató. Lo disfrutaba mucho más que fregar platos, cortar y pesar ingredientes o rellenar papeleo. Ellen y Marni estaban sentadas en la mesa de comedor con libretas y pilas de libros de cocina. Cuando no estaban planificando la siguiente temporada, estaban viendo a la competencia: Gordon Ramsey, *La condesa descalza*, *La mujer emprendedora* y otros.

—Mi favorito es el *rollatini* de ternera —dijo Marni—. Es muy laborioso pero precioso y una delicia, y podríamos hacerlo con nuestros nuevos espárragos. Lo incluiría en cenas *gourmet* para dos o cuatro y con una hora de elaboración cuando se tiene algo preparado con antelación.

Ellen miraba a otro lado, pensando. Había estado mucho tiempo insistiendo en esa receta y ahora no estaba ni prestando atención.

—¿Ellen? —preguntó Marni.

—¿Sí? —respondió Ellen.

—Estás más callada que de costumbre —dijo Marni—. ¿Te preocupa algo?

Ellen reaccionó de pronto.

—Ay, perdona, solo estaba pensando. Sí, *rollatini*. Perfecto. Estaba pensando que deberíamos hacer más entrantes *gourmet*.

—A mí se me ocurren distintos tipos de *bruschetta*: pesto, reducción de balsámico, pan de ajo y tomate...

—*Mozzarella*, tomate y albahaca; *prosciutto*, pollo y hierbas...

—Sería divertido y, además, resultaría bonito visualmente y fácil de grabar. Y ahora que estamos de acuerdo en eso, ¿por qué no me cuentas qué te inquieta?

—Nada, en realidad —dijo Ellen, y luego suspiró.

—Después de todos estos años, ¿esperas que me lo trague? Pasa algo. No me asustes...

—Es una chorrada, la verdad. Mi vecino quiere cocinar para mí. Lasaña. El viernes por la noche.

—¡Anda! ¿Qué vecino?

—El de la derecha. Mark. Es majo. Me ha aspirado las hojas, me ha quitado nieve de la entrada y me coloca los cubos de basura. Pero lo de cenar es...

—¿Es qué?

—No sé. Es casi como una cita.

Marni se quedó asombrada.

—¿Y qué pasa por eso?

—¡No he cenado con un hombre desde que mi padre murió hace un par de años!

Marni preguntó:

—¿Sabe que eres chef? ¡Porque seguro que le ganarías cocinando! Ellen, podría ser divertido.

—Voy a tener que cancelarlo. Estas cosas no se me dan bien. Estoy con el estómago revuelto desde que me lo ha propuesto.

—¡Vamos, Ellen! ¡Sé valiente! En el peor de los casos, tendrás un amigo nuevo que a veces te quitará la nieve de la entrada.

—Me ha llevado a por una batería nueva para el coche. No tengo ni idea de qué hablaría con él.

—¿De qué habéis hablado cuando habéis ido a por la batería nueva? —preguntó Marni.

—Ha hablado él. Su mujer murió.

—Ah, vaya, qué conversación tan animada... Te ha invitado a cenar. ¿Significa eso que le gusta cocinar? Porque tú puedes hablar de cocina hasta reventar.

—Se aburriría mucho. Y creo que yo no podría soportarlo, ya sabes, cuando me diga que lo de cenar juntos no lo convence, me dé las gracias con educación y se despida de mí.

—¿No te estás adelantando mucho? ¿Y si lo pasáis de maravilla? ¿Y si descubrís que tenéis mucho en común? A lo mejor tenéis mucho de que hablar. A lo mejor descubres que te sientes atraída...

—¡Ni se te ocurra decirlo! —contestó Ellen con brusquedad.

—¡Anda ya! ¡Aún no estás muerta!

—¡Algunas partes de mí sí lo están! Las que no se han usado en décadas, al menos.

—Debió de haber un tiempo en el que sintieras atracción. ¿Por Ralph? ¿Cuando erais más jóvenes?

—Hace mucho tiempo, en un país muy lejano...

—¿No lo recuerdas con cariño? —preguntó Marni—. Porque es la única parte que yo recuerdo con cariño...

—Pues, la verdad, no estoy segura —dijo Ellen—. Creo que me dejaba llevar por Ralph. Él era muy sociable. Muchas risas, muchas bromas, mucha gente a su alrededor. Todo el mundo lo quería. Grupos enteros de personas se quedaron hundidas con su pérdida cuando tuvo la aneurisma y no se recuperó jamás. Pero poco a poco todos fueron alejándose. No podría volver a pasar por algo así.

—Lo entiendo. Créeme —dijo Marni, pensando en las muchas cosas por las que no quería volver a pasar. Como un marido infiel o uno violento, por nombrar dos cosas—. Pero esto es una experiencia totalmente nueva. No deberías rechazarla solo por timidez.

—Tampoco es que haya muchas opciones, ¿no?

—¡Claro que las hay! ¡Podrías encontrar un buen amigo! ¡No tienes por qué comprometerte a nada! ¡No tienes por qué entregarle tu vida a alguien solo porque te cocine una lasaña! Puedes hacer que sea una relación sencilla y manejable, ¿no? Yo jamás volvería a casarme, pero no me importaría darme la vuelta en la cama por la noche y que mi dedo gordo del pie se topara con una pierna peluda. ¿Es tanto pedir?

Ellen se quedó callada un momento.

—Podría meterte en un lío.

Marni y Ellen lograron trabajar algo a pesar de la distracción mutua. Pero Marni ahora estaba pensando en su propia vida romántica, que era nula. Por eso miró sus cuentas para ver si podía permitirse prestarle a Jeff el dinero para su restaurante. Lo hizo sabiendo que jamás vería el dinero de vuelta, y eso la reconcomía, pero compartían una historia y no quería que Jeff sufriera demasiado. De hecho, le gustaría que tuviera éxito y estabilidad.

Marni llamaba a Bella al menos dos veces al día para ver cómo estaba y, a pesar de creer en el poder de una comida deliciosa, no tenía claro que todos sus problemas matrimoniales pudieran resolverse con unos *fetuccini* Alfredo congelados.

—Nos llevamos bien —dijo Bella—, pero pasa algo entre nosotros y no sé qué es. No sé si es por el trabajo de Jason. Tiene un empleo muy exigente. Y supongo que todas las parejas riñen de vez en cuando. ¿Mi padre y tú discutíais?

Marni se preguntó cómo era posible que esa pregunta hubiera tardado treinta y cinco años en surgir. Se quedó paralizada un momento.

—Pues... eh... discutíamos. Éramos jóvenes. Éramos jóvenes, inexpertos, estúpidos y... Mi joven marido tenía mal carácter. Bella, Jason no tiene mal carácter, ¿verdad?

—Qué va, es pasivo-agresivo. Se pone mohíno. Creo que la del mal carácter soy yo. Y últimamente cualquier cosa me molesta. Lo que no sé es si ese es el problema o si Jason está demasiado mohíno. Parece que sí que lo está... —se detuvo—. Parece distante. Está muy callado.

—¿Has llamado a la psicóloga?

—Todavía no, pero llamaré.

—Bella, ¡me lo prometiste!

—¡Llamaré! ¡He estado muy ocupada en el trabajo! Todo el mundo desde Carson City hasta Reno tiene problemas y en mi mesa están aterrizando tantos que no tiene ninguna gracia.

—No puedo imaginarme qué puede tener gracia en el despacho de un fiscal. Pero ahora quiero que...

—Oye, tengo que pedirte un favor. Imagino que lo disfrutarás.

—Es muy raro que un favor y un disfrute vayan juntos —farfulló Marni.

—Jason está harto de mis cenas bajas en calorías y pone excusas para saltárselas, desde reuniones hasta tener que quedarse trabajando hasta tarde, y luego vuelve a casa con aliento a *pizza*. He pensado que es hora de una noche de chicas. He llamado a Nettie, y se apunta. Puedes invitar a Ellen o a Sophia, o a las dos.

—¿Para cenar?

—Sí. Y Nettie propuso también ir a un espectáculo o algo. Va a mirar cosas y luego nos dará ideas. Podemos pasar un rato juntas y echarnos unas risas y así yo me doy un respiro de Jason Malos Humos.

—Puede que sea la mejor idea que has tenido últimamente. Con todo lo que tenéis encima, a Jason y a ti podría veniros bien pasar un rato separados —dijo Marni—. ¿Cuándo?

—El viernes por la noche. ¿Cenamos a las siete?

—¿Y luego un espectáculo? —gruñó Marni—. ¿No podemos al menos cenar a las seis? No estoy para salir hasta tarde.

Bella soltó una risita de desaprobación.

—No vayas de señora mayor conmigo —dijo con tono amenazante—. ¡Siempre has sido el alma de la fiesta!

—Me temo que ese tren ya ha partido —dijo Marni.

Marni les comentó la idea de la noche de chicas a Ellen y Sophia.

—¡Ay! No podría parecerme más perfecto —dijo Ellen entusiasmada. Y fue de lo más inusual.

—¿En serio? ¿Te vienes entonces? —preguntó Marni con desconfianza.

—¿Puedo ir a la cena y luego marcharme? Quiero mostrarle mi pesar a mi encantador vecino y decirle que no puedo quedar, pero preferiría tener una excusa real antes que inventarme algo...

—¿Y por qué quieres ponerle una excusa si es encantador? —preguntó Sophia.

—Porque podría interpretarse como algo más que un gesto de vecinos —dijo Ellen—. No querría darle la impresión de que tengo..., ya sabes..., interés.

—¿Quiere salir contigo en plan cita? —preguntó Sophia.

—Es una larga historia, pero se ha ofrecido a cocinarme una lasaña el viernes por la noche.

—No es una larga historia —la interrumpió Marni—. Está siendo un vecino estupendo desde hace al menos dos años. La ha ayudado de vez en cuando aspirando hojas, quitando nieve, colocándole los cubos de basura y, más recientemente, cambiándole la batería del coche. Han tenido una relación cordial y está soltero y le encanta cocinar.

—Pues suena perfecto —dijo Sophia.

—Pero nada atrayente para mí, me temo. Y no querría decírselo. Jamás querría ofenderlo —dijo Ellen.

—Con el tiempo tendrás que pasar un rato con él como amigos u ofenderlo —dijo Marni.

—Espero poder evitar las dos cosas.

—Eres muy cabezota —dijo Marni—. ¿Sophia? ¿Te gustaría salir con unas señoras mayores y una abogada embarazada?

—Pues es que tengo planes para el viernes después del trabajo —dijo, y entonces se le iluminó la cara—. Tengo una cita. Con un hombre que también es encantador.

—¡Pero bueno! ¿Alguien de la universidad?

—Esta vez no. Lo conocí en un club cuando estaba con mis amigas por ahí.

—¿Tus amigas lo conocen?

—Sí, sí. Ya lo han visto por ahí. Antes salía con la prima de alguien. Es muy guapo. Mucho.

—¿Pero lo conoces? —preguntó Marni—. ¿Y conoces a gente que tenga relación con él?

—Lo conozco ahora. Hablamos todo el tiempo. Me llevó a tomar un helado. Lo sé todo de él. Es majísimo. Su hermana tiene un bebé, así que además es tío y es superdulce con el bebé. Creo que es un buen partido.

—¿Y tu padre lo conoce? —preguntó Marni.

—Aún no, pero es pronto. Su madre lo llama «Angel», y a mí me parece que es un ángel.

—¿Conoces a su familia? —preguntó Marni.

—No, pero me ha enseñado una foto del bebé y habla de él todo el tiempo.

—Sophia, ¿cuánto hace que lo conoces?

—Solo un mes, pero ya tenemos algo. Una conexión. La primera vez que me llamó, estuvimos horas hablando.

Mientras Ellen y Marni seguían hablando de la cita de Ellen entre susurros, Sophia se quedó en silencio y, distraídamente, ojeó las fotos que tenía en el portátil. No quería hablar más de Angel porque había mentido. No hacía un mes que lo conocía, sino un par de semanas. Estaba mal, y lo sabía. Lo que no sabía era por qué estaba tan mal. Había sido una noche muy rara y peculiar.

Sí que había dicho la verdad sobre lo de que lo había conocido en un club cuando ella estaba con sus amigas y que algunas lo conocían o sabían de él. En cuanto lo vio, fue como si hubieran lanzado cohetes, y aunque estaban sentados en un lóbrego club, pareció como si fuegos artificiales estuvieran iluminando el cielo. Mientras sus amigas bailaban, Angel, diminutivo de Angelo, estuvo sentado en la barra flirteando con Sophia un buen rato. Lo suficiente para que ella bebiera demasiado. No era propio de ella; la culpa la había tenido Angelo por distraerla e impedir que estuviera atenta.

En determinado momento, dos de sus amigas se percataron de que parecía borracha. Cuando fueron a hablar con ella, Angel se ofreció a llevarla a su casa y asegurarse de que llegara sana y salva, y Sophia lo agradeció. Cuando se despertó unas horas después, le estallaba la cabeza. Estaba sentada en el coche de Angel, en lo que debía de ser el camino de entrada de la casa de él, pero no tenía ni idea de dónde estaba.

—No pasa nada —dijo él con tono tranquilizador—. No te he llevado a tu casa por dos razones: una, no eras capaz de darme la dirección. Y dos, he pensado que no querrías que tu padre viera cómo te metía a rastras en casa.

Como de la nada, él sacó una botella de agua.

—Toma, bebe. Te sentirás mejor.

—Joder... —murmuró ella abriendo la botella de agua.

—He llegado a pensar que alguien te había echado algo en la bebida, pero has estado conmigo toda la noche. Le has dado bien al vino.

Sophia se bebió el agua con ganas.

—Esto no es nada propio de mí —dijo entre tragos—. Perdón. *Lo siento mucho* —añadió en español.

—*No pasa nada* —respondió él sonriendo con dulzura—. ¿Quieres irte a casa? ¿Podrás caminar en línea recta si te encuentras a tu padre despierto?

—Me encuentro mucho mejor, y sí, debería irme a casa. ¿Qué hora...?

Miró el reloj.

—¡Ay, madre! ¡Son las cuatro de la mañana!

Él se rio.

—Vaya nochecita has tenido. ¿Quieres darme la dirección ya?

Ella se la dio y él la llevó a casa, la acompañó a la puerta, se aseguró de que llevaba el bolso y el teléfono, y le dio un beso muy correcto. Fue en los labios, pero correcto.

—Mañana te llamo para ver qué tal vas.

—¿Quieres mi número?

Él ladeó la cabeza y la miró algo perplejo.

—Ya me lo has dado. En el bar.

—No sé qué me pasa. ¡Yo no hago esas cosas! ¡Anoto números, no doy el mío!

—Supongo que te has fiado de que no te haría daño. Puedo mantenerte a salvo.

Y al día siguiente, cuando Sophia se sentía mejor después de su breve resaca, él la llamó. Todo lo demás que les contó a Marni y a Ellen era verdad: hablaron durante horas, él se lo contó todo sobre su familia y le hizo muchas preguntas sobre la suya, y parecieron tener una conexión muy fuerte.

Pero había algo que la inquietaba. Él la llamaba y le escribía mucho. Demasiado. Sophia se inventó una mentirijilla y dijo que su jefa, Marni, insistía en que tuviera el teléfono apagado en horario laboral, y que, por supuesto, tenía que tenerlo apagado también si estaba en clase. Y él dijo:

—¡Cariño, deberías habérmelo dicho! No quiero distraerte. Dime cuándo es buen momento para llamarte.

¿«Cariño»? Nunca la llamaba por su nombre. Había empezado a llamarla «Chi Chi» o «cariño» y le decía que eran términos afectuosos.

Sophia sabía que él iba demasiado deprisa, pero cuando estaba con él o hablaba con él, eso era lo que quería. Él le decía que era la mujer más bella que había conocido, pero ella no le daba importancia. Era solo un cumplido. Le decía que era dulce, pero ella no se lo tragaba; no se consideraba dulce. A él le encantaban su melena larga y oscura y sus ojos casi negros. A Sophia le daba igual oír esas cosas. Él también admiraba su inteligencia. Bueno, al fin y al cabo, estaba haciendo un máster en Bellas Artes. Pero con lo que sí se la ganaba era al decirle que sería una sensación como presentadora de noticias, y es que ese era su sueño.

—Cuéntamelo todo, cuéntame tus planes. Creo que algún día tendrás tu propio programa de noticias. El sonido de tu voz me hipnotiza.

Con eso sí que se la ganó. Sophia deseaba que la admiraran, tener a alguien que creyera en sus sueños. Y pensó que tal vez lo había encontrado.

Antes de marcharse a trabajar el viernes por la mañana, Ellen, con una tarjeta en la mano, cruzó su jardín delantero en dirección a la casa de Mark. La tarjeta era parte de los artículos de escritorio que tan poco usaba, estaba grabada y tenía borde y sobre a juego. Estaba a punto de dejársela en la puerta cuando esta se abrió. Ella dio un salto atrás, sorprendida, y exclamó:

—¡Ay!

—Buenos días, Ellen —dijo Mark.

Ellen agitó el sobre.

—No quería molestarte, así que no te habría llamado ni aunque hubiera tenido tu número. Me temo que me ha surgido algo. Esta noche tengo una cena de trabajo. Llegaré a casa demasiado tarde para cenar otra vez. Además —añadió intentando reírse con naturalidad—, ¡mi cintura no lo soportaría!

Ella misma notó que se estaba sonrojando.

—Lo entiendo —dijo él—. ¿Qué tal mañana por la noche?

—Ah..., eh... Creo que tampoco me va bien.

Mark se cruzó de brazos y sonrió.

—A ver, o no te gusto o tienes algún problema que te impide cenar con un hombre interesado en ti.

Ella suspiró profundamente. Fue la palabra «interesado» la que la descolocó.

—Mark, me gustas. Me pareces muy majo y me encanta tenerte de vecino. Eres muy atento. Pero llevo sola mucho tiempo y, cuando estaba casada, mi marido no estaba bien. Fue un camino lento y complicado. Siento que no estoy bien equipada para nada más que un saludo desde el otro lado del jardín. Espero que puedas entenderlo.

—Por supuesto. Aun a riesgo de ofenderte, no tenía pensado proponerte matrimonio —dijo él riéndose—. Yo también perdí a mi esposa tras una larga y complicada enfermedad y la idea de volver a casarme tampoco me atrae. Pero, después de llevar solo varios años, estoy pensando que echo de menos un poco de compañía femenina. No busco nada complicado, claro. Lo que quiero decir es que no estaba pensando en compromisos ni planes a largo plazo. Sinceramente, lo que pensaba es que sería genial si funcionara y nos lleváramos bien. Y si no... —se encogió de hombros—. Eres la primera mujer a la que le he propuesto semejante idea.

—Pero no seré la última. Eres un hombre muy guapo.

—Gracias. Y tú, una mujer preciosa.

—¡Anda ya! —dijo ella con diversión y algo molesta también—. ¡Sé muy bien cómo soy!

—Pues no parece que lo sepas. Bueno, da igual. Diviértete en tu cena de trabajo y piensa en lo de mañana por la noche, o incluso el domingo. Ya puedes descartar esa excusa y, si se te ocurre otra, puedes traerme una nota nueva. Puedo congelar la lasaña. Está muy buena —dijo sonriendo—. Puede que tan buena como la tuya.

—No sé yo...

—Solo hay un modo de averiguarlo.

Noche de viernes, noche de chicas. Nettie se presentó con su ropa de salir y una gran sonrisa. Bella estaba magnífica con un vestido negro, las mejillas rosadas, los ojos chispeantes y su melena negra densa y brillante; parecía un anuncio de embarazo. Ellen había ido directamente desde el trabajo, así que llevaba unos pantalones cómodos y un jersey fino de cuello de pico. Marni se había puesto ropa más de noche: unos pantalones negros ajustados pero cómodos y una camisola rosa y negra con brillo que le caía por debajo de las caderas.

El cuarteto tenía un lugar favorito llamado Rosa's y regentado por una encantadora familia vasca. No estaba en una zona propia de restaurantes, sino escondido en un centro comercial algo cutre. Le habría pasado desapercibido a cualquiera que no conociera el lugar. Estaba entre un bar de *sushi* y un salón de tatuajes, pero tenía una alfombra roja que llegaba a la calle y dos urnas griegas llenas de parras de plástico a cada lado de la puerta. El pequeño centro comercial también presumía de tener un estudio de baile, un local de bocadillos, una empresa de cáterin y otra de reformas.

A Marni le encantaba probar comidas nuevas, pero también le encantaban los platos deliciosos de siempre, los que no fallaban, y los de Rosa eran sus favoritos. Le producía un placer enorme haberle dado a Rosa's su visto bueno cuando no le había dado el mismo apoyo al restaurante de Jeff. Eso también hacía que la comida le resultara incluso más atrayente.

Pidió ella, como siempre. A veces, cuando salían todas juntas, alguna de las otras mujeres hacía alguna sugerencia, pero por norma dejaban que Marni llevara el mando. Al fin y al cabo, era la experta. Y también dejaban que pagara. Aunque era algo que nunca se comentaba excepto en Google, Marni era millonaria, mientras que Bella era una joven abogada que trabajaba para el condado, Nettie era profesora de una universidad estatal y Ellen era productora de una cadena de tele por cable.

Marni pidió una bandeja de marisco, que iba servido sobre hielo, luego unas ensaladas, pan y aceite de oliva, unas verduras marinadas y un acompañamiento de pasta para completar. Después se pusieron al día de las últimas novedades: Ellen tuvo que contarles lo de su conversación con Mark y la insistencia de este en que probaran a cenar otra noche. Bella tenía mucho que contar sobre su embarazo y parecía que hoy estaba más blanda con respecto a Jason. Nettie habló sobre la política actual del Departamento de Lengua Inglesa. Comieron, rieron y comieron más. Con mucha comida aún en la mesa, Marni pidió tarta de queso vasca de postre.

—¿Por qué no hacemos esto más? —preguntó.

—Porque te resistes —dijo Nettie.

—Siempre pienso que solo quiero quedarme en casa e irme pronto a la cama, pero luego, cuando salgo con vosotras, chicas, ¡revivo!

—¡Pues ya verás cuando veas el espectáculo que he elegido! Vamos a Miss Ruby's —dijo Nettie.

—¿El club ese al que fuimos el año pasado? ¿Con los cómicos? —preguntó Marni.

—El mismo —dijo Nettie—. Es noche de micro abierto, pero no sé de qué clase.

—¡Espero que vuelva a ser de cómicos!

Ellen se despidió en el restaurante, y Marni, Bella y Nettie se fueron al club. Se subieron al nuevo monovolumen de Bella y pusieron rumbo a Reno, a la zona sur. Miss Ruby's estaba en un rincón trasero de un gran hotel. Cruzaron la planta principal del casino, entre el ruido de las tragaperras y las risas de cientos de clientes.

Había gente esperando a entrar al club y la cola

bordeaba las mesas de apuestas y las tragaperras. Un cartel en la puerta decía: «Noche de imitadores». En letra más pequeña, justo debajo, ponía: «Micro abierto». O sea, que no se sabía quién iba a actuar. Había tanta gente esperando que tardaron un poco en entrar y encontrar mesa. Luego tardaron en acomodarse e incluso más en pedir la bebida.

La sala era grande y oscura, con un escenario impresionante y una preciosa y larga barra a un lado. Al fondo había bancos acolchados y por el resto del local, mesas. En el escenario había un piano precioso de media cola y un micrófono. Las luces estaban encendidas mientras los camareros se movían por las mesas y los bármanes daban su propio espectáculo lanzando botellas al aire antes de servir. Un chico y una chica con ropa de camareros se acercaron a su mesa, divertidos y animados.

—¿Noche de chicas? —preguntó la camarera.

—No tenemos hombres lo bastante buenos para esta mesa —bromeó el chico.

—Pero vamos a mirar de todos modos —respondió la compañera—. ¿Qué vamos a tomar?

De pronto, Marni se sintió llena de vida. Qué agradable estar entre gente tan enérgica. Siempre pensaba que prefería una noche tranquila y pocas veces tenía razón. Iba a muchos eventos a regañadientes y al final casi siempre acababa alegrándose de haber ido.

En las mesas de alrededor se oían carcajadas, empezaron a servirse bebidas y la gente pidió rondas dobles, como hacían los espectadores experimentados sabiendo que los camareros se retirarían cuando comenzara el espectáculo. Pareció pasar mucho rato antes de que la luz bajara y un cómico subiera al escenario para abrir el espectáculo con unos chistes y unos mensajes. Vestido como un maestro de ceremonias de circo, hizo un resumen de lo que estaba por llegar.

—Todos nuestros imitadores e intérpretes ya se han subido antes a este escenario, son lo mejor de lo mejor y esperamos seguir viéndolos una y otra vez. ¡Empezamos el espectáculo de esta noche con la Rat Pack!

Los intérpretes saltaron al escenario desde detrás de la cortina: Frank Sinatra, Dean Martin, Joey Bishop, Peter Lawford y Sammy Davis Jr. El parecido era increíble. Las voces eran totalmente reconocibles. Entre toda la multitud se veían cabezas girándose mientras la gente intentaba averiguar si estaban haciendo *playback*. El grupo actuó durante casi quince minutos.

Después, para emoción del público, Elton John salió al escenario pavoneándose con el clásico atuendo del Elton de antes, incluyendo zapatos de plataforma y unas gafas enormes. A continuación, la viva imagen de Barbra Streisand. La voz era sorprendentemente clavada, y el pelo y el maquillaje, absolutamente exquisitos. Bella se acercó a Marni y dijo:

—¿Es un hombre?

—¡Pues no lo sé! —respondió Marni, aunque seguro que era un transformista. Y el mejor que había visto en su vida.

Luego llegó Elvis y el público enloqueció.

Y después, silenciando a la multitud con esa voz tan increíblemente auténtica y rasgada, llegó Adele. Llevaba su tupida melena suelta y el vestido era una obra de arte resplandeciente.

—Hola —dijo cantando—. Soy yo.

La cantante era encantadora y el público estaba tan hipnotizado como Marni. La voz era calcada, igual que la sonrisa y los gestos de las manos. Pero había algo en ella que extrañó a Marni, aunque no sabía qué. Iba muy maquillada, claro, pero la forma de las cejas y la nariz le resultaban familiares. Al final de la canción, cuando Adele sonrió, Marni emitió un grito ahogado. Conocía esa sonrisa, o, al menos, gran parte de ella.

¡Sí! ¡Estaba claro que era él! Tom. Con el que se había tomado un café.

¡Qué talento! ¡Unas dotes innegables! Ejecutaba la canción con pasión y estilo.

Por último, cerró el espectáculo Cher, que sí que era un transformista sin duda. Delgado como un junco y con una perceptible nuez. Tenía una voz gloriosa y la forma en que se movía por el escenario con esas largas piernas era una absoluta perfección.

Marni no dijo nada, tan solo aplaudió y vitoreó junto con el resto del público. Era el mejor espectáculo tipo Vegas que había visto en años. Las luces se encendieron y el maestro de ceremonias fue sacando al escenario a los artistas, uno a uno, mientras el público se ponía en pie a aclamarlos. Marni, también de pie, añadió un efusivo «¡Bravo!» a sus aplausos. Esbozaba su mayor sonrisa. Sus ojos se toparon con los de Tom, que se quedó paralizado un momento.

Ella asintió mientras le lanzaba su sonrisa más cálida. Lo saludó con la mano discretamente y de pronto se sintió llena de emoción. ¡Qué talento tenía! Lo que no sabía era si lo mantenía en secreto. Desde luego, no lo había mencionado mientras se tomaban el café. De lo único que había hablado había sido de su éxito en el sector inmobiliario y de sus fantásticas habilidades para la negociación. Sin duda, se había quedado impactado al verla.

Ella no diría nada, por muchas ganas que le entraron de ponerse a presumir de que lo conocía. ¡Era buenísimo! Pero hasta no saber si era algo que Tom llevaba en secreto, se mantendría callada. Jamás se lo habría imaginado, pero, de pronto, ahora le resultaba mucho más interesante y se aseguraría de llamarlo. Le daría la enhorabuena, eso seguro. Y le preguntaría si su familia y sus amigos conocían su talento. Si la respuesta era «no», le aseguraría que ella no diría nada. Pero también se aseguraría de decirle que era decepcionante. ¡Un talento así debería estar sobre un escenario!

—Ha sido una pasada —dijo Bella—. ¿Te ha gustado, mamá?

—¡Y tanto! ¡Tenemos que repetirlo!

Capítulo 6

Después del trabajo, Sophia se pasó más de una hora arreglándose. Quería estar preciosa para Angelo. Esa noche podrían estar solos porque *papi* tenía un acto en la universidad y no cenaría en casa. Angelo le había dicho, con tono bastante severo, que no dijera que él iba a ir a su casa; que no había necesidad de que su padre lo supiera.

—Haremos como si nada, como si hubiera sido algo de última hora, que me pasé por casa sin más. Si lo avisas, puede que decida llegar a casa antes.

—Pero eso es como mentir —había dicho Sophia—. Yo no miento a mi *papi*. Él respeta mis decisiones y a lo mejor deja de hacerlo si empiezo a mentirle.

—Vamos a probar a mi modo y a ver qué tal.

Pero ella le había dicho la verdad a su padre de todos modos. Le había mencionado que a lo mejor su amigo Angelo se pasaba por casa y que tal vez vieran una peli.

—¿Es tu novio? —había preguntado su padre.

—Ya veremos —había respondido ella con coquetería.

Pero por dentro estaba pensando: «Sí, es mi novio». No había tenido muchos. Se había fijado en algunos chicos, pero nada como eso. Angelo no solo era guapo e inteligente, sino que además era atrevido. Ella no había sido consciente de cuánto cambiaría eso las cosas.

Cuando Angelo se plantó en la puerta, inmediatamente la rodeó con los brazos y la devoró con un penetrante beso. Hasta ese momento Sophia no había sabido lo mucho que disfrutaba al sentirse sobrepasada por la pasión. La abrazó con fuerza, deslizando las manos por su larga melena y susurrándole contra los labios:

—No me has devuelto la llamada.

Ella soltó una risita.

—He escuchado tus mensajes. No me has pedido que te devolviera la llamada.

—Hoy te he llamado doce veces —susurró él.

—Estaba trabajando...

—¡Ni siquiera me has escrito!

—Sabías que estaba trabajando. A Marni no le gusta que use el móvil mientras trabajo. Ya te lo he explicado.

—¿Quién es esa Marni?

—La chef para la que trabajo. Es una mujer muy importante y es un buen trabajo. Soy becaria en producción televisiva, y no es poca cosa. Me pagan y consigo créditos para la universidad. No puedo llamarte en el trabajo a menos que sea una emergencia. Y no era una emergencia.

—¿Cómo lo sabes? Podría haberlo sido.

—Si lo hubiera sido, lo habrías dicho.

—Vamos a tener un problema si vas a dejarme colgado así —dijo él dándole pequeños besos por las mejillas. Bajó las manos hasta sus nalgas y la llevó hacia sí con fuerza.

Ella lo apartó de un empujón.

—Yo no he dejado colgado a nadie. ¡No te tenía pendiente de nada!

Angelo la acercó de un tirón.

—Decidimos que no te llamaría a menos que lo necesitara y que, si te llamaba, ¡responderías o me devolverías la llamada luego!

Ella le puso las manos en el pecho para apartarlo un poco.

—¡No me has dejado ningún mensaje diciendo que necesitaras algo! He pensado que entenderías que no respondía porque estaba trabajando. ¿Tú no estabas trabajando?

—Hoy no ¡porque me han despedido! ¡Quería decírtelo, pero no estabas para mí! ¿Esto va a ser así? Cuando te necesite, ¿no vas a estar ahí? ¿Porque tienes cosas más importantes? ¿Y yo no significo nada?

—No lo sabía. ¿Cómo iba a saberlo?

—Podrías haberlo sabido si me hubieras devuelto la llamada.

De pronto, él la apartó.

—Qué decepcionado estoy. Creía que podía contar contigo.

—¡Claro que puedes contar conmigo! Pero, si necesitas algo, tienes que decírmelo. He pensado que solo querías..., ya sabes..., saber cómo estaba. Que querías llamarme, nada más. No puedo leerte la mente, Angelo.

—¿Estabas ocupada con alguien más? A lo mejor no te importo tanto como dices.

Ella frunció el ceño, confundida. No recordaba haberle dicho cuánto le importaba. Por otro lado, odiaba que estuviera decepcionado con ella, como si hubiera hecho algo malo.

—No me gusta discutir. He preparado unas hamburguesas. Podemos cenar y ver una peli o algo, y para luego hay helado. ¿Por qué discutir? No tenemos nada por lo que discutir. Podemos cenar y puedes contarme qué ha pasado con el trabajo.

—No puedo hablar de ello —dijo él enfurruñado.

Por lo que Sophia sabía, Angelo trabajaba en un restaurante de la zona como ayudante, limpiando, recogiendo mesas, cargando con pesados barreños de platos sucios. Le había dicho que esperaba que pronto lo incorporaran al equipo de camareros y poder ganar más con las propinas. Ella lo había alabado por trabajar tanto e intentar superarse mientras por dentro pensaba que tampoco es que fuera una meta tan ambiciosa. Pero bueno, al menos trabajaba.

—Si no quieres hablar de ello, vale. ¿Quieres una hamburguesa?

—Ya no tengo hambre. Creo que debería irme. No creo que te alegres mucho de verme...

Una voz dentro de su cabeza le dijo que él tenía razón, que debería irse. Era absurdo tener que actuar como si hubiera hecho algo por lo que disculparse cuando, en realidad, era él el que se había equivocado. Estaba siendo ridículo y absurdo. Pero Sophia no era así, no la habían educado así. En primer lugar, su madre siempre había hecho hincapié en la amabilidad y en unos modales excelentes. Y luego estaba eso que tenían algunos hombres latinos. Crecían creyendo que eran los dueños del mundo. Una mujer debía manejar el ego de un hombre con cuidado. Así era como habían actuado su madre y toda su familia.

Ya no se sentía tan atraída por él. Pero, por razones que no podía identificar, quería que Angelo fuera feliz con ella.

—Vamos a ver si una hamburguesa te hace sentir mejor...

Él se encogió de hombros y miró al suelo, como si no lo tuviera claro.

—Bueno, ya que estoy aquí...

No dijo: «Ya que te has tomado tantas molestias...». Dijo que valía, pero solo porque él ya estaba
ahí. ¿Sería eso una señal?, se preguntó Sophia, aunque tampoco quería creerlo. No dijo nada. En su
lugar, le agarró la mano y lo llevó hacia la cocina. Él
se sentó junto a la mesa.

Sophia empezó a sacar de la nevera las hamburguesas y los condimentos: lechuga, tomates y pepi-
nillos.

—Puedo meter en el horno unas patatas conge-
ladas si te apetecen.

—Vale, mete algunas. Estaría bien. Tu padre tiene una mansión —dijo él mirando a su alrededor.

—Es un hombre muy inteligente.

—Debió de nacer rico para tener una casa tan buena.

Ella soltó una risita; empezaba a sentirse más
cómoda otra vez.

—No tanto. Su familia es de Iowa. Creció en una
granja. La granja sigue allí y él dice que la heredarán
sus hermanos. Igual que en mi familia, en Argentina. La diferencia es que yo no tengo hermanos. Mi
papi es profesor. Y también es científico. Da clases
en la universidad.

—¡Me dijiste que era agricultor!

—Él dice que primero es agricultor. Es un hombre muy formado y experimenta con cultivos.

—Y no es latino —dijo Angelo.

—Mi madre era latina. Mi *papi* es multicultural.
Irlandés, sueco, galés, alemán, y dice que probablemente algo más. Estudió Agricultura. Así conoció a
mi madre en Argentina. Estaba estudiando allí.

—Entonces, es rico.

—Creo que es un hombre importante en la universidad, aunque los profesores no suelen ser ricos.

—Pero tú lo serás.

Sophia sonrió, no porque esperara ser rica, sino porque quería ser una periodista de televisión de éxito. Esa era una de las razones por las que estaba tan agradecida de ser becaria de Marni. Estaba aprendiéndolo todo sobre televisión, programación y desarrollo.

—Algún día quiero tener mi propio programa, como Marni. Pero no creo que sea cocinera. Será otra clase de programa. Aun así, Marni me dice que tenga la mente abierta. Ella no empezó como chef, ni tampoco en televisión. Le cayó de casualidad. Estaba haciendo demostraciones de productos de cocina y de hogar. Utensilios de cocina, productos de limpieza y cosas así.

Metió las patatas en el horno, cortó un tomate y una cebolla en rodajas y algo de queso, y agarró el plato con las carnes de hamburguesa.

—Voy a ponerlas en la barbacoa. ¿Te quedas aquí o sales?

Cuando él no dijo nada, Sophia añadió:

—¿Quieres cocinar tú la carne?

—Te ayudo.

Angelo la siguió al patio. Ella dejó la bandeja en la encimera junto a la barbacoa y levantó la tapa para encenderla. Oyó el largo y lento silbido de Angelo. Se giró y lo vio mirando al jardín mientras hacía visera con una mano.

—Es su huerto, ¿no?

—Sí, el huerto de mi *papi*.

Él sacudió la cabeza con lo que pareció un gesto de absoluto asombro.

—Mi madre se moriría por uno así. Tienes mucha suerte.

—*Papi* da casi todo lo que cosecha. Podemos preparar una cesta para tu madre, si quieres. ¿Le gusta la jardinería?

El gesto de Angelo se volvió sombrío otra vez mientras él murmuraba algo ininteligible. Sophia lo ignoró y empezó a poner las hamburguesas en la barbacoa. Al cabo de unos minutos, él se le acercó por detrás, le quitó la espátula y tomó el mando. Aplastó las hamburguesas y les dio la vuelta.

—Voy a poner los platos. ¿Te dejo con esto?

—Claro —contestó él.

Aunque en un principio no lo había planeado, Sophia se tomó muchas molestias al poner la mesa. Usó manteles individuales y servilletas de tela a pesar de que luego tendría que lavarlas.

Cuando Angelo entró con las hamburguesas, parecía muy contento, como si algo le hubiera salido bien. Se sentó a esperar en su sitio y ella le sirvió patatas y una hamburguesa.

—Ahhh —exclamó mientras empezaba a montarse la hamburguesa con capas de mayonesa, cebolla, pepinillo y lechuga.

Sophia empezó a hacer lo mismo.

Cuando él dio un bocado y gimió de placer, ella sintió una inyección de triunfo, aunque no sabía bien por qué.

Se cortó la hamburguesa por la mitad y contuvo una arcada. Estaba cruda por el centro. Claro, Angelo no le había preguntado cómo la quería. Por lo que había observado, él no estaba nada familiarizado con una barbacoa y no habría podido hacerlo bien en ningún caso. Mordisqueó los bordes, donde la carne estaba bien hecha, mientras él devoraba la suya. En ningún momento Angelo se percató de lo que pasaba, ni siquiera aunque había un charquito de líquido sangriento acumulándosele en el plato y mojándole las patatas.

—Mañana deberíamos ir al lago —dijo él—. El agua sigue fría, pero se supone que tendremos veintitantos grados. Será genial.

Ella no dijo nada. Estaba ocupada preguntándose cómo podía la gente comerse la carne cruda.

—Te juro que ni mi *mamá* puede hacer una hamburguesa así. Chi Chi, eres la mejor. Ni siquiera sabía que quisiera una novia, pero entonces apareciste tú y ahora soy un hombre nuevo.

Se terminó la hamburguesa sin dejar ni pizca y ella recogió los platos y los llevó al fregadero.

—Mi día ha empezado fatal, pero creo que, gracias a lo mucho que me estás mimando, va a acabar bastante bien. Cuando me he despertado, estaba hecho mierda. Luego, aunque me he dado prisa, he llegado tarde al trabajo y había un montón de clientes para desayunar —dijo Angelo mientras ella aclaraba los platos y él se sentaba en la encimera—. He llegado tarde porque mi hermana usó el coche anoche y esta mañana, cuando yo tenía que ir al trabajo, el depósito estaba vacío. Mi jefa me ha pillado entrando por la puerta de atrás y se ha puesto a gritarme antes de que pudiera decirle por qué. Es una zorra. Pero, bueno, tampoco iba a darle explicaciones de todas formas. Así que me he vuelto a casa y me he metido en la cama.

Ella cerró el grifo y lo miró.

—¿Y estás despedido?

—Era un trabajo mierdero. De todos modos, lo odiaba. ¿Has terminado? Vamos a ponernos cómodos en el sofá. O, mejor aún, en la cama.

—Me parece que en la cama no —dijo ella apartándose—. Podemos ver una peli. O podríamos salir...

—Podríamos ver una peli en la cama —sugirió él.

—¿Y si viene mi *papi*?

—Ha salido, ¿no? Y no le has dicho que iba a venir, ¿verdad?

—He tenido que decírselo. Me ha preguntado qué iba a hacer esta noche y le he dicho la verdad. Mentirle sería deshonesto.

—¡Te dije que no lo hicieras! ¡Ahora te lo has cargado todo!

—¿Eso cómo lo sabes? ¡Él confía en mí porque nunca le miento!

Las palabras apenas le habían salido de la boca cuando oyó la puerta del garaje elevarse, y, un momento después, la puerta que conectaba el garaje con la cocina se abrió.

—Mierda —murmuró Angelo—. ¿Lo ves? ¡A lo mejor la próxima vez me haces caso!

Su padre entró y dejó un montón de libros sobre la mesa de la cocina.

—Hola —dijo con aire despreocupado. Le tendió una mano a Angelo—. Hola, soy Sam.

—Angelo —respondió él con frialdad.

—Siento interrumpiros la noche, chicos, pero he podido escaparme después de los aperitivos. Menos mal. Tenía pinta de que iba a ser una noche larga y aburrida. Lo último que me apetecía era estar ahí. ¿Qué planes tenéis?

Sophia empezó a responder:

—Nos hemos tomado unas hamburguesas y creo que ahora vamos a ver...

—Yo tengo que irme —dijo Angelo—. Tengo que parar a echar gasolina de camino a casa.

—Encantado de conocerte. Seguro que ya nos veremos —dijo Sam. Recogió sus libros y salió de la cocina.

—Jo —exclamó Sophia, aunque sabía que debería alegrarse de que se fuera.

Volvía a estar enfadado y esos cambios de humor ya estaban hartándola, pero Sophia no podía evitarlo, se había llevado una desilusión. Se preguntaba a qué venía tanta decepción, pero no era capaz de entenderlo. Cuando Angelo estaba contento, era divertido y sexi. Pero cuando estaba disgustado, ella, por extraño que pareciera, tenía remordimientos; como si fuera culpa suya. Y eso que, por supuesto, no lo era.

Se marchó mohíno, con las manos en los bolsillos, mirando al suelo y arrastrando los pies.

—Luego te llamo.

Y así salió por la puerta.

Sophia acabó buscando algo que ver sola por la tele. De haber sabido que la noche acabaría así, habría buscado algo mejor que hacer.

Ellen se alegraba de haberse marchado pronto, aunque por norma le encantaba quedar con sus amigas para pasar un rato de chicas. Mientras entraba en su vecindario a eso de las ocho de la noche, todo parecía muy tranquilo, como si todo el mundo se hubiera ido a dormir a pesar de que era pronto y al sol del verano aún le costaba dar las buenas noches. Cuando se acercó a su camino de entrada, vio una caja delante de la puerta del garaje.

Aparcó fuera y le echó un ojo. Dentro había una bonita botella de Crown Royal y dos copas. La nota decía:

Si no estás demasiado cansada después de tu cena de trabajo, podríamos tomarnos una copa antes de irnos a dormir.

Y debajo había un número de teléfono.

«Vaya, vaya», pensó Ellen. Tal vez fuera buena idea. Mejor eso que comprometerse a una comida. Podría tomarse una copa con Mark. Solo sería media hora. Como un episodio piloto. Una voz le decía a gritos que hacerse amigo de un hombre era una idea aterradora, por muy inocente que fuera la situación. Pero luego había otra voz cálida y entrecortada que le decía que una copa estaría bien. ¿Qué daño podía hacer?

Metió el coche en el garaje y la caja en la casa. Después de encender las luces, sacó el teléfono y le escribió.

Hace una noche preciosa. Vamos a tomarnos una copa en mi patio.

Y entonces empezó a temblar. «Si esto sale mal, tendré que mudarme», pensó.

Sacó dos vasos altos para agua, limpió las copas de cóctel con un paño y echó hielo en los vasos y las copas. Encendió la vela de la mesa del patio y, justo en ese momento, oyó el sonido metálico del portón trasero. Cuando Mark doblaba la esquina de la casa, sobre la mesa había dos vasos de agua llenos, dos copas de cóctel y una botella.

Él esbozó una espléndida sonrisa.

—Perfecto.

Abrió la botella y, poniendo dos dedos contra la copa, preguntó:

—¿Dos dedos?

—Claro.

Mark levantó la suya a modo de brindis.

—Por las noches de verano perfectas.

Era una noche preciosa, casi relajante.

—¿Qué tal la cena? —preguntó Mark.

—No es lo que te podrías imaginar. La mujer con la que trabajo es chef de televisión. Soy su asistente y también he estudiado Artes Culinarias. Cuando salimos a comer, salimos a probar. Siempre pide Marni. Hace una selección, pide platos de más y todas probamos lo que nos apetece. Yo he tomado ensalada de remolacha, marisco frío y pasta caliente con tomate, jamón y alcaparras. Estaba deliciosa.

—Creo que me gustaría. Si sirvieran raciones más pequeñas, saldría a cenar cada noche.

—Seguro que te encantan los bufés de los casinos.

—Admito que me he dado esos caprichos, aunque suena mejor como lo hacéis vosotras. Siempre me gustaba cocinar en el parque de bomberos. Pero, claro, eso al final acababa convirtiéndose en una competición con todos intentando superarnos los unos a los otros. ¿Tú cómo empezaste a cocinar?

—En la cocina de mi madre. Apenas era una adolescente cuando tuve que encargarme de grandes cenas familiares. Vengo de una familia grande, con muchos tíos y primos, todos de esa parte del mundo que es el norte de Nevada. Estudié Magisterio, pero nunca trabajé de maestra. Me metí directamente en la cocina de un restaurante y pasé muchos años como *sous chef*. Llevo más de veinte años trabajando con Marni, desde que ella salía en un programa matinal del Canal 3.

Entonces pasaron a hablar de lo que llevó a Mark a hacerse bombero. Era joven e inquieto, quería hacer algo estimulante y desafiante, se presentó a las pruebas cuando tenía veintiún años, le encantó y ahí se quedó. Al poco tiempo estaba casado, tenía un hijo y había ascendido de categoría.

—Para mí fue un trabajo rentable y emocionante. No había pensado en retirarme hasta que mi mujer enfermó —dijo él, y se animó a preguntar a Ellen por Ralph, su marido.

En poco tiempo el uno conocía la historia del otro y, para sorpresa de Ellen, tenían mucho en común, y no solo que ambos hubieran perdido a sus respectivos cónyuges. Compartían la cocina, el amor por las actividades al aire libre y el senderismo, y lo unidos que estaban a su familia. Ellen tenía hermanos y sobrinos; Mark tenía su hijo y sus nietos, y también un hermano y la familia de este.

Se tomaron una segunda copa, una muy corta, y cuando quisieron darse cuenta eran más de las diez. Ninguno bostezó y Ellen no estaba nada aburrida. Disfrutó tanto de su compañía que estaba empezando a temer que se acabara esa charla nocturna.

—Ya debería estar en la cama hace rato y seguro que tú también —dijo Mark—. Gracias por dejarme invadir tu noche.

—Me ha encantado.

—Congelé la lasaña. Trabajo en el supermercado de domingo a miércoles, pero cualquier otro día puedo sacarla y podemos cenárnosla. Si te apetece.

—Yo puedo preparar una ensalada César —dijo ella sorprendiéndose—. Hago mi propio aliño. Con bien de ajo.

—Yo a veces me paso con el ajo —dijo él.

—¿Aún quieres que lo intentemos mañana por la noche?

—Me gustaría, sí.

—Pues añadiré *bruschetta* al menú.

Él se rio.

—Más vale que tengamos cuidado o nos pondremos gordos. ¡A los dos nos encanta la comida!

—¿Qué tal a las seis? —preguntó Ellen.

—Perfecto.

Y ella pensó: «Sí».

En el interior del monovolumen de Bella había mucha cháchara, pero solo entre Nettie y ella. Estaban riéndose y hablando del espectáculo, que era apasionante. Marni estaba en el asiento delantero y un poco callada.

—¿Quién ha sido tu favorito, Marni? —preguntó Nettie.

«¡Adele, sin duda!».

—Me ha encantado Elton John —dijo.

—Pues, por cómo estabas mirando a Adele, habría pensado que ha sido ella —dijo Bella.

—Es verdad. Me ha encantado. ¿No te ha resultado familiar?

—No. ¿Por qué?

—Bella, era Tom. Mi cita del café, ¿te acuerdas? No iba a decir nada y, mira, aquí estoy, soltándolo. Por cómo me miraba... Se ha quedado impactado cuando nos hemos visto. Seguro que su hijo no sabe nada de su talento especial.

—¡Ay, Dios! ¿En serio? ¡Claro! ¡Con razón Adele me parecía altísima!

—¿Y de dónde se ha sacado él esas tetas? Eran espléndidas —dijo Nettie.

—«Ella» —la corrigió Bella—. Se identifica como mujer cuando está vestido de mujer, como esta noche. Creo.

—¿Solo esta noche? —preguntó Marni—. En nuestra cita era un hombre. No dejaba de hablar de sí mismo y del éxito que tiene.

—Yo me rijo por la regla de Tootsie —dijo Nettie.

—¿*Tootsie*, la película? —preguntó Marni.

—Sí. Cuando vestía de mujer, nadie la conocía como hombre. Daba igual lo que tuviera debajo de la combinación, era Tootsie. Además, a nadie le importa lo que tenga debajo de la combinación, al igual que a nadie le importa lo que tengas tú.

—Lo que yo tengo debajo es un circuito de Gymboree, y el Bollito va el primero. Creo que Tom ha disfrutado haciéndolo, y no hay duda de que esta noche Adele ha sido una estrella. ¡Guau! —dijo Bella.

—¿Y tú qué? —preguntó Marni—. ¿Te has divertido con las señoras mayores?

—Eh, ¡oye!, habla por ti —protestó Nettie.

—Sí —dijo Bella—. Me he dado un buen respiro de don Malos Humos.

Después de dejar a su madre y a su tía, Bella se dirigió a casa. Sin saber por qué, se fue desanimando según se acercaba. La energía le cayó en picado y de pronto se notó fatigada. Al acercarse a la puerta de su piso, sintió que le daba pavor ver a su marido.

A lo mejor estaba volviéndose loca. Jason era encantador y bueno, y ella había estado haciéndole pasar un infierno últimamente. Sus cambios de humor estaban acabando con los dos, aunque ella no tenía la culpa, y lo sabía. Era una mezcla de las hormonas que había tomado para la FIV y el loco mundo hormonal del embarazo.

Pero entonces abrió la puerta y su lógica salió volando por la ventana. Había una caja de *pizza* vacía y varias latas de cerveza vacías también en la encimera de la cocina, en el suelo estaban las zapatillas de Jason y unos calcetines sudados, su camiseta apestosa de hacer deporte estaba tirada encima de una silla, su maletín abierto sobre la mesita de café, y había montones de carpetas por el suelo, en una silla y también en la mesita. Y ahí estaba Jason, tirado en el sofá, dormido. La tele estaba encendida, con el volumen bajo y el canal de noticias puesto, probablemente porque habría estado viendo algún partido que ya había terminado. Y estaba roncando.

Ella empezó a llorar. No tenía ni idea de por qué. No era de las que lloraban por ver la casa desordenada. Empezó a recoger la basura y a tirarla al cubo haciendo todo el ruido posible.

Él se movió.

—Ah, hola, cielo —dijo. Resopló y se incorporó—. No te he oído entrar. ¿Te has divertido?

Bella no respondió. De pronto supo que lo que la molestó y la hizo llorar no fueron ni las hormonas, ni el embarazo, ni el follón. Era el hecho de que él hubiera disfrutado de una *pizza* grande y varias cervezas mientras ella había salido con su madre y su tía y se había comido una ensalada.

—Ya lo hago yo, Bella. Iba a limpiarlo todo, pero me he quedado dormido. He ido al gimnasio a hacer un poco de ejercicio y luego me he tomado una *pizza* y unas cervezas y... Bueno, ya lo ves. He caído redondo.

—Bastante desconsiderado por tu parte. La casa estaba inmaculada cuando me he marchado.

—Lo voy a recoger, ¿vale?

—Si llevaras seis meses a dieta, lo entenderías.

—¿Estás llorando? Venga, cariño, no llores. Lo voy a limpiar todo. No te pongas así.

—¡No puedo evitarlo! —gritó ella. Soltó la basura y se sonó la nariz—. Me siento poco valorada. Mira, déjalo. Puedes recoger la casa mañana.

—Em..., mañana juego al golf. Pero volveré a casa pronto.

Ella abrió la boca y se quedó quieta como una estatua.

—A ver si lo entiendo... ¿Quieres que tenga que ver tus platos sucios, tu basura y tu desorden hasta que vuelvas a casa del campo de golf? Llegarás a casa sudado y cansado y querrás echarte una siesta. A lo mejor podemos aguantar rodeados de tus papeles, tu ropa y tus zapatillas hasta el domingo. No sabía que tuvieras planes para ir a jugar al golf. ¡Creía que íbamos a ir a mirar muebles para el bebé!

—Steve me llamó anoche. Necesitan un cuarto

jugador. Me había olvidado de lo de los muebles del bebé. Pero recogeré esta noche y mañana volveré pronto.

—Me voy a la cama —dijo ella. Iba sorbiéndose la nariz mientras se dirigía al dormitorio—. No te importa lo más mínimo que esté gorda como una vaca, incómoda y muerta de hambre y que encima tenga que ir limpiando detrás de un hombre adulto.

—Ya estamos otra vez...

—¡Ni siquiera quieres este bebé!

—¡No seas ridícula! ¿No dije que sí a toda esa mierda del tratamiento para la infertilidad?

Ella emitió un grito ahogado.

—¿Crees que he disfrutado con esto? ¡Lo he hecho por nosotros!

—¿Por quién crees que lo estaba haciendo yo? ¡Desde luego que no fue por mí!

—¿Ya no quieres el bebé?

—¡Claro que lo quiero! Estás embarazada, ¿no? ¿Pero todo tiene que girar en torno a ti y al bebé? ¿No puedo comerme una *pizza* y quedarme dormido en el sofá sin que eso sea un gigantesco insulto al puñetero bebé!

—¡Capullo inmaduro!

Él empezó a recoger sus papeles, farfullando. Bella cerró la puerta del dormitorio. Entró en el baño y se lavó los dientes a pesar de que estaba lloriqueando. Se miró al espejo y vio que tenía la cara redonda como una calabaza. Se pellizcó las mejillas y empezó a llorar con más fuerza.

Oía a Jason moviéndose por la casa, tirando su basura. Como de la nada, una tormenta de autocompasión la asaltó. Se sentía gorda, torpe y con un carácter insoportable. Le parecía que tenía el pelo bastante más fino que antes; lacio y triste. Tenía la cara regordeta ¡y estaba hinchada por todas partes! Se quitó el vestido y, en ropa interior, se miró al espejo. Con un espejo de mano se miró de espaldas. ¡Tenía el culo enorme y grasa en la espalda! Lloró aún más. Se puso el camisón, se metió en la cama y se tapó.

Lloró hasta quedarse dormida y durmió como un lirón. En ningún momento oyó a Jason meterse en la cama. Cuando se despertó, no solo era de día, ¡eran las ocho y media! Hacía mucho que no dormía hasta tan tarde.

La cama seguía medio hecha. No solía moverse mucho cuando dormía, pero Jason sí.

—Me ha dejado. Voy a tener que criar sola a este bebé, ¡y todo por una *pizza* y unas zapatillas de deporte apestosas!

Salió corriendo de la cama antes de que se le vaciara la vejiga. Llegó al baño justo a tiempo de que cayeran las cataratas del Niágara. Parecía eso o una vaca meando sobre una roca plana.

¿Le habría dejado una nota Jason? Imaginaba que diría:

Querida Bella: No soporto más tus cambios de humor, pero pagaré la manutención del bebé...

Se preparó antes de abrir la puerta del dormitorio. Seguro que lo había dejado todo desordenado...

—¡Pero bueno! Hola, dormilona —dijo Jason cerrando el portátil—. ¡Pensé que iba a tener que ponerte un espejo debajo de la nariz para ver si respirabas!

La casa estaba tan limpia que prácticamente relucía. Incluso había marcas de aspiradora en la alfombra y un ligero aroma a limpiacristales Windex y a abrillantador de muebles. Y Jason estaba impoluto, afeitado y todo. Llevaba unos vaqueros limpios y un jersey fino.

—¿No vas a jugar al golf?

—Me he escaqueado. Anoche escribí a Steve.

—¿Qué le dijiste?

—Le dije que había olvidado que te había prometido que iríamos a comprar muebles para el bebé y que, si no iba, alguien tendría que tenerlo en brazos hasta que nos trajeran una cuna. Tiene tres hijos. Lo entiende.

—Creía que me habías dejado. No has venido a la cama.

—Estabas disgustada. Y, como te habías quedado dormida, he dormido en el sofá para no molestarte. Necesitabas descansar.

Se levantó y se acercó a ella. Le besó la frente.

—No pienso dejarte, Bella. Y tienes razón. Soy un capullo inmaduro. Y un vago.

—Ay, Jason —dijo ella abrazándolo.

—Te llevo a desayunar y luego vamos a comprar muebles. ¿Qué te parece?

—Me parece genial —dijo ella. Y luego pensó: «Más me vale llamar a esa psicóloga antes de que Jason me deje».

Capítulo 7

Los sentimientos de Marni quedaron totalmente claros después de que respondiera al teléfono.

—Hola, Marni. Soy yo.

Él no dijo su nombre, no dijo que era Sam. Solo dijo «yo». Y ella supo perfectamente quién era y que la llamaba para pedirle una cita. Fue un gesto maravilloso y cargado de intimidad.

—Hola, Sam.

No sabía qué clase de cita sería, pero Marni, que no había querido ni quedar ni salir con ningún hombre, sabía que le diría que sí. Sabía que quería más de él, y todo eso resultaba un tanto emocionante.

—¿Cómo se te presenta el día? —preguntó Sam.

—Despejado —dijo ella, aunque tenía una lista mental de cosas que debería hacer. Al ser sábado, no tendría empleados en casa, y ya que Bella había salido a comprar muebles, tenía el día libre.

—Voy a ir a visitar una de las granjas experimentales. ¿Te gustaría verla?

Marni no tenía ni idea de qué le estaba proponiendo.

—¡Claro!

—Te recojo en una hora, a menos que necesites más tiempo.

—Debería bastarme. ¿Cómo se viste una persona para ir a una granja experimental?

—Con ropa cómoda. Habrá que caminar mucho.

—¿Kilómetros y kilómetros de cultivo?

—No exactamente. Más bien míralo como un gran día en Costco.

Ella se rio y dijo:

—Vale.

Por mucho que le gustara Costco, su mente le decía que esa descripción le había quitado algo de romanticismo a la idea.

Pero sabía que quería estar con él.

Se puso unos pantalones de punto a juego con una sudadera de capucha de manga corta y sus Skechers favoritas, sin cordones y con suelas muy acolchadas. Se recogió el pelo con una pinza y le dedicó un poco de tiempo de más al maquillaje.

Sam conducía una camioneta con cabina extendida Ford último modelo y ella se quedó asombrada al ver lo limpia que estaba. En su cabeza, los agricultores iban dejando tras de sí una estela de barro, pero Sam no. Incluso tenía las manos suaves y limpias.

Él le preguntó qué tal le había ido la semana y ella le preguntó lo mismo.

—La he tenido ocupada con reuniones. A la gente de la universidad le encantan las reuniones y a mí normalmente todo me resulta repetitivo después de los primeros diez minutos. Creía que la enseñanza *online* y las reuniones por Zoom mejorarían eso, pero creo que ha empeorado un poco. La gente estaba tan hambrienta de compañía que no quería acabar.

Ella también odiaba las reuniones y llevaba tiempo pensando que podías ocuparte de tu negocio y tomar decisiones de forma mucho más eficiente si no reunías en una sala a gente para que acabaran cargando los unos contra los otros.

—Siempre hay dos personas que creen que tienen que tener la última palabra para destacar. A veces hay tres, pero siempre al menos dos. Tenemos muchas reuniones sobre producción. Si son sesiones de tormenta de ideas, las tolero. Tomo muchas notas. Pero si son temas de programación, de adquisiciones o de recursos humanos, reconozco que pierdo el interés. Los dos debemos de ser más o menos de la misma edad, nos llevaremos pocos años. ¿Has pensado en jubilarte?

—Me lo preguntan mucho, lo que me obliga a planteármelo. Y mi respuesta sigue siendo la misma. ¿Para qué? Tengo todo el tiempo libre que necesito. Si no trabajo, no sé qué hacer. Mi trabajo aún no ha terminado, así que no. ¿Y tú?

—Tengo un nieto en camino. Puede que eso cambie mi rutina y mis planes.

Luego Marni le habló de Bella, de su única hija, que iba a tener al que probablemente sería su único nieto, ya que le había costado quedarse embarazada, y le contó que tanto Jason como ella eran abogados con mucho éxito para su edad. Y muy ocupados, dada la exigencia de su trabajo.

Hablaron de sus respectivas profesiones. Sam tenía profesores, investigadores y personal asociados, que eran responsabilidad suya y lo ayudaban en su trabajo. Marni tenía su propio estudio, su cocina y el personal de apoyo de la cadena. Mientras charlaban sobre el trabajo, Sam seguía conduciendo. Marni pensaba que girarían a la izquierda y se dirigirían al sur, donde estaban la mayoría de las granjas del valle, pero Sam siguió hacia el oeste, pasando por el campus de la Universidad de Nevada y el aeropuerto y continuando hacia la cordillera de

Sierra Nevada. Atravesaron un barrio residencial de Reno muy poblado, donde había muchos negocios, y finalmente entraron en un gran aparcamiento frente a un parque industrial.

Por un momento Marni pensó que tal vez sí que irían a Costco después de todo.

—Ya hemos llegado —dijo él aparcando justo contra un edificio tan grande como un hangar de aviones. Había montones de coches, pero él tenía una plaza reservada. En el centro del edificio había puertas de cristal que decían «Visitantes», pero él la llevó por una puerta situada delante de la plaza de aparcamiento. Abrió con su llave.

—¿Dónde estamos? —preguntó Marni totalmente confusa.

—Por aquí —dijo él llevándola de la mano hacia un estrecho y largo pasillo que se abría a un vestíbulo. Había un par de grupos de sillas que daban la apariencia de una sala de espera. En la pared había un mapamundi enorme pintado con muchos colores.

—Este edificio es el laboratorio de hidroponías. El mapa indica la tierra cultivable que hay en el mundo. Solo un veintinueve por ciento del mundo es tierra y menos de la mitad es apta para cultivos o pastos. Y estamos perdiendo masa terrestre constantemente. Pero en este almacén estamos cultivando más de lo que se puede sacar de una próspera granja agrícola de ocho hectáreas.

—¿Lo llamáis «laboratorio»?

—Siempre estamos haciendo experimentos para mejorar nuestras cosechas, hacerlas más grandes, más fuertes y con mejor sabor. Hay controversia entre los agricultores de suelo y los agricultores de hidroponías, y surge de la pregunta de si hacerlo sin suelo es equiparable, midiendo la estabilidad de la vegetación y el sabor. Pero esta idea de cultivar con un noventa y cinco por ciento menos de agua en bandejas apilables no pretende sustituir a una granja. Más bien es una alternativa que proporcionaría abastecimiento de comida sostenible en los peores momentos. Vamos a dar una vuelta. Creo que te va a encantar.

Él le sujetó la puerta y ella entró en un enorme almacén con hileras de pasillos que tenían lo que parecían estantes, que en algunas zonas estaban a por lo menos dos metros y medio de altura. Los estantes eran bandejas extraíbles. Estaban abarrotadas de verduras. Al mirar más de cerca, Marni vio espinacas, distintas variedades de lechuga y kale. Había otras bandejas más pequeñas que contenían hierbas como albahaca, menta, eneldo y romero.

Los estantes rebosantes de exuberantes verduras parecían extenderse kilómetros. Había mucha gente moviéndose por los pasillos, cuidando las plantas y portando bandejas, e incluso había algunas personas subidas a plataformas elevadas que las llevaban hasta lo alto de las hileras de plantas. Y estaba todo impoluto. Inmaculado.

Sin pensarlo, Marni arrancó un trozo de kale y se lo metió en la boca.

—¡Ay! ¡Perdón! ¿Se puede hacer esto?

Él se rio.

—Se anima a hacerlo. ¿Qué tal el sabor? ¿Amargo?

—Sí, pero no demasiado. ¿Es una planta joven?

Él la sacó para mostrarle las raíces.

—Está casi lista para recolectar. Las bandejas de debajo se han recolectado y en ellas se han puesto nuevos plantones, y las bandejas de encima van por detrás en crecimiento. Por norma, empezamos a recolectar desde abajo y vamos rellenando hacia arriba. Se ve más claro con los tomates; los que están más cerca del suelo maduran primero y, para cuando se recogen los de más arriba, los de abajo están casi listos otra vez. La rotación es constante.

Marni se fijó en que algunos de los trabajadores llevaban batas blancas de laboratorio y guantes.

—¿Quiénes son esas personas?

—Algunas son estudiantes, otras son científicos y otras, agricultores a tiempo completo. Al sur de Breckenridge tenemos una granja al aire libre propiedad de la universidad. Medimos las diferencias de las cosechas en todo, desde el tamaño al sabor. Nuestras cosechas cultivadas en suelo tienen que lidiar con las condiciones climatológicas mientras que aquí podemos controlar el clima con un interruptor.

Ella oyó un suave murmullo y vio una fina bruma cubrir las verduras.

—Como en la sección de productos frescos del supermercado, como si las frutas y las verduras pudieran oír.

En ciertos lugares había luces colgantes alargadas que descendían del techo y en otras zonas había luces apiladas en columnas con ruedas.

—Cuidado —dijo él agarrándola del codo y apartándola de un alto montacargas de metal manipulado por un hombre con bata, que estaba situado en el nivel superior y manejaba las palancas para situarlo por encima de las bandejas de arriba del todo.

Al final de un largo pasillo de plantas, la vegetación estallaba en lo que parecían ser unos matorrales gigantes de al menos seis metros, salpicados de fruta roja y verde. ¡Tomates! Como había dicho Sam, estaban madurando de abajo arriba. Parecía que los habían recolectado hasta la mitad. A unos seis metros de distancia, había pimientos amarillos y rojos.

—Pimientos dulces —dijo él.

Había un hombre en una escalera con un chisme que parecía una pistola de pintura en espray pero con un pulverizador más fino. Ella lo señaló y Sam dijo:

—Aquí polinizamos a mano. Una vez trajimos abejas. Era una práctica saludable pero incómoda. Nuestros trabajadores tenían que llevar equipos pesados y que daban calor, algunos eran alérgicos, y todo se volvió muy estresante. Además, la polinización manual nos permite mayor precisión. Es muy laborioso, pero es la solución perfecta en un lugar así. Tenemos mucha fruta, desde melones hasta frutos rojos.

—Hola, doctor Garner.

—Arturo —respondió Sam—. Te presento a mi amiga, Marni McGuire.

—Un placer —dijo Arturo—. ¿Había visitado el laboratorio antes? Porque creo que la conozco de algún sitio.

—Es chef de un programa, Arturo. A lo mejor la has visto por la tele —dijo Sam, y luego añadió dirigiéndose a Marni—: Arturo creció labrando en el valle central, pero estudió Agricultura en la universidad. Era el fichaje perfecto para este laboratorio y ahora es profesor asociado. El año pasado estuvo experimentando con aditivos fertilizantes. Es químico. Bajo su supervisión se comprueba el pH a diario, y él desarrolla su propio cóctel de macronutrientes.

—Yo lo único que quiero es que la fruta sonría. Que esté grande, sana y orgullosa.

—¿Qué le añade? —preguntó Marni.

—Sales de Epsom, fósforo, zinc y otras cosas que

se pueden encontrar en el suelo. Se las añadimos al agua. Lo reevaluamos constantemente. Ha resultado adecuado durante mucho tiempo, pero queremos más. Queremos sabor y un aspecto y una textura perfectos. Quiero una fruta que suplique que le den un bocado. Mi abuela decía que un huerto alimenta el estómago y el alma.

—Oooh —exclamó Marni con una mano en el corazón.

Sam le dio las gracias a Arturo por su tiempo y siguió explicándole cosas a Marni.

—Con los astronautas demostramos que podemos proporcionar nutrientes en un tubo lleno de una pasta insípida, pero ¿comida de verdad? ¿Comida de verdad, preciosa, deliciosa, crujiente, increíble y sostenible? Eso es lo que buscamos. Comida sostenible llena de sabor, calorías y belleza. Esa es nuestra misión. Ven conmigo.

La llevó por hileras e hileras de cultivos y así estuvieron un buen rato. Marni tocaba las frutas y las verduras, las olía, las pellizcaba. Incluso se pararon en alguna que otra mesa de trabajo para abrirlas y probarlas. Se quedó sorprendida y maravillada por la calidad y el sabor. Le encantaba cómo olía ese lugar; rebosaba vida y productos frescos, pero sin el barro. Tenía el paladar y la nariz bien entrenados; podía elegir una especia o hierba cualquiera e identificarla.

Al cabo de una hora Sam estaba siguiéndola mientras ella recorría el almacén. Se paró a presentársela a la gente con la que se cruzaban. A Marni no le pasó desapercibido que a la gente se le iluminaban los ojos cuando se topaba con él, que se alegraba de verlo. También quedaba muy claro que él mostraba la misma deferencia y respeto tanto por el conserje como por el director ejecutivo. Y, sí, había un director ejecutivo porque esa granja hidropóni- ca tenía una rama comercial. Abastecían a un par de tiendas de Reno. También tenían una gran sección dedicada al desarrollo de frutas y verduras de variedades más raras, de esas que se usarían en restaurantes de cinco tenedores.

—Es un proyecto especial. Estoy cultivando las mismas variedades en casa y comparándolas. Hasta ahora van empatadas, pero mi huerto tendrá que hacer frente a los cambios de estación. Aquí no pasará eso.

Cuando Marni miró el reloj, se quedó solo un poco sorprendida de ver que habían pasado tres horas. Había tenido un millón de preguntas sobre adónde iría la comida, cuánto podían producir en un año, cuántos almacenes podían equivaler a media hectárea de tierra y cuáles eran los costes aproximados de riego e iluminación.

—¿Te está entrando hambre? —preguntó Sam.

—A ver, yo siempre puedo comer —dijo ella riéndose—. Pero hoy, con lo que hemos probado, llevo todo el día picoteando, así que no me muero de hambre. ¿Qué tienes pensado?

—Aun a riesgo de aburrirte, ¿qué te parece una hamburguesa? Es una hamburguesa especial. Conozco un sitio en el río.

—¡Perfecto!

Dada la hora que era, la cafetería del río estaba casi desierta, y en verano por allí no había muchos universitarios. Solo había unos cuantos clientes, así que pudieron sentarse fuera con vistas al río. Había muchas casas y pisos a lo largo del paseo fluvial, una zona muy lujosa. Había gente paseando por el río, sentada en bancos no muy lejos de donde estaban ellos, y otras personas que poco a poco iban llenando el restaurante, pero Marni y Sam no estaban pendientes de ellas.

Sam pidió una cerveza y ella una copa de vino junto con las hamburguesas. Mientras esperaban, charlaron.

Ella le preguntó cómo había sido crecer en una granja y él le habló de la vida en una pequeña comunidad granjera que apenas llegaba a pueblo: una iglesia, un bar, una tienda de piensos y una comisaría de policía rural. Tenían una escuela elemental, pero para la educación secundaria los niños tenían que ir en autobús al pueblo siguiente.

—Una vez por Navidad pedí un juego de pesas y mi padre me regaló una horca y me dijo que haría más músculo recogiendo heno que levantando pesas.

Había formado parte del programa 4-H y había criado un enclenque becerro hasta convertirlo en un toro grande y formidable del que había salido la mayor parte del rebaño. Su padre juraba que se jugaba la vida cada vez que tenía que cruzarlo con una vaca.

Ella le contó lo que había sido criarse en una casa de mujeres con un único hombre, su querido padre, que había muerto con solo cincuenta y siete años.

—Como mi madre y mis tías dominaban la casa, no le oí decir una frase entera hasta su lecho de muerte, cuando dijo: «Marni, no dejes que te mandoneen». Pero lo hicieron. Eran de armas tomar.

Sam le contó su accidente con una prensa y que estuvo a punto de perder una pierna, pero que al final solo se la rompió. Ella le dijo que estuvo a punto de morir de apendicitis con doce años. Cuando llegaron las hamburguesas, Marni añadió:

—Creo que es mi comida favorita.

—¡Eres una chef famosa! ¡Decir que tu comida favorita es una hamburguesa es una especie de blasfemia!

—Es preciosa en su sencillez. Me encanta una buena hamburguesa. Y el panecillo de *brioche* es una elección excelente.

La conversación acabó volviendo al asunto de la hidroponía y él le habló de algunos de los artículos de investigación que había escrito últimamente y algunos de los estudios que habían llevado a cabo en el laboratorio, como las diferencias entre los cultivos hidropónicos y en suelo.

—¿Tú qué prefieres? —preguntó ella.

—No es un análisis justo. En un mundo perfecto, con un suelo rico en nutrientes, un aire limpio y unas estaciones que no nos atormentan con sus extremos, elegiría una acogedora granja en un clima moderado. Pero no tenemos un mundo perfecto y está bien que haya alternativas para que todos podamos comer comida sana. La comida sostenible es el objetivo. No solo una comida que nos mantenga con vida, sino que nos alimente el espíritu y el alma. Una comida que nos reciba en la mesa y recompense con alegría nuestro duro trabajo. Me encantaba observar a mi padre. Trabajaba durante tres horas antes de parar a tomarse un gran desayuno con carne, huevos y avena. Y daba las gracias, aunque no porque fuera un hombre religioso, sino porque sabía que había estado en equilibrio con el mundo. Daba y recibía. Para él, era una vida perfecta.

Las hamburguesas y las bebidas se terminaron, pero Marni no quería que el día llegara a su fin.

—Todo el mundo debería hablar más de esto. De comida sostenible y equilibrio y de alimentar la mente y el cuerpo. Creo que estás trabajando en salvar la tierra.

—Has identificado el problema, pero a la tierra solo hay que dejarla tranquila. Estoy trabajando en salvar a la gente. La tierra no morirá. La gente sí.

Esa verdad la hizo pararse a reflexionar.

—Y mucho después de que la gente se haya ido...

—No soy climatólogo, pero los agricultores estamos cerca de la tierra. Mi limitado conocimiento sugiere que el planeta se restaurará a sí mismo. Es nuestra población lo que tenemos que salvar.

Mientras salían del restaurante, ella dijo:

—Creo que ha sido la mejor hamburguesa que me he comido.

—¿Quieres caminar un poco por el río?

—Sería perfecto —dijo ella ofreciéndole la mano.

Pasearon por el abarrotado sendero, cruzaron el puente y pasaron por delante de unas cuantas cafeterías más antes de que él propusiera volver. Aunque Marni llevaba toda la vida viviendo ahí, no recordaba que fuera tan precioso. Las flores que bordeaban las aceras y que caían con elegancia desde maceteros en las ventanas eran exuberantes y coloridas. Había abejas revoloteando alrededor de sus cabezas y Sam hablaba sobre sus padres y sobre lo rica que había sido su pobre vida en la granja.

Al final llegaron a la camioneta y se pusieron rumbo a casa de ella en Breckenridge. Sam terminó su historia sobre la granja familiar mencionando que sus dos hermanos mayores trabajaban allí. Los dos habían comprado unas tierras cercanas y estaban hablando de venderlas a una corporación, pero de momento solo estaban haciendo eso, hablarlo. Cuando pararon en el camino de entrada, Marni se giró hacia él.

—He pasado un día maravilloso. No quiero que termine.

Él le puso una mano en la rodilla.

—¿Esperas compañía?

—No. ¿Por qué?

—Podrías invitarme a pasar. Hoy no trabajo.

—¡Por favor! —dijo ella encantada—. ¡Pasa!

La cabeza le zumbaba pensando qué ofrecerle. ¡Apenas habían quemado ese almuerzo tardío o cena temprana! No tenía cerveza. ¿A lo mejor un té? No, no parecía hombre de té. ¿Un refresco? O podría abrir una botella de vino, pero Sam acababa de tomarse una cerveza y luego iba a conducir. «Para, para», se reprendió. No había necesidad de ponerse tan nerviosa. A lo mejor podían sentarse en el patio sencillamente y charlar un poco más. Le encantaban sus historias.

Abrió la puerta, pasó delante de él y al instante se vio rodeada por sus brazos y con su boca muy cerca de la suya; él abrazándola así y ella sofocada y viendo sus labios a punto de posarse en los suyos.

—¿Es demasiado pronto para esto? —susurró Sam.

—No —dijo Marni con un tono algo chillón.

De hecho, era justo lo que quería, ahí mismo, ahora mismo. Lo único que quería beber era a él. Lo rodeó por el cuello, él la abrazó por la cintura, la besó y... la devoró. Marni separó los labios, agradecidos, para recibirlo y él se giró con ella en brazos y la situó contra la puerta principal. Ella tardó escasos segundos en darse cuenta de cuánto había echado de menos esa clase de contacto físico. Estar en los fuertes brazos de un hombre era más delicioso de lo que recordaba. Deslizó las manos por sus anchos hombros y, cuando él hizo presión contra ella, ella ejerció presión contra él. Movió las caderas ligeramente y se alegró muchísimo de notar que Sam estaba listo para hacer el amor, porque ella estaba del todo preparada. En ningún momento se planteó echarse atrás ahora.

Lo agarró de la mano y lo llevó hacia su dormitorio. Oyó una risita bastante juvenil saliendo de sí misma seguida del profundo rugido de la risa de él. Cayeron sobre la cama y entonces empezó el desnudamiento: él le quitó el suéter, ella le sacó la camisa de dentro de los pantalones y, mientras seguían quitándose la ropa, sus labios apenas se separaron. Se quitaron zapatos y pantalones y no dejaron de besarse.

—Llevo más de cinco años sin sexo —susurró ella.

—He oído que es como montar en bici.

—También hace mucho tiempo que no monto en bici.

Él deslizó una mano sobre su cadera, acercándola más.

—Lo haremos bien.

Y ella respondió con un intenso gemido.

Estaba fascinada por el vello que le cubría el torso, oscuro, tupido y salpicado de plata.

—Un agricultor sin el moreno de agricultor —dijo acariciándole el pelo del pecho con los dedos.

—Me quito la camiseta en el huerto en los escasos días de mucho calor y sol. Y tú no te pones al sol. Tienes la piel tan suave y perfecta como la de un bebé —dijo Sam antes de soltarle la pinza del pelo y dejarlo caer sobre la almohada—. Vamos a retirar la colcha.

—Y a menear las sábanas —añadió ella.

Se giraron y apartaron la colcha con los pies, y al instante estaban abrazados. Él le quitó la ropa interior, ella le bajó la suya y se engancharon, besándose, gimiendo y tocándose. Las manos de Sam eran suaves y sus caricias, tiernas pero firmes; el modo en que exploraba su cuerpo le producía un deseo cada vez mayor. Le coló una rodilla entre los muslos y ella se abrió para él. Tras una pequeña búsqueda, Sam dio con un supersensible clítoris y el gemido de Marni fue de lo más intenso y sentido.

—Sí —susurró ella—. Sí, sí, sí.

Sam la acariciaba con delicadeza, aumentando su placer. Ella, mientras pensaba que podría desmayarse de deseo por él, cerró la mano a su alrededor y lo masajeó, complacida por los sonidos que emitía. Con los labios engarzados, las manos trabajando sobre el cuerpo del otro y las lenguas en acción, encontraron su propio idioma: gemidos, suspiros y suaves susurros.

Finalmente, él se le acercó más y ella lo animó a seguir. Sam la penetró despacio, poco a poco, hasta que Marni lo recibió por completo y lo sintió llenándola. Qué agradable, como el cumplimiento de una promesa. Cuando él se movió, al principio lo hizo con cuidado y luego más enérgico. Y entonces, tomándole los labios, la embistió y Marni se aferró a sus hombros. Con un débil gimoteo, se agarró fuerte a Sam mientras sentía la pasión aumentar hasta que, finalmente, estalló colmada de placer. Y se arqueó contra él.

—Ay, Dios —dijo él—. Ay, Dios.

Marni no tuvo respuesta para eso. Simplemente se dejó caer sobre las sábanas.

Sam le dio un momento para disfrutar de los efectos de su éxtasis y luego fue a por el suyo con largos y profundos bombeos. A Marni le encantó el sonido de su respiración acelerada, que al final acabó entrecortada cuando se corrió. Hubo un gemido, profundo y sexi, y luego él bajó los labios hasta su cuello y se dedicó a besarla, lamerla y acariciarla.

No parecía tener prisa por apartarse de su cuerpo, y eso la complació. Ella le acarició la espalda, lo besó en los labios, le masajeó las nalgas y entrelazó los pies con los suyos. También los tenía suaves. Suaves y cálidos.

Emitió un suspirito de desconsuelo cuando él se giró. Pero Sam no se fue lejos. Le agarró la mano.

—Qué agradable. Muy agradable.

—Inesperado. Y bienvenido —dijo Marni, y luego se rio.

Él se giró, apoyó la cabeza en la mano y la miró.

—A lo mejor debería empezar a dar excursiones por el laboratorio hidropónico.

—¿Crees que esto va a ser complicado? ¿Con Sophia trabajando para mí?

—Hace un par de semanas eso podría haberme preocupado, pero está con alguien y más ocupada que nunca. No estoy diciendo que mintamos o lo ocultemos, pero no necesitamos su permiso. Y quiero volver a verte.

—Creo que lo que propones es discreción.

—¡Es que no quiero que nadie se cargue mi plan!

—¿Tienes un plan? —preguntó ella incorporándose y echándose la colcha sobre los pechos—. Cuenta.

—Tampoco es que sea un plan —dijo él sentándose en la cama. Se recostó sobre las almohadas—. Solo me gustaría un poco más de tiempo para conocerte mejor, para que disfrutemos el uno del otro, antes de que nos agobien influencias externas.

—¿Y si alguien se entera?

—No digo que lo mantengamos en secreto. Lo único que digo es que, hasta que nos encontremos cómodos, esto podría ser solo cosa de dos. Durante un tiempo, mientras nos conocemos.

—Creo que deberías saber que nunca volveré a casarme.

—La mayoría de la gente de nuestra edad toma esa decisión, creo. Yo no busco una esposa.

—Yo, directamente, no busco nada.

Sam esbozó una espléndida sonrisa.

—Bueno, pero si te topas con alguien que esté a la altura, ¿crees que podrías disfrutar de su compañía? ¿Pedirle amistad?

Ella se quedó pensativa un momento.

—Si me divierte..., posiblemente.

Él le puso la mano sobre su hombro desnudo.

—¿Qué deberíamos hacer ahora?

—Helado. Ahora deberíamos tomar helado. No te muevas. Voy a buscarlo.

Ellen se creía muy lista. Cuando Mark le preguntó dónde le gustaría quedar para tomarse la cena que él había preparado, si en su casa o en la suya, ella se apresuró a decir:

—Vamos a cenar en tu casa. No quiero que tengas que venir cargado con la comida, es demasiada molestia.

Su estrategia era multicapa: uno, ese hombre vivía solo, así que ella podría aprovechar y ver cómo mantenía la casa, aunque tampoco es que contara con ver demasiado. Dos, quería avanzar algo de trabajo para el programa y así no tendría que pasarse todo el día limpiando la casa para recibir visitas. Y tres, y lo más importante, cuando se cansara, podría irse. Podría fingir una jaqueca o algo, y sería más fácil irse ella que echarlo a él.

Pero le salió el tiro por la culata. En primer lugar, la casa de Mark era encantadora. Muy acogedora. Se había esperado que él hubiera sustituido los muebles de su esposa por un sillón reclinable y una mesa de billar, pero resultaba un hogar muy familiar, con un largo sofá modular color canela a juego con una otomana y mesitas auxiliares de madera noble. El conjunto de comedor y los dos aparadores combinaban con los muebles del salón.

—Tienes una casa preciosa, Mark.

—El mérito es de mi difunta esposa. Los muebles los eligió ella. Yo pinté las paredes con los tonos que había elegido para nuestra última casa.

—¿Sientes que es la misma casa?

—No, pero se parece lo bastante a nuestra casa como para resultarme cómoda. La planta es distinta, el jardín no tiene nada que ver y cambié los muebles que estaban viejos —dijo, y añadió con una risita—: Al final compré cosas que eran como las que teníamos, así que acabé preguntándome quién había elegido en primer lugar.

La casa estaba inmaculada. Y el aroma que salía de la cocina era divino. La nariz le decía que había la cantidad justa de ajo y orégano.

—Vamos a calentar el pan —dijo ella.

—Genial. Y vamos a tomarnos una copa de vino mientras reposa la lasaña. Con tu ensalada César, va a ser una comida cargada de ajo. Espero que no te importe.

—Es perfecto.

—Ven a sentarte aquí —dijo él retirando una silla.

Ellen levantó un plato.

—Es precioso. Me parece que has sacado los platos buenos.

—Cuando Pam murió, di muchas cosas de las que ella usaba. Mi hijo y su mujer se llevaron mucho y mis sobrinos también. Tardé tiempo, pero en un par de años había regalado casi todas las cosas de Pam. Aún tengo mucho de lo que usábamos, todas las cacerolas y sartenes y la cubertería. Pero todas las sábanas son nuevas.

Él se sonrojó un poco y se giró. Ellen se preguntó si estaría intentando informarla de que ella jamás dormiría en las sábanas de su difunta esposa.

Sacó algo de la nevera y lo metió en el microondas para calentarlo.

—¿Cuánto tiempo llevas viuda?

Ella ya se lo había contado casi todo, así que fue breve al responder:

—Unos cuantos años, pero mi marido estuvo entrando y saliendo de residencias durante casi todo nuestro matrimonio. ¿Tú también cuidaste de tu mujer?

Él sacó el plato del microondas y lo dejó en la mesa.

—Es una *baguette* con crema de cangrejo. A ver si te gusta. Sí, cuidé de mi mujer.

Ellen dio un mordisco. Cangrejo, ajo, queso crema, parmesano y algo más.

—¿Cebolleta?

—Casi. Cebollino.

Mientras él removía la ensalada y luego servía la lasaña y el pan, hablaron de sus difuntos cónyuges. Pam era discreta y tímida mientras que Ralph había sido el alma de la fiesta, un hombre divertido y sociable y con muchos amigos. En el matrimonio de Mark él había sido el más sociable, pero temía haber perdido algo de eso al perder a su mujer.

Comieron y hablaron del trabajo. A Mark le había encantado ser bombero y ahora colaboraba con una organización centrada en ayudar a gente. Ellen, por su parte, le habló de sus estudios de Cocina y de su relación de veinte años con Marni.

—Es como ser chef privado. Es un trabajo creativo y desafiante, y en la cocina solo hay otra persona más. En ella recae todo el estrés de estar frente a la cámara y nadie compite por el poder. Tengo libertad para cocinar y crear sin presiones.

—¿Y te encanta?

—A estas alturas ya sabrás que soy introvertida. Me encanta cocinar para la gente, pero me junto con muy pocas personas. Para mí, estar metida en la cocina es perfecto, pero no soportaría una cocina en un restaurante grande. Demasiada gente. Demasiado movimiento, demasiadas prisas y demasiados gritos. No tengo ningún interés por lograr un puesto en un restaurante concurrido y competitivo. Supone un trabajo brutal. Le quita a la cocina el disfrute de la creatividad.

—A mí me gustaba cocinar para los chicos —dijo Mark, y se rio—. Bueno, corrijo: no todos son chicos. Lo eran cuando empecé hace más de treinta años. Ahora hay casi el mismo número de mujeres. Me gusta que haya mucha gente a la mesa, me encantan los elogios. Para mí lo es todo que la gente sea feliz con mi comida.

La lasaña estaba divina y el aperitivo de pasta de cangrejo, delicioso. Hablaron de comida, de los platos que nunca fallaban y de sus favoritos para servir en fiestas. Listaron los platos con los que más deslumbraban y sus preferidos dentro de los más rápidos y sencillos. Ninguno tenía muchos invitados últimamente, pero aun así tenían sus menús predilectos.

—Puedo aportar mis ideas al programa. *Marni cocina* tiene unos índices de audiencia muy altos en las cadenas por cable.

—Yo estoy trabajando en una idea. ¿Conoces al chef José Andrés?

—No personalmente, pero lo sé todo de él —dijo ella.

—Pues entonces sabrás que viaja con un gran equipo a lugares donde se han producido desastres que han sacudido a la población y que da de comer a la gente. He estado trabajando para crear una fundación que haga algo así pero a menor escala.

—¿En serio?

—No tengo verdadero interés por jubilarme aún y me encanta mantenerme ocupado. He estado estudiando cómo redactar propuestas para subvenciones y administrar asociaciones sin ánimo de lucro. Llevo mucho tiempo siendo activo en Amigos de los Bomberos, pero aún hay mucho que investigar. Eso me daría algo productivo que hacer con mi tiempo.

Se levantó de la mesa y sorprendió a Ellen al sacar una tarta de queso de la nevera para el postre. Seguía hablando mientras servía.

—He preparado el terreno y registrado una fundación y he investigado las licencias necesarias. Tengo la licencia de manipulación de alimentos y un listado de cocinas industriales en alquiler. Necesitaré un camión con temperatura controlada, que es más difícil de conseguir de lo que crees. Pero ya tengo una lista enorme de voluntarios que estarán listos cuando yo lo esté.

—¿Cuánto tiempo llevas trabajando en esto? —preguntó ella mientras devoraba la tarta de queso.

—Un par de años. El año siguiente a que Pam muriera pensé mucho en ello, y un año después hablé con un abogado que se ocupa de asuntos de propiedades y fundaciones. Me remitió a la Fundación Comunitaria Estatal. Me fueron de muchísima utilidad y me ayudaron a encontrar un buen patrocinador. Resultó ser la combinación perfecta. Si yo me comprometo con ese trabajo, ellos se comprometen a financiarme. Ya estoy en contacto con filántropos interesados en mi proyecto.

—¿Dónde empezarás?

—Voy a reunir a la junta de directores y a pedir un préstamo que podamos pagar con dinero de las subvenciones. Mi contable es bombero y puede ayudarme. Y ya casi estamos en temporada de incendios. La necesidad se presentará sola.

Ellen no podía hablar. Estaba demasiado impresionada para que le salieran las palabras.

—Estamos en junio. ¿Puedes estar listo en un par de meses?

—Sí, para intervenciones en lugares que no estén demasiado lejos.

—¿Qué rango de acción tendrás?

—No estoy seguro. Sabremos qué podemos hacer cuando intentemos hacerlo. O cuando tengamos que decir «no».

—Algo me dice que no eres hombre de decir «no».

Él se rio algo avergonzado.

—No, mientras haya cosas que hacer.

—¿Qué haces mañana? —le preguntó Ellen.

—Voy a trabajar unas seis horas y luego voy a echarme una siesta. ¿Y tú?

—Estoy pensando en guisar un cerdo en cocción lenta con chucrut y cerveza. ¿Te interesa?

—Suena bien. Creo que nunca lo he hecho.

—Bueno, pues deberías planteártelo. El cerdo y el chucrut están bien de precio. Por cierto, ¿has estado fijándote en los precios de la comida últimamente? Una cosa es cocinar para gente hambrienta y otra es poder permitírtelo durante una recesión.

—He estado buscando no solo donaciones económicas sino también de alimentos —explicó él—. La mayoría de las potenciales empresas colaboradoras van a hacerme demostrar mi valía, que soy un tipo de fiar, pero me avala la reputación del cuerpo de bomberos.

—¿Cuál es tu mayor ambición con este servicio de comida?

—Quiero llenar un vacío. Me gustaría llevarlo ahí donde no haya servicio de comida. No soy la Cruz

Roja ni un banco de alimentos. ¿Sabías que el incendio de Paradise, California, destruyó catorce mil casas? La gente cuyas casas acabaron convertidas en una montaña de ceniza acampó en sus camionetas y coches porque los refugios más próximos estaban llenos. Esa gente necesitaba una comida sustanciosa para afrontar el día siguiente —dijo y asintió al añadir—: Yo sé cómo hacerlo.

Ella se quedó callada un momento, absorbiendo la información. Luego miró el reloj.

—Está claro que he disfrutado mucho de la cena. ¿Me dejas devolverte el favor mañana por la noche después de que hayas trabajado y te hayas echado la siesta?

—Me encantaría.

—Te ayudo con los platos.

—Yo recojo. No hay mucho que hacer. Pero ¿puedo acompañarte a casa?

—¡Está justo al lado!

—No quiero tener que despegarte del camino de entrada mañana cuando salga a por el periódico del domingo. Deja que te acompañe hasta dentro de casa. Gracias por cenar conmigo. Ha sido muy agradable.

—La cena ha estado increíble. ¡Eres un cocinero estupendo!

—Viniendo de ti, es un cumplido enorme. Venga —dijo él agarrándola por el codo—. Deja que te acompañe. Creo que ya deberías estar durmiendo hace un rato.

—Hace horas —dijo ella sonriendo.

Y la cita que tanto había temido se transformó en un momento de gran disfrute.

Capítulo 8

Sam estaba en su dormitorio, leyendo. Oyó la puerta abrirse y cerrarse. Era muy tarde. No solía quedarse despierto esperando a Sophia, pero esa noche sí. Le había escrito sobre las nueve preguntándole cuándo llegaría a casa. Ella había respondido que había estado todo el día en el lago y que volvería pronto. De eso hacía tres horas.

Por supuesto, se levantó, libro en mano.

—Ay, *papi*, ¡te he despertado!

—¿Qué es eso? —preguntó Sam señalando la pequeña compresa de hielo que ella se sujetaba contra la mejilla. Sophia la apartó despacio y ahí estaba, sin duda: un moretón—. ¡Cariño! ¿Qué es eso?

—Me he tropezado y me he caído. No deberíamos habernos quedado hasta tan tarde. Estaba oscuro y me he caído en las rocas del lago. No es nada.

—Se te va a poner el ojo morado. ¿De dónde has sacado la compresa de hielo?

—Hemos parado en la farmacia. En serio, no es nada. Solo un accidente tonto.

Él soltó el libro y le miró las manos. No las había usado para frenar la caída. No tenía ni las manos ni las rodillas arañadas o raspadas.

—¿Con quién estabas?

—Con un grupo de amigos. No he estado bebiendo.

—Ya lo veo. No es eso lo que estoy pensando. ¿Erais un grupo de chavales o solo tú y otro?

Sophia tardó en responder. Él lo sabía y ella sabía que él lo sabía.

—Éramos seis u ocho. A ver que piense...

—¿Vamos a Urgencias a que te hagan un tac para asegurarnos de que no tienes una conmoción? —preguntó él.

—¡Ay, por favor, no! En serio, ¡qué vergüenza!

—¿Ninguno de tus amigos te ha propuesto llevarte? ¿Y qué amigos son, por cierto?

—Heather y Sean... A ella la conoces. Jasmine y su novio.

—Intento averiguar si estaba contigo cierto chico. Angelo.

—Sí, me ha traído a casa. Me ha llevado a comprar la compresa de hielo.

—¿Y él es la razón por la que estás tan inquieta?

Ella esbozó una mueca y negó con la cabeza.

—Solo quiero irme a la cama, *papi*.

—Vale, vale. Si tienes algún problema esta noche, si te duele la cabeza o algo, despiértame.

—*Sí.* Claro.

Él la besó en la frente con delicadeza y la dejó irse a su habitación.

Sophia había mentido a su padre. Sabía que él no entendería la verdad porque ni ella la entendía. No había estado en el lago con unos amigos porque Angelo había querido que fueran solos. Al principio había sido divertido. Hicieron una buena caminata rodeando el lago, se rieron y se gastaron bromas. Encontraron un lugar apartado y se enrollaron como adolescentes durante un rato, luego discutieron por que ella apagara el teléfono. Después él se quedó deprimido porque habían tenido una discusión que no había podido ganar. Era cierto que se había caído en las rocas de la orilla del lago, pero no había sido un accidente del todo, porque Angelo, enfadado, le había dado un pequeño empujón que, según él, había sido solo jugando. Luego se había puesto a llorar porque ella se había hecho daño, y se había llamado idiota e indigno. Siguió así hasta que Sophia le juró que no pasaba nada, que no estaba enfadada y que nunca se lo diría a nadie.

No sabía cómo había llegado a ese punto. ¡Y tan rápido! Llevaba viéndolo un par de meses, aunque le parecían años, y lo pasaba bien la mitad del tiempo que estaban juntos. Era junio y los días de verano eran largos y cálidos, perfectos para pasarlos con la persona que querías, pero a Sophia la cosa no le estaba yendo tan bien. Angelo podía ser encantador y cortés, luego de pronto se ponía de mal humor y triste. ¡Era tremendamente impredecible! Cuando le cambiaba la voz, ella casi se estremecía y se ponía nerviosa por lo que pudiera venir. Luego pasaba todo y ella se castigaba por haber creado problemas donde no los había.

Él solía decir:

—Vas a romper conmigo, ¿a que sí?

Y Sophia, en lugar de decirle la verdad, que dudaba que la relación fuera a funcionar entre los dos, se dejaba la piel en intentar convencerlo de que no tenía pensado romper con él.

—¿Pero me quieres? —preguntaba Angelo—. Porque has dicho que sí.

Y ella, aunque en ningún momento había dicho que lo quisiera, insistía en que sí y le decía que debía dejar de ser tan paranoico porque, si no, acabaría estropeándolo todo.

* * *

El lunes Sophia tuvo que ir a trabajar con un ojo morado. Hizo lo que pudo por tapar el moretón con maquillaje, pero fue imposible disimularlo. Ellen soltó un grito ahogado al verla, pero Marni no mostró ninguna reacción.

—¿Qué narices ha pasado? —preguntó Ellen.

—El sábado estaba en el lago con unos amigos y me resbalé en un montículo y me caí en unas rocas. Estoy bien. Parece peor de lo que es.

—¿Te pusiste algo? —preguntó Marni.

—Sí, hielo, pero creo que no sirvió de mucho.

—Nunca se sabe. Sin el hielo podría estar el doble de hinchado y de oscuro. ¿No se te ocurrió ir a Urgencias?

—A *papi* sí. Me dijo que deberían hacerme una placa para estar seguros, pero yo no quise ir. Solo quiero que se me quite.

—¿Te tropezaste con algo?

—Había un camino de barro que llevaba al lago. Bajando un montículo. Y unas rocas grandes. Me resbalé en el camino, me caí y me golpeé justo en la ceja. Tiene una pinta muy fea.

—No perdiste la consciencia, ¿no? —preguntó Marni.

—No, no. Solo me di un golpazo. Me alegro de no haberme quedado sin dientes.

—¡Ay, Sophia, pobrecita! ¡Tienes que tener cuidado! ¿Estabas con tu novio? —preguntó Ellen.

Ni de coña iba a admitir que estaba sola con Angelo.

—Sí, y me llevó a la farmacia a por una compresa de hielo. Se sintió fatal por no poder agarrarme a tiempo, pero no pudo. Hay zonas muy empinadas.

—¿Estás bien para trabajar? ¿Te duele la cabeza? ¿Estás mareada? —preguntó Ellen.

—Estoy bien. Quiero trabajar. En un día se me habrá pasado. Espero que vuestro fin de semana haya sido más divertido. Yo me lo cargué al hacerme daño.

—El mío estuvo muy bien —dijo Marni—. ¡Ayer fui a casa de Bella a ver los muebles para el Bollito! ¡Qué emocionante todo!

—¿Van a elegir un nombre para ese bebé o cuando le den el diploma del instituto lo van a llamar «el Bollito»? —preguntó Ellen riéndose.

Y así de rápido, Sophia y su ojo morado dejaron de ser el centro de atención.

—Cuéntanos cómo son los muebles —suplicó Ellen.

—Haré algo mejor —dijo Marni sacando el móvil—. ¡Hice fotos! Como Jason tiene una camioneta grande, se lo llevaron todo a casa en lugar de esperar a que se lo enviaran.

—¿Qué les diste de comer? Porque nunca vas a ningún sitio sin comida.

—Llevé un pastel salado para desayunar. Y se lo zamparon como niños hambrientos. ¡Casi no pude comer nada!

A Ellen le estaba costando prestar atención y en más de una ocasión se perdió lo que estaba diciendo Marni y tuvo que pedirle que lo repitiera.

—¡Por Dios! ¿Tan preocupada estás por Sophia que estás totalmente descentrada? —preguntó Marni.

—Puede ser —dijo ella sabiendo que en absoluto era el caso.

La noche anterior, la del domingo, Mark y ella habían preparado la cena juntos. Ella le había enseñado a hacer su *rollatini* de ternera y él estaba emocionadísimo. Que Ellen recordara, era la primera vez que veía a alguien tan emocionado por verla hacer una receta y, desde luego, la primera en toda su vida que un hombre le había mostrado esa clase de interés. También la primera que un hombre la había ayudado a preparar la comida. Mark parecía muy cómodo cortando y picando y montando platitos de ingredientes.

Ella estaba igual de interesada en su sueño de crear un servicio de comidas para las víctimas de desastres naturales en la zona. Tras haber trabajado de bombero toda la vida, estaba especialmente sensibilizado con las necesidades de las víctimas de incendios, y había muchas. Ellen tenía muchas preguntas sobre cómo tenía pensado organizarlo, y él tenía un millón de preguntas que ella podía responder; por ejemplo, cómo cocinar grandes cantidades de comida en un espacio relativamente pequeño y cuántos vehículos de transporte harían falta. Y lo que no pudiera responderle con datos, encantada lo investigaría para él.

Entre todo eso, también habían compartido otras historias y muchas risas. Ella se había quedado despierta hasta medianoche, unas tres horas más de su hora habitual de irse a dormir. Tardaría varios días en volver a ver a Mark porque a él le tocaba trabajar en el supermercado reponiendo estantes.

—Me mantiene en forma y añade ingresos a mi pensión —había dicho Mark.

Porque, además, hasta que su organización sin ánimo de lucro se convirtiera en una entidad conocida y de confianza, tendría que suplicar, pedir prestado y hasta robar para ponerla en marcha; sobre todo pedir prestado.

Ellen nunca había tenido tantas ganas de contarle algo a alguien. Quería decirle a Marni que tenía un nuevo amigo maravilloso y que no era otro que su vecino de al lado. Pero se guardaría la noticia porque no sabía cuánto duraría o si pasaría de una simple amistad entre un par de cocineros. De todos modos, sin duda estaba teniendo un impacto en ella, porque sentía como si tuviera la cabeza en otro planeta. Varias veces al día tenía que pararse a centrarse. ¡Se sentía como si estuviera flotando!

Tenía sesenta años y llevaba sola... ¿cuántos? ¡Y ahora se sentía como una adolescente! ¡Qué vergüenza!

Pero nunca en su vida se había sentido más en forma o llena de energía.

Un martes, después del trabajo, Marni recibió un mensaje de Sam. Le decía que podía escaparse un rato de casa si a ella le apetecía tener compañía. Sophia iba a estudiar con unas amigas de la universidad y estaría fuera hasta las once. Marni respondió con un entusiasta «¡Sí!».

Abrió la puerta del garaje para que él pudiera entrar y aparcar al lado de su coche. Sam accedió al garaje y desde ahí a la casa por la puerta que los conectaba. En cuanto entró, ella se le abalanzó encima. Abrazados como si les fuera la vida en ello, apretujados en el pasillo, consumidos por unos voraces besos, estaban poseídos. Aliviados y deseosos de estar juntos otra vez.

Entonces Sam dejó escapar una suave risa, aunque no soltó a Marni.

—¿Es normal que la gente de nuestra edad se comporte así? —preguntó ella.

—No lo sé. Nunca había tenido esta edad.

—¿Dónde está Sophia exactamente?

—Me ha dicho que el apartamento de su amiga

está cerca del campus. ¿Tengo la camioneta en el garaje porque... nos estamos escondiendo?

—Un poquito, sí —dijo ella riéndose—. Si alguien viene y estamos en cierta situación, parecerá que no hay nadie en casa. Estamos siendo un poco malos.

—Me gustaría que lo fuéramos aún más. ¿Podemos salir del pasillo?

—Por aquí —dijo ella llevándolo al dormitorio.

Al instante estaban desnudos y rodando por las sábanas, susurrando, riéndose y gimiendo con deseo, aferrados el uno al otro. Después se quedaron tumbados y agotados bajo las sábanas, pero, por supuesto, no dejaron de tocarse.

—¿Tienes hambre? —preguntó ella.

—Podría comer algo —dijo él encogiéndose de hombros—. ¿Y tú?

—Podría preparar algo. Pero voy a quedarme aquí tumbada un minuto más.

—Puede que yo tarde más de un minuto. No he venido aquí por el sexo. Por favor, créeme.

—¿Esperas que me crea que has venido aquí por mi cerebro? —dijo ella con tono de broma.

—No, pero desde luego sí por tu corazón y tu sentido del humor. Y puede que también por la comida. ¿Qué quieres que haga? Eres famosa por eso.

Y entonces, contra todo pronóstico, sonó el timbre. Ella se incorporó en la cama como un resorte.

—¡Por Dios! ¿Pero quién será? ¿Dónde está mi teléfono?

—¿Me lo preguntas a mí? —dijo Sam—. ¡Ni siquiera sé dónde ha ido a parar tu ropa!

—Aquí, aquí —dijo Marni levantándolo de la mesita de noche para abrir la aplicación de la cámara de seguridad. Y ahí estaba Jason—. ¿Jason? ¿Qué haces aquí? ¿Bella está bien?

—Sí —dijo él dirigiéndose a la cámara—. Perdona que te moleste. Debería haberte llamado, pero ha sido algo improvisado. ¿Estás ocupada?

Ella miró a Sam, cubierto con la sábana hasta la cintura. El vello del torso, que parecía salpicado de sal y pimienta, la invitaba a acariciarlo. Qué curioso, nunca la habían atraído especialmente los pechos velludos y ahora mismo lo único que quería era hundir la cara en él.

—Dame un momento —dijo al teléfono—. Me estaba cambiando de ropa. Ahora mismo abro.

—Tómate tu tiempo.

Marni se pasó una mano por el pelo y miró a Sam exasperada.

—Es mi yerno. ¿Se nota que acaban de pegarme un revolcón?

—Estás deliciosa. ¿Quieres que me esconda en el armario un rato?

—No se quedará mucho, pero mi hija está embarazada de casi seis meses y tengo que ver qué pasa. ¿Puedes esperar un poco? Luego te preparo algo de comer.

—Me voy a vestir.

Ella le encendió la tele y se metió en el vestidor para ponerse ropa limpia. Entró al baño para pasarse el cepillo por el pelo rápidamente y ponerse un poco de pintalabios. Luego cerró la puerta del dormitorio y fue a la puerta principal.

—Qué sorpresa tan agradable —dijo al abrir a Jason—. ¿A qué debo el placer?

—Iba de camino a casa desde el juzgado en Reno y se me ha ocurrido pasar a verte por si necesitabas que te moviera o subiera algo o... Como me pillaba de paso...

—Creo que no hace falta. ¿Va todo bien?

—Supongo —dijo él. Se metió las manos en los

bolsillos del pantalón y se balanceó sobre los talones—. He llamado a Bella para decirle que iba de camino y me ha dicho que me ha preparado una ensalada grande. Marni, si me como una lechuga más, me va a explotar el colon.

—Ven. Estás de suerte. Hemos estado experimentando y probando a hacer un pollo asado cubierto con una mezcla de especias y no he congelado lo que ha sobrado. A menos que tengas ganas de algo más fuerte... ¿*Pizza* o algo parecido?

—He estado comiendo a escondidas tantas *pizzas*, hamburguesas, tacos y otras comidas rápidas que estoy empezando a ansiar comida decente.

—Pues aquí me tienes —dijo ella riéndose—. Te voy a dar algo sabroso, nutritivo y rápido, y luego podrás ir a casa y tomar algo de ensalada como un hombre que apoya a su mujer, que es lo que eres. De todos modos, ¿no crees que deberías hablar con Bella de este asunto?

—Pues creo que debería tener la boca cerrada. Últimamente no hago más que cagarla. No hago nada bien. Si intento ser cariñoso, llora y me dice que no lo hago de verdad, que solo siento lástima por ella porque está muy gorda. Si no me acerco a ella, llora porque la evito porque está gorda. Y ni siquiera está gorda, ¡está embarazada!

—No creo que se trate de estar gorda o delgada —dijo Marni. Sacó medio pollo asado, lo roció con aceite de oliva y lo metió bajo el gratinador—. Creo que sus hormonas se han vuelto locas, y se ha intensificado con la *in vitro*.

Con destreza, Marni echó en una sartén espárragos, espirales de calabacín y calabaza amarilla, y añadió un buen trozo de mantequilla para saltearlo todo.

—Ayer le llevé flores y, cómo no, compré las que le dan alergia. ¿Habías oído que alguien sea alérgico a las margaritas? Empezó a estornudar, se le escapó el pis y amenazó con dejarme.

Marni se rio. Luego abrió una botella de Sam Adams y se la dio.

—A lo mejor no debería estar hablando con mi suegra de los problemas que tengo con mi mujer.

—No diré nada.

Marni echó en un plato unas patatas en gajos que tenía cocinadas y las calentó en el microondas.

—Soy la primera en reconocer que Bella está un poquito mimada. No es culpa suya. La criaron cuatro mujeres y ningún hombre. Cuando tenía nueve meses, mi marido murió, mi padre ya había fallecido y solo estábamos mis dos tías, mi madre y yo. Bella era la reina.

En cinco minutos Marni tenía medio pollo, patatas y verduras listos y servidos con un aire muy profesional. Dejó el plato en la barra de desayuno, sacó un cuchillo y un tenedor y dijo:

—*Mangia*.

—¡Qué buena eres! Deberías dedicarte a esto.

—Me lo pensaré. ¿Le has dicho a Bella que no estás contando las calorías?

—No quiere engordar en el embarazo y quiere que yo la apoye. Es una tortura. Intenté decirle que me da igual si engorda, y no fue bien. Le dije que me estoy muriendo de hambre y me dijo que ella también.

Jason cortó un trozo de pollo.

—Me va mejor si no dejo de comer ensalada y de decirle que está preciosa.

Dio un par de bocados y cerró los ojos extasiado, parecía que iba a desmayarse.

—Es solo pollo, pero está increíble.

—Mantequilla y especias. Apetitoso y sabroso, pero muy calórico, me temo.

—¡Gracias! Debería haber almorzado más, pero estábamos muy ocupados, en mitad de un juicio.

—El embarazo suele ser complicado para toda la familia. No hagas caso de las películas ni de los anuncios de la tele. La mayoría de las mujeres no se sienten especiales y preciosas cuando están embarazadas. Se sienten hinchadas, están revueltas, tienen gases...

—Doy fe de dos de las tres cosas...

—Y luego las mujeres que no pueden quedarse embarazadas se sienten terriblemente engañadas. Es algo primitivo, creo. Ese fuerte deseo de reproducirse. Bien sabe Dios lo mucho que os ha costado a Bella y a ti llegar tan lejos.

—No me arrepiento nada, pero a veces me pregunto si Bella opina igual. Sabe que está de un mal humor de la leche y no puede evitarlo. Pero seré sincero, Marni. Si va a estar así los próximos cuarenta años, yo no sé si podré aguantarlo.

Marni estuvo a punto de decir que no lo culpaba. En lugar de eso, tomó la decisión silenciosa de hablar con su hija.

—El embarazo y las primeras etapas de la maternidad son estresantes. Te recomiendo encarecidamente que busquéis un poco de ayuda experta para sobrellevarlo. Ya le he dicho a Bella que vaya al psicólogo, y ahora también te lo voy a proponer a ti.

—Estoy orgullosísimo de ella, ¿sabes? Excepto por estas cosas que han pasado últimamente, ha sido muy valiente. Todas esas inyecciones que tuvo que ponerse para quedarse embarazada, todos los cambios de humor por las hormonas, la incomodidad de engordar casi quince kilos. Ha sido fuerte.

—Eres un encanto.

Él terminó de comer y retiró el plato. Sonrió.

—Es más fuerte que yo. Mira lo que me pasa cuando me entra un poco de hambre.

—¿Te encuentras mejor?

—Ni te lo imaginas. Eres la mejor.

—Más te vale ir con Bella y tomarte esa ensalada.

—No sé cómo lo hiciste sola. Y con lo joven que eras. Sin marido...

—Pero estaban mi madre y mis tías. Soñaba con estar sola. Pasó mucho tiempo hasta que pude mantenerme por mí misma.

—Y mírate ahora. Una de las chefs más famosas de la tele.

—Jason, tienes que irte. Tengo cosas que hacer.

—Ay, tenías que habérmelo dicho. ¿Tienes planes? ¿Estás trabajando?

—No, tengo un hombre guapo y fascinante encerrado en el vestidor esperando a que termine de atenderte —dijo Marni riéndose—. No, en realidad es un buen libro. Y nunca llegaré a la parte buena si te quedas más rato. Ahora en serio, creo que tienes que irte a casa con tu mujer. Pero ven siempre que quieras. Siempre es una maravilla verte. De verdad.

Él se agachó y la besó en la mejilla.

—Gracias por la cena. Me has salvado la vida. Ahora ya me siento preparado para hacerle frente a la ensalada.

—Te digo una cosa, si ese es tu mayor problema...

—Ya, ya, lo sé.

Le dijo que condujese con cuidado. Y cuando la puerta se cerró, ella echó el cerrojo. Unos segundos después de que sonara el pestillo, la puerta del dormitorio, al final del pasillo, se abrió y Sam salió. Su sonrisa era amplia y pícara.

—Un buen hombre abatido por una ensalada —dijo él.

—¿Estabas escuchando?

—No a propósito. He estado viendo las noticias, pero no eran tan interesantes como tu yerno.

Marni entró en la cocina.

—¿Te gusta el salmón?

—Me encanta.

—¿Estás dispuesto a probar algo nuevo?

—Claro. Pero por mí no te molestes.

—No lo dices en serio —dijo ella empezando a sacar comida y a dejarla en la encimera. Filetes de salmón, ajo, mantequilla, espinaca, alcaparras, nata. Miró atrás y lo vio sonreír.

—Te advierto, es muy potente.

—Ya me lo estoy imaginando.

Mientras ella marcaba el salmón en aceite de oliva y ajo, puso agua a hervir para cocer pasta. Podía servir de guarnición, o el salmón cremoso podía servirse sobre la pasta.

—¿Alguna vez te cansas de cocinar? —preguntó Sam.

—He tenido días en los que no me ha apetecido trabajar, pero siempre me apetece cocinar. O hacer repostería. Se me dan bien los postres. Y los panes. ¿Tú te cansas de trabajar en el huerto?

—Tener un huerto es como tener un bebé. Siempre hay algo que hacer, siempre hay que atenderlo. ¿Tu familia suele pasar a verte? ¿Vienen hambrientos?

—Esto es como un lugar de reunión, pero no en horas laborales. Todo el mundo sabe que trabajo de nueve a cinco, a menos que no esté aquí, porque también voy a la cadena en Reno o a las oficinas del canal por cable en San Francisco. No a menudo, aunque sí con regularidad. Pero mi familia sabe si voy a estar en reuniones o fuera de la ciudad. Mi hermana y mi cuñado suelen venir, pero llaman primero. Mi yerno, rara vez. Mi hija, una vez a la semana más o menos. No me siento sola ni mucho menos. Y no olvides que la gente con la que trabajo está aquí todo el tiempo. A veces estoy deseando quedarme un rato sola.

Sacó el salmón de la sartén y añadió la mantequilla, la nata y las especias. Mientras la salsa espesaba, abrió una botella de *pinot grigio* frío y sirvió dos copas. Le pasó una a Sam y echó un buen chorro a la salsa también. Volvió a meter el salmón junto con las espinacas y las alcaparras. Coló la pasta y la sirvió en dos platos.

—Solo lo he hecho una vez aparte de esta, pero creo que va a ser uno de los favoritos.

—También podría ser uno de mis favoritos.

Ella sacó manteles individuales y cubiertos. Luego probó la salsa.

—Mmm —dijo con gusto y cerrando los ojos un momento.

—Me encantaría ser tan organizado como tú. Estoy deseando probar este salmón. ¿Qué haremos si suena el timbre ahora?

—Es fácil: admitiré que somos amigos. Podemos abrir siempre que estemos vestidos, aunque no creo que vaya a venir nadie ahora. Se está haciendo tarde. Ven a la mesa.

—Pero este es un lugar de reunión —dijo él.

—A veces, al terminar la jornada, nos tomamos una taza de té o una copa de vino. Cuando mi hermana, mi hija, Ellen y Sophia están aquí, relajándose, cotilleando y charlando, estoy feliz. Trabajamos mucho y somos muy profesionales, pero los ratos de socializar son ratos de desmelenarse.

—¿Tienes idea de cuánto te admira Sophia?

—Y yo la admiro a ella. Es inteligente y fuerte. Toma buenas decisiones.

—Pues yo estoy un poco preocupado por sus decisiones —dijo él—. Puede que esté siendo sobreprotector, pero no lo creo. Sophia ha tenido novios antes y nunca me pareció que la relación se volviera seria tan rápido. ¿Pero con este...? Parece como si le haya cambiado el humor. Desde el primer día que lo mencionó, no la he visto feliz. ¿No se supone que el amor te tiene atolondrado y perpetuamente feliz?

—No sé...

—¿Ni siquiera te sentiste así con tu marido?

—Cuando me casé con mi primer marido, éramos demasiado jóvenes. Al segundo... lo conocí a través del trabajo. Era presentador de noticias y me gustaba. Éramos buenos amigos. Colegas. Era la pareja más sensata que podía haber elegido, pero nunca me sentí atolondrada de amor. Sí que creo que lo quise. Sé que fui leal y él no lo fue.

—Lo siento, Marni.

—Pasó hace tiempo y tuvimos unos buenos años. En cuanto a Sophia, si confía en mí aunque sea un poquito, me meteré en sus asuntos y me enteraré de cómo le va. Soy madre de una hija. Soy bastante astuta.

Él sonrió.

—Te lo agradecería mucho. Quiero que sea feliz, pero que esté bien, segura.

—Lo entiendo, créeme.

—¿Y cómo puedo devolverte el favor? —preguntó Sam.

Ella enarcó una ceja y levantó una comisura de la boca.

—Prueba el salmón a la toscana.

Sam lo probó, masticó muy despacio y gimió de gusto. Después, tragó.

—Eres una maga.

Ella se arrellanó en la silla.
—Gracias.

Las amigas de Sophia aún estaban haciendo sus estudios de pregrado y se graduarían en primavera, les quedaba un curso más. Las dos tenían un plan de estudios para el último curso, así que sabían lo que las esperaba y estaban decididas a hacerlo bien. Sophia se había graduado con honores y la habían aceptado en el máster del programa de Bellas Artes. Clarissa estaba estudiando Educación Especial y Lia iba a licenciarse en Lengua Inglesa y luego esperaba poder entrar en Derecho.

A esa pequeña quedada la llamaban «sesión de estudio», pero lo único que hacían era hablar de estudios. Todas trabajaban e iban a la universidad, y hacía tiempo que no se veían, así que la reunión había sido como la de unos amantes que volvían a reencontrarse tras mucho tiempo. Quedaron en el apartamento de Lia, uno de dos habitaciones caro y pequeño que compartía con una compañera que iba a pasar la noche fuera. Se tomaron una copa de vino, una *pizza*, y se pusieron al día de las últimas novedades.

En poco tiempo ya habían intercambiado los últimos cotilleos sobre algunos de los profesores y amigos en común y estaban riéndose como crías. Se quejaron de los trabajos que tenían que hacer para clase y se compadecieron las unas de las otras por las tareas más duras de la vida universitaria. Luego, cómo no, tuvieron que ponerse al día de sus respectivas vidas románticas. Clarissa les dijo que Brad, su novio desde hacía un par de años, y ella estaban hablando de comprometerse. Lia dijo que el chico que acababa de conocer tenía gran potencial y que se estaba enamorando de él, y Sophia dijo que Angelo era muy dulce y atento aunque temperamental.

—¿Cómo de temperamental? —preguntó Lia.

—Impredecible —respondió Sophia—. No creo que pueda aguantarlo mucho más tiempo. Todo va bien y entonces, de pronto, se cabrea. Luego se disgusta consigo mismo porque se ha cabreado y toca reconciliarse. Es estresante.

—Pues eso no es bueno —dijo Clarissa—. ¿Tiene mal carácter?

—Solo se enfada, pero a veces, cuando veo su número en el teléfono, no quiero contestar. ¡*Dios*! —dijo en español—, es que me agota.

—¿Cocinas para él? —preguntó Lia.

Sophia se rio.

—Yo no cocino para nadie, aunque una vez sí que le hice una hamburguesa.

—¿No has aprendido de Marni a cocinar de maravilla? Dicen que la forma más rápida de ganarse a un hombre es por el estómago.

—Soy asistente técnica. Hago muchas tareas de trocear, cortar en dados y hacer tiras. Miro la receta y preparo los ingredientes en platitos y cuencos pequeños. La verdad, ni siquiera presto atención a cómo lo cocina todo luego. Pero últimamente he estado ayudando en producción con los platós. Es como si cada receta tuviera que tener su propio escenario, y ese es mi trabajo. Creo que soy más decoradora de plató que cocinera —dijo. Y, estirándose con orgullo, añadió—: Está muy contenta con mi trabajo. Y yo estoy aprendiendo del realizador de vídeo. Es muy bueno. Me va a enseñar a editar para la próxima temporada.

Pronto eran más de las nueve y Lia propuso que fueran a La Biblioteca, un bar cerca del campus. Era un lugar que habían frecuentado con otros amigos de clase.

—Solo una copa de vino y luego voy a tener que irme a casa —dijo Sophia—. Mañana tengo clase y trabajo.

Cuando entraron en el bar, inmediatamente se vieron rodeadas de amigos de la universidad, porque esas eran justo las personas que se reunían ahí. Un grupo grande de chicas que había juntado unas mesas las invitó a sentarse y ellas se quedaron encantadas de que las recibieran tan bien. Pidieron bebidas y el espíritu de reencuentro se prolongó. También había algunos chicos, parejas de algunas de las chicas. Y había pequeños grupos de hombres dispersos por el bar, pero a Sophia solo le interesaba reconectar con sus amigas. No tardó mucho en sentirse como en casa y en ver cuánto había echado de menos estar con ellas.

—¿Máster en Bellas Artes? —dijo una voz. Sophia levantó la mirada y se topó con los ojos de un joven que tenía la mano apoyada en el hombro de Lia—. ¿Literatura? ¿Escritura? ¿Cine? ¿Cuál es tu especialidad?

—Ahora mismo mi especialidad es trocear y cortar para una chef de la tele, pero me gustaría hacer carrera en televisión.

—¿En las noticias? —preguntó él—. Entonces, ¿no deberías estar en Periodismo?

—No necesariamente, porque ya hice algunas asignaturas de Periodismo en pregrado. Ahora me estoy planteando hacer mi tesis sobre literatura hispanoamericana, pero aún es pronto.

Hablaron un poco de literatura, luego de fútbol y después de *hockey*. Un par de amigas la vieron y la saludaron, le hicieron prometer no estar tan desaparecida y ella, por dentro, pensó lo mismo, que no iba a renunciar a esas amistades maravillosas y divertidas. Llevaba un tiempo saliendo con Angelo y no era un tipo sociable. Él no tenía ningún interés por sus amigas, y eso que eran sus amigas íntimas.

Notó una mano en el hombro. Hablando del rey de Roma.

—Un grupo de estudio estupendo —dijo Angelo.

Ella miró atrás.

—¿Me has seguido?

—¡No! Vengo aquí a veces. A tomar una cerveza.

Una copa de vino apareció ante ella.

—No —le dijo a la camarera—. No lo he pedido.

—No sé quién lo ha pedido, pero está pagado —respondió la camarera, y la dejó ahí.

—Alguien intenta ligar contigo —dijo Angelo—. A lo mejor es ese tío de ahí —añadió señalando al chico con el que ella había estado hablando.

—Es el novio de Lia. Estábamos hablando de clase. ¡Y tú no vienes aquí! Creo que me has seguido.

—¿Ahora me insultas? ¿Qué pasa? ¿Que no puedo venir aquí porque es un bar de un campus y yo no soy universitario?

—Nunca te he visto por aquí, y eso que he venido mucho con mis amigas. Te conocí en Breckenridge. Por allí no quedan ni salen muchos estudiantes.

—¿Así que tú eres lo bastante buena para el bar de la universidad, pero yo no?

Angelo levantó la cerveza, dio un gran trago y la dejó en la mesa con tanta fuerza que el vaso se rompió. Algunas de las chicas sentadas a la mesa apartaron las sillas bruscamente y gritaron al intentar evitar que las salpicara.

Un camarero se acercó a la mesa al instante. Aunque parecía más un gorila que un camarero.

—¿Algún problema, colega?

—Ninguno —dijo Angelo—. Métete en tus asuntos.

—No pasa nada —dijo Sophia—. Ya me marcho.

—Ya nos marchamos —la corrigió Angelo agarrándola del codo y levantándose.

El camarero soltó el paño y bordeó la mesa corriendo.

—No tienes por qué irte con él —le dijo a Sophia—. Puedo asegurarme de que llegues bien a casa.

Fue en ese momento, justo cuando el camarero, corpulento y musculado, le dijo que no tenía por qué irse con Angelo cuando entendió por primera vez que quería una gran distancia entre Angelo y ella. ¡Para siempre!

—¡Eh, cuidado! ¡Es mi chica! —dijo Angelo al lanzarse a por el camarero. Antes de poder entender qué había pasado, estaba sentado en el suelo sobre lo que quedaba de la cerveza que había tirado.

Clarissa, Lia y el novio de esta estaban al lado de Sophia.

—Tengo que irme a casa —dijo Sophia.

—Te acompañamos para asegurarnos de que estás bien.

—Vale, gracias. Voy a llamar a mi padre para confirmar que está en casa —dijo Sophia. Luego, mirando a Angelo, que seguía en el suelo, añadió—: Mantente alejado de mí. Lo digo en serio.

Lia se marchó con Sophia mientras su novio las seguía.

—¿Qué ha pasado exactamente? —preguntó Lia cuando estaban solas en el coche.

—No estoy segura. Estaba enfadado. Ha dicho que me ha visto en el bar y que no parecía que estuviéramos estudiando. Que me ha visto de casualidad, pero yo creo que me ha seguido. No sé qué le pasa. De pronto es dulce y encantador y al momento es cruel y desagradable.

—Eso no es normal —dijo Lia.

—Iba a pelearse con ese camarero enorme.

Lia se rio.

—Habría sido gracioso verlo.

—¿Por qué creo que, de algún modo, es culpa mía?

—Sophia, más te vale contárselo a tu padre.

—No me apetece nada decírselo. No voy a poder volver a salir de casa nunca.

—Podría ser una buena solución. De momento, al menos.

Capítulo 9

Marni se había fijado en que su casa y su cocina, su negocio, se habían vuelto muy silenciosos. Ellen nunca había sido muy habladora, pero ahora estaba tan callada que agobiaba. Y Sophia, por norma rebosante de vida y risas, estaba retraída y no decía nada. Como Marni hablaba con Sam a diario, y en ocasiones un par de veces al día, le preguntó qué pasaba.

—No me ha contado nada, y cuando le pregunto qué tal las clases y el trabajo, lo único que me dice es que la lista de lectura que tiene en la universidad es apabullante. Y está trabajando la pronunciación. Creo que está lista para perder su acento ahora que quiere hacer carrera en la televisión estadounidense. Pero voy a decirte lo que sospecho. Sospecho que todo esto es por el chico ese, el último novio. No ha dicho nada de salir con él y no lo he visto por aquí.

—Ah, entonces a lo mejor han roto. Eso afectaría a su humor.

—Y animaría el mío. No puedo decir que tuviera nada malo, era educado cuando lo vi, pero sí que había algo y no sé exactamente qué...

—Entonces tenía algo malo. Los hombres no

hacéis caso de vuestro instinto tanto como las mujeres. ¿Sophia ha estado juntándose con sus amigas?

—No desde la última sesión de estudio, y llegó a casa antes de lo esperado. Ha estado leyendo mucho. ¿Cómo voy a quejarme? Es lo que se supone que tiene que hacer.

—Un día de estos, si veo la oportunidad, voy a tantearla —dijo Marni—. Pero, te lo advierto, si le ofrezco confidencialidad, honraré esa promesa.

—Te lo agradezco igualmente —dijo Sam—. Sé que le darás buenos y sabios consejos. Ahora mismo esta chica necesitaría a su madre. Selena era sensata y paciente.

—¡No sé si alguien podrá decir eso de mí alguna vez!

—Anda, seguro que ya lo dicen. Has criado a una hija inteligente y equilibrada tú sola y con tus propios medios.

Marni soltó una risita irónica, ya que Bella ahora estaba viendo a la psicóloga reproductiva todas las semanas. Al menos estaba un poco mejor. A Marni le preocupaba que esa locura hormonal que estaba sufriendo fuera tal vez un preludio de problemas que fueran a surgir tras el nacimiento del bebé que tanto les había costado tener. Se guardó su preocupación por una posible depresión postparto. Temía que, por decirlo, fuera a suceder.

Charló un rato con Sam y pasaron del tema de sus hijas al del trabajo e incluso al tiempo. Era verano en Breckenridge y las cumbres que rodeaban el pueblo por fin habían perdido la capa de hielo. La temperatura era perfecta, la lluvia moderada, y las cosechas y jardines estaban exuberantes.

—Últimamente he estado pasando más tiempo en el huerto —dijo Marni.

—A lo mejor mañana por la noche puedo escaparme un par de horas, si te apetece un poco de compañía —dijo Sam.

—¿Te sientes culpable por estar engañando a todo el mundo? ¡Nuestros amigos íntimos y nuestra familia ni siquiera saben que somos amigos!

—No me siento nada culpable.

—Vale. Yo tampoco. Lo que me siento es joven. Y me gusta.

Marni no recordaba la última vez que se había sentido así. Desde luego, no con Rick, que enseguida le había arrebatado el control de su propia vida. Y tampoco con Jeff. Había parecido perfecto para ella y habían encajado como amigos y compañeros desde el principio. Es más, enseguida había empezado a confiar en él, a acostumbrarse a tenerlo siempre ahí, apoyándola. Más que la traición en sí, lo que de verdad le había dolido había sido el impacto de que la traicionara. De hecho, tras un par de años, después de haberle dado más dinero del que se merecía al terminar el matrimonio, se había hartado de la rabia y el rencor y se lo había apuntado como otra buena lección de vida. Después de todo, gran parte de su éxito había llegado después de que él se marchara. Jeff, en cambio, había demostrado ser incapaz de aprovechar lo que ella le había dado para llevar una vida productiva.

Lo había perdido todo, incluso la mujer por la que había sacrificado su matrimonio. Marni mentiría si dijera que eso no le generaba un poquito de retorcida satisfacción. También mentiría si dijera que no lo lamentaba por él. No podía entender cómo ese hombre podía haber sido tan estúpido.

Por supuesto, ella también había sido así de estúpida una vez. Pero con diecisiete años.

Ahora había conocido a ese maravilloso agricultor.

Un intelectual volcado por completo en el futuro de la alimentación sostenible, lo que significaba que tenían muchas cosas en común. Y la tenía loquita, aunque no estaba dispuesta a pronunciar la palabra «amor». Para ella el amor había sido un veneno y, aunque podía ser propensa a los accidentes, no era idiota. No iba a dejarse llevar por una emoción en la que claramente no confiaba y que no entendía.

Pero no podía negar la emoción que le producía abrirle la puerta del garaje para qué el metiera su camioneta y la escondiera del resto del mundo. Esa sensación solo era equiparable a la que sintió cuando él la abrazó y borró a besos todas sus preocupaciones, ahí, en el pasillo. No podían quitarse las manos de encima; estaban locos el uno por el otro. Le daba igual si Sam la amaba o no. Que la deseara ya era de lo más gratificante, y eso no podía fingirlo.

—¿Crees que esta locura que estoy sintiendo se pasará? —le preguntó ella.

—Si no se pasa, entonces no viviré tanto tiempo como esperaba. ¿Te he dicho que mi padre tiene ochenta y cinco años? Y está genial. Mi madre tiene ochenta y cuatro. Han tenido muy pocos problemas de salud. Yo podría vivir mucho tiempo, a menos que esta maravillosa locura me mate.

Marni no pudo evitarlo: se rio.

—En algún momento nos descubrirán.

Él se rio.

—Somos mayores de edad.

—Es verdad.

—Y llevamos mucho tiempo siendo solteros e independientes.

—Y padres.

—¿No dijiste que tu hija quiere que vuelvas a salir con alguien?

—Salir, sí. Pero lo que estamos haciendo nosotros podría impactarla.

Sam volvió a reírse.

Ahora esa era la esfera favorita de su vida. Conversación con un hombre inteligente, desnudez y pasión, y risas. En algún momento, antes de que Sam se fuera, tal vez se tomaran una copa juntos. Tal vez algo de comer. Y cuando llegara el momento de separarse, se quedarían un rato en la puerta de atrás porque les costaría decirse adiós.

Sophia había experimentado toda la gama de emociones desde la noche que había salido a tomarse una copa con sus amigas. Había sido una semana muy complicada. Al principio se quedó muy afectada por su confrontación con Angelo. Cuando llegó del bar, se quedó tremendamente aliviada de que su padre estuviera en casa. Le dijo que estaba agotada y se fue directa a la cama, donde no pudo dormir. Al día siguiente dijo que tenía un virus estomacal y faltó al trabajo y a clase.

Como le daba miedo que Angelo llamara, o incluso se plantara en su puerta, metió el coche en el garaje, se aseguró de que todas las puertas de casa tuvieran el cerrojo echado y, temerosa, se quedó acurrucada dentro. Su *papi* la llamó un par de veces para saber cómo estaba, y eso la reconfortó.

Durante aquel largo día de preocupaciones, se le ocurrió un plan. En primer lugar, no contestaría llamadas de Angelo o, por si acaso, de ningún número desconocido. Lia llamó para saber cómo estaba y estuvieron mucho rato hablando de la ira de Angelo y de su frágil capacidad de control.

—Creo que no deberías salir más con él —dijo Lia.

—Es que no entiendo cómo puede decir cosas tan bonitas y luego acusarme de cosas tan terribles, como de insultarlo o de pensar que no tiene nivel para estar en un bar de un campus porque no ha ido a la universidad.

—Solo hay un modo de no volver a pasar nunca por eso —dijo Lia—. Mantente alejada de él. ¡Ese chico es una bandera roja con patas!

Sophia ya estaba convencida. Lo tenía claro, definitivamente. No tenía ningún interés por intentar averiguar por qué Angelo se comportaba como lo hacía. Era oficial, le tenía miedo. O, al menos, sí que se ponía muy nerviosa con sus impredecibles cambios de humor. Podía hacerla sentirse muy mal consigo misma. Pero unos días después de haberle dicho que se largara y la dejara tranquila, empezó a encontrarse mejor porque él parecía haber pasado página.

Aunque sí que cometió un desliz. Le había dicho a Marni que no podía ir a trabajar porque tenía un pequeño virus estomacal, pero cuando volvió al trabajo encontrándose tan bien, Marni hizo un comentario sobre lo mucho que había mejorado.

—Creo que fue una migraña terrible. Ahora estoy bien —dijo Sophia.

Por supuesto, Marni contestó diciéndole algo sobre un problema estomacal.

—Ya, ya, supongo que la migraña me revolvió el estómago —dijo Sophia intentando tapar su error.

—He oído que eso puede pasar —dijo Marni, aunque su expresión dejó claro que estaba pensando si Sophia se habría escaqueado del trabajo directamente.

Cuando pasó una semana, se sentía mucho más segura consigo misma. Estaba animada y había recuperado el sentido del humor, había vuelto al trabajo y a clase, y se había volcado de lleno en ambos.

Al estar en temporada de verano, tenía muy poca carga: una clase tres veces a la semana, que consistía en un libro, un grupo de crítica de escritura, y alguna que otra ponencia de algún invitado.

Sí que tenía una lista muy larga de lectura obligatoria que debía estar acabada al inicio del semestre de otoño. Siempre había tenido la capacidad de perderse en los libros y no le importaba tener esa tarea. Los días pasaban de forma agradable.

Aunque había algo que le duró semanas: cada vez que le sonaba el teléfono, aunque solo fuera con un mensaje, se quedaba paralizada hasta que veía que no era Angelo. Luego soltaba un suspiro de alivio y volvía a sentirse segura otra vez.

Lo que se preguntaba era cuántas semanas más tendrían que pasar para poder dejar de estar constantemente en guardia. Angelo y ella no tenían amigos comunes; un par de chicas a las que apenas conocía decían haber tenido una amiga que salió con él una vez, pero no tenían nada que contar al respecto, ni advertencias ni consejos.

Desde aquel incidente en La Biblioteca, todo había estado tranquilo. Parecía que Angelo había desaparecido. La mayor parte del tiempo Sophia sentía que el sufrimiento había acabado, que había pasado hacía mucho tiempo y que quedaba lejos. Pero aún se le erizaba un poco el pelo de la nuca cuando pensaba que él podría encontrarla en el futuro y convertirse en algo oscuro, en una amenaza.

Durante ese aislamiento se había sentido muy sola, así que cuando Clarissa la llamó y le dijo que se iban a juntar unos cuantos el Cuatro de Julio para una barbacoa, se quedó encantada. Serían unos veinte, incluyendo a Lia. Y la reunión sería en la casa de los padres de Clarissa, en el lago. Le parecía un plan perfectamente seguro y libre de peligro.

—No te preocupes por mí —le dijo su padre—. Me han invitado a casa de unos amigos a tomar costillas, aunque no estaré fuera hasta tarde. Tú márchate, disfruta y llámame si me necesitas.

Y, Dios, ¡qué bien le sentó arreglarse para una fiesta! Arreglarse para que la vieran sin tener que preocuparse por estar corriendo un riesgo. Encima del bañador se puso sus pantalones cortos más cortos, se peinó a secador su larga y densa melena oscura, se embadurnó en protector solar y se maquilló los ojos. Tenía unas sandalias nuevas con tiras hasta mitad de pantorrilla ¡y se sentía preciosa!

Al llegar a casa de Clarissa con una cesta de frutas y verduras recién recolectadas del huerto de su padre, comprobó un último detalle.

—No has invitado a Angelo, ¿verdad?

—¡Dios, no! ¿Sigue dándote problemas?

Sophia negó con la cabeza.

—¡No he sabido nada de él!

—Bien. Supongo que al final lo ha pillado.

Pasó un día maravilloso. Comieron barbacoa, la madre de Clarissa se quedó encantada con las frutas y las verduras frescas y Sophia se tomó un par de cervezas, ayudó en la cocina e incluso disfrutó de las atenciones de un par de chicos muy majos, aunque con esto último tuvo mucho cuidado. Nadaron, tomaron el sol, comieron, bebieron, jugaron, y la vida volvió a la normalidad. Pero, como un conejo asustadizo, llamó para asegurarse de que *papi* estuviera en casa antes de que ella fuera para allá.

—Ay, *papi*, ¿te he despertado?

—Aún no —dijo él riéndose—. Vuelve a llamarme en quince minutos y entonces a lo mejor sí.

Así que se puso en marcha; se dirigió a casa con las puertas del coche bloqueadas. Llegó, aparcó en el garaje, entró por la cocina y se encontró a su padre dormido en el sofá con la tele puesta. Todo estaba bien en su mundo. Le dio un beso de buenas noches, se fue a la cama, durmió cansada pero feliz, y sintió que sus preocupaciones habían desaparecido.

Hasta la tarde siguiente.

El lunes era festivo y Sophia no tenía ni trabajo ni clase, pero, al haberse tomado el fin de semana libre, tenía pensado quedarse en casa para ver si podía adelantar algo de las lecturas obligatorias. Estaba decidida a que le fueran bien las clases porque su padre no solo era profesor de universidad, sino el jefe de un departamento, y ella sabía, sin que tuvieran que decírselo, que más le valía no avergonzarlo. Sam no era un tipo que metiera mucha presión, pero Sophia era una perfeccionista. Vivía para que él se sintiera orgulloso de ella.

Había arrancado bien con las obras de Arthur Miller y además se estaba dando el lujo de leerse una novela, *Christy,* de Catherine Marshall, que no era obligatoria. Hacía calor y sol, y ella estaba acurrucada en un rincón del sofá, con un pañuelo fino sobre sus piernas desnudas. Sonó el timbre.

Su primera reacción fue tensarse de inquietud. Sin moverse demasiado, agarró el teléfono. Tenían un timbre con cámara. Pulsó un botón para echar un ojo y emitió un grito ahogado. Era Angelo, de pie en la entrada, con un gran ramo de flores. Se quedó paralizada. Él volvió a llamar. Ella se quedó ahí sentada, quieta, sin apenas respirar.

Estaba decidida a no responder. No quería nada con él, y desde luego no se sentía segura estando sola con él. No quería discutir ni pelearse, y no quería tener que soportar sus iras irracionales. Después de unos cinco minutos, volvió a mirar la cámara. No había nadie. Luego se asomaría con cuidado a la ventana de delante para ver si su camioneta estaba por ahí, pero todavía no. Le daba miedo que pudiera estar acechando cerca de la casa para verla.

Tenía el libro cerrado en el regazo. A la porra Arthur Miller. Sintió el picor de las lágrimas detrás de sus párpados cerrados. Era muy frustrante, porque no sabía bien la razón. Él la ponía nerviosa. Era como un perro dormido; no era buena idea enfrentarse a él o sobresaltarlo. Una nunca sabía por dónde podía salir Angelo. Había dado algún que otro numerito, pero tampoco había hecho nada tan terrible como pegarle. Le había dado un empujoncito y ella se había caído, pero no se habría caído si no hubiera estado en una colina. No había sido un empujón fuerte. Había roto el vaso en el bar, pero podía haber sido un accidente, como dijo. Y después de aquello la había dejado en paz por completo. Así que ¿a qué venían esos miedos? Cerró los ojos e hizo varias respiraciones profundas.

Pareció pasar solo un instante cuando oyó su voz:

—Imaginaba que estarías aquí.

¡Angelo! ¡En su casa! De pie junto al sofá, mirándola. Ella soltó un grito ahogado y se incorporó, llevándose el pañuelo contra el pecho.

—¿Por qué no has abierto la puerta? —preguntó él como si fuera la pregunta más normal del mundo.

—¡No quería! No esperaba a nadie, así que podía haber sido un repartidor, por ejemplo. ¿Cómo has entrado aquí?

Él miró atrás.

—La puerta corredera está abierta. Mira, Chi Chi, tenemos que hablar.

Dejó el gigantesco ramo de flores sobre la mesita

de cóctel y se sentó en el borde del sofá. Sophia apartó de su lado sus pies desnudos.

—No creo que tengamos que hablar, Angelo. ¡Acabas de allanar mi casa!

—¡No, cariño, no! Solo estaba preocupado por ti. Sabía que estabas aquí. He venido por detrás y he entrado en una casa abierta.

—¡Has tenido que trepar un portón y un muro de casi tres metros!

—El portón tampoco estaba cerrado. Solo he venido a hablar contigo. Las últimas semanas han sido terribles. Pensaba que tal vez podríamos arreglar algunas cosas. ¡Con lo felices que éramos! Sé que la he cagado. No era mi intención. Solo quería asegurarme de que estás bien.

—Estoy bien —dijo ella apartándose corriendo—. Deberías irte.

—¿Estás diciendo que ni siquiera vas a hablar conmigo?

—No hay nada que decir —contestó Sophia con valentía, aunque le tembló la voz—. No soporto tu ira. Estoy harta de tus rabietas. ¡Y no soy la única que lo ve! ¡Hasta el camarero se ofreció a acompañarme a casa para asegurarse de que no me pasaba nada! No quiero hablar del tema.

—¿Pero no puedes escucharme? ¿Ni un momento?

—Por favor, sé rápido porque ya no me siento segura contigo.

—Ay, Chi Chi, ¡eso me mata! ¡Yo jamás permitiría que nadie te hiciera daño! Vivo para asegurarme de que estás a salvo. Sé que tengo que trabajar mi ira. Mi madre no deja de decírmelo. Nunca conocí a mi padre, pero mi madre dice que lo he sacado de él. Estar sin ti es terrible. Juro que nunca permitiré que mi ira vuelva a anular lo mejor de mí. Intenta imaginar lo que tiene que ser para mí estar luchando constantemente contra el fantasma de mi padre, intentando ser un hombre mejor.

Ella tragó saliva y levantó la barbilla.

—Al menos di que me perdonas.

—Por supuesto —dijo ella en voz muy baja.

—Y que podemos volver a intentarlo.

Sophia negó con la cabeza.

—Te deseo lo mejor. Serás mucho más feliz si logras controlar tu ira, pero no creo que eso baste en nuestro caso. A mí no me bastará. Lo siento, pero esto acaba aquí.

—Me rompes el corazón —dijo él. Parecía tan triste, tan desesperado, tan perdido...—. Esperaba que al menos pudiéramos ser amigos. ¿No podemos ser amigos?

Ella se quedó callada un momento y finalmente dijo:

—Creo que podríamos ser amigos. Si no te enfadas tanto.

—¡Te lo juro! Pues venga, ¡entonces el viernes te llevo a cenar!

—¡No! No. ¡He dicho que podemos ser amigos! Te saludaré si te veo por ahí, me contarás qué tal te va y me preguntarás cómo me va a mí, y así es como seremos amigos. No voy a salir contigo, Angelo. Ya lo hemos intentado y no ha funcionado.

—A mí sí me funcionaba —dijo él con tono taciturno—. ¿Podemos quedar a tomar una cerveza algún día?

—A lo mejor, pero, por favor, recuerda que trabajo y voy a clase y tengo un montón de deberes. Ya te lo dije. Mi trabajo y mis estudios son lo primero. Son muy importantes para mí. Dijiste que lo entendías.

Él se quedó ahí sentado, en silencio, con los codos apoyados en las rodillas, mirando al suelo muy abatido. Por supuesto, Sophia se sintió culpable por decepcionarlo, pero su instinto le decía que no se ablandara.

—Vale, lo entiendo —dijo él—. ¿Te parece bien si te llamo alguna vez?

Ella, cómo no, empezó a decir que sí, pero luego se detuvo.

—Si estoy trabajando o en clase, tendrás que dejar un mensaje. Así son las cosas. En el trabajo estamos grabando y con los teléfonos apagados. Y en clase no están permitidos.

—Claro —dijo él, aunque lo dijo con un tono que indicaba que no se lo creía del todo.

Se levantó, dejó las flores en la mesa y fue arrastrando los pies hasta la puerta corredera trasera.

—No, por favor, sal por la puerta principal. Te acompaño.

Sophia intentó mantener las distancias mientras lo seguía hasta la puerta. Si Angelo se giraba, la agarraba y la abrazaba, ¡le daría algo! Él iba a paso lento, pero al final llegó a la puerta.

—Adiós. Cuídate —le dijo Sophia, y cerró la puerta con firmeza antes de echar el cerrojo.

Después cruzó la casa corriendo, salió por la puerta corredera y bordeó la casa hasta el portón de metal. El jardín estaba completamente rodeado por un muro con un portón con cerrojo a cada lado. Ese estaba cerrado. ¡Estaba cerrado con llave! Era imposible que Angelo lo hubiera encontrado abierto y lo hubiera cerrado él mismo. Estaba claro que había saltado el muro.

Volvió a la casa y cerró la puerta corredera con el seguro. Comprobó el resto de puertas y ventanas de la casa y luego tiró las flores.

***

Fuera o no festivo, la granja hidropónica necesitaba cuidados diarios. Sam había ido por la mañana, se había asegurado de que todo estuviera bien, había respondido unos correos, había consultado la agenda y luego había pasado un par de horas con Marni. Al llegar a casa, todo estaba tranquilo. Miró en la nevera y el contenido resultó un poco desolador. Sophia debía de haberse olvidado de ir al supermercado a hacer la compra. Lo ignoró y miró en la despensa. Ahí, en el cubo de basura, había un ramo de preciosos lirios blancos, rosas y aliento de bebé.

Llevó el cubo hasta la habitación de Sophia y llamó a la puerta.

—Pasa —dijo ella.

Él abrió la puerta y levantó el cubo de basura.

—Si no es asunto mío, dilo.

Sophia se rio y las mejillas se le sonrojaron un poco.

—Le dije a Angelo que lo nuestro no estaba funcionando, pero se ve que no me oyó bien.

—Ya —dijo él con la boca tensa—. Espero que se lo hayas aclarado.

—Sí, se lo he vuelto a explicar.

Sam se quedó callado un momento.

—Si quieres hablarlo, dímelo.

—Ya está todo bien, *papi*. No te preocupes.

Jason llevaba mucho tiempo enamorado de Bella. Llevaban cinco años casados y juntos desde un par de años antes. Se enamoró de ella porque era inteligente, divertida, con muy buen fondo, equilibrada, sincera y tal vez la mujer más sexi que había conocido en su vida. Y de fiar. Predecible. Nunca había tenido que preocuparse por que estuviera malhumorada o rara. Nunca lo habían desconcertado sus emociones.

Hasta que llegaron la *in vitro* y el embarazo.

Los médicos sí que los advirtieron de que podrían ver cambios emocionales serios, pero él jamás habría llegado a imaginar en lo que se había convertido su matrimonio. Nunca sabía qué se encontraría al llegar a casa al final del día. Bella podía ser la madre tierra, cálida y afable, protectora y cariñosa, o podía ser un dragón que escupía fuego. Podía estar riéndose por el tamaño de sus tobillos o llorando por el tamaño de su culo. Le escocían los pezones y tenía una hemorroide. Había engordado más de lo que quería y por eso lo estaba matando de hambre a él. Le había dado por las comidas sin grasa, sobre todo ensaladas. Pero, claro, él también estaba engordando porque se ponía hasta arriba en el almuerzo o en el camino de vuelta a casa después del trabajo. Temiéndose los retortijones de hambre, paraba y se zampaba una *pizza* entera o un par de Big Macs. Y no estaba haciendo mucho ejercicio. Bella no estaba tan activa y le molestaba que él saliera de vez en cuando con los chicos a jugar al golf, a los bolos o a echar unas canastas.

Cuando se miraba de perfil en el espejo, no veía un futuro muy optimista.

Se pasaba los días indeciso. O quería llegar a casa para estar con ella o no quería pisar la casa. Tenía pendiente un gran caso de defensa que llegaría al juzgado en un par de semanas y eso también lo tenía estresado. Era un caso escabroso, una lucha por una custodia con implicaciones de abuso doméstico criminal. Él representaba al acusado de delito grave por agresión doméstica y eso le estaba pasando factura.

Entró en casa y vio que Bella estaba tumbada en el sofá con sus hinchados pies sobre un cojín. Fue directo a ella y la besó en la frente.

—¿Cómo estás?

—Hinchada. Tenías que haber llamado de camino a casa.

—Perdona. Justo cuando iba a llamar, me han llamado de la oficina y me han entretenido. Encantado iré a la tienda si quieres algo.

—Eres un cielo, pero tengo la tensión un poco alta. ¿Qué tal si vamos a Friday's a picar algo? Puedo pedir pechuga de pollo a la parrilla con unas verduras y tú puedes pedirte lo que quieras. Mañana iré al súper. No necesitamos mucha cosa.

La mente de Jason analizó la situación rápidamente: punto para él. No iba a caerle una bronca.

—Me parece perfecto —dijo. Miró sus tobillos hinchados y se sintió una mierda. Eso se lo había hecho él, y ella estaba hecha una pena—. Siento lo de los pantobillos.

—Se me pasará pronto. Mi amiga Stacy me ha dicho que, cuando nace el bebé, es como si te pincharan con un alfiler y te desinflaras.

La imagen lo hizo reír. Por desgracia, a él eso no le funcionaría.

—Cuando quieras nos vamos.

Bella se incorporó con un quejido.

Mientras conducían, ella iba contándole su aburridísimo día. Dado su avanzado estado de gestación, no le estaban dando casos largos. En lugar de eso, estaba haciendo mucho papeleo para la oficina del fiscal del distrito, revisando órdenes judiciales, haciendo mucho trabajo de investigación, entrevistando a testigos y dándoles seguimiento a las pruebas.

Luego Bella le preguntó a él en qué estaba trabajando.

—No puedo hablarlo con la oficina del fiscal del distrito, ni siquiera aunque seamos de condados distintos.

—Soy una tumba.

—Es un caso duro. Una mujer ha alegado violencia conyugal en una petición de custodia y, con eso, un aumento de la pensión infantil. El acusado no solo dice que es completamente inocente, sino que ella se autolesionó. Y que no es la primera vez. Dice que es una absoluta narcisista y tan buena manipuladora que resulta hasta peligrosa. Hay muy pocas pruebas reales, pero hay implicada una niña de seis años tímida y brillante. No me gustaría nada tener que recurrir a ella, pero haré lo que tenga que hacer.

—Yo le haría una sola pregunta —dijo Bella—: «¿Dónde te gusta más dormir por la noche?». Puede que diga en casa de mamá o puede que diga en casa de papá. Puede que diga en casa de la abuela o de la tía Menganita. O a lo mejor en casa de una amiga. Con eso sabrás por dónde tirar.

Estuvieron hablando un rato del tema y Jason recordó una de las muchas razones por las que amaba a Bella. Era perspicaz y tenía un instinto fantástico. Esa clase de discusiones llevaban tiempo siendo el aliño de su matrimonio, le aportaban sabor. Y a él le encantaba.

Se sentía bastante bien cuando llegaron al restaurante. Como era típico en el local, estaba abarrotado y lleno de ruido, pero lograron que les dieran un banco apartado. Miró la carta.

—¿Qué tal va la noche, chicos? —dijo alegremente la camarera plantando en la mesa dos servilletas de cóctel.

—Genial. ¿Y la tuya? —contestó Jason.

—Mejorando. ¿Queréis beber algo para empezar?

—Una cerveza *light*, la que tengas de grifo —dijo él.

—¿Y para la señora? —preguntó la chica.

—Solo agua —dijo Bella.

—Creo que ya sabemos lo que vamos a pedir, a menos que mi mujer quiera mirar algo más.

—¿Tú sabes lo que quieres? —le preguntó Bella.

—Yo voy a tomar lo mismo que tú.

—¡Ay, qué dulce! Un hombre que viene preparado —dijo la camarera sonriendo. Tenía una sonrisa preciosa y contagiosa—. ¿Señora?

—Pechuga de pollo a la parrilla y verduras al vapor, de las que haya. Y a lo mejor también una ensalada pequeña de acompañamiento.

—¿A ti te parece bien? —le preguntó la camarera a Jason.

—Perfecto. Pero yo me salto la ensalada. ¿Y puedes traernos algo de pan?

—Claro. Voy a por la bebida. Ahora mismo vuelvo.

«Qué dicharachera», estaba pensando Jason mientras la chica se alejaba meneando el esqueleto. Paso enérgico. Risa fácil. Cuando por fin dejó de mirarla y vio a Bella, su mujer estaba frunciendo el ceño.

—¿Estás bien? —preguntó él.

—Muy bien —contestó ella de modo no muy convincente.

Él, con mucho tino, decidió no decir nada. La camarera volvió con un par de aguas y la cerveza de Jason.

—He pensado que a ti también te apetecería agua. Si necesitáis alguna otra cosa mientras esperamos a que salga vuestra cena, soy Tiffany y esta es mi sección, así que nunca estaré muy lejos.

—Gracias, Tiffany —dijo Jason—. Cuando puedas,

me traes el pan. Pero sin prisa. Solo cuando tengas un momento.

—¡Claro! ¡Ahora mismo! No sé cómo no se me ha ocurrido traerlo ya.

La chica se giró y casi cruzó el restaurante corriendo. Él no pudo evitarlo y la observó mientras se alejaba. Cuando volvió a mirar a Bella, la expresión de ella era sombría.

—Anda, venga, ¡con lo bien que lo estábamos pasando! No seas gruñona.

—A lo mejor podemos pedir unas cuantas cosas más para que puedas verla contonearse por la sala otra vez.

Jason le había estado mirando el culo, pero no lo admitiría ni aunque lo mataran y enterraran.

—No la he visto contonearse.

—Claro que sí.

—Venga, Bella, no seas ridícula.

Y ¡puf! Como por arte de magia, apareció un pequeño cesto de pan.

—Ups, se me ha olvidado la mantequilla. Ahora mismo vuelvo.

—Tranquila.

Tiffany le lanzó una encantadora sonrisa, se giró y volvió a cruzar la sala. Jason, tenazmente, clavó la mirada en Bella y ni parpadeó.

—Se te nota mucho que estás disimulando para no mirarla.

—Solo tengo ojos para ti, amor mío.

—Bueno, ahora hay mucho más en mí que mirar.

—Cada día te veo más preciosa.

Al ver que la expresión de Bella empezaba a suavizarse, le entraron ganas de dar una vuelta de honor. Antes no costaba tanto complacerla. «El embarazo», se recordó. «Las hormonas».

Tiffany volvió a la mesa.

—¡Mantequilla! ¿Alguna otra cosa que os ape-
tezca?

—Creo que así estamos bien —dijo él.

—La cena saldrá enseguida. ¡Gritad si me necesitáis! —dijo la chica con una risita.

Jason notó que se estaba poniendo colorado.
Una fugaz mirada le dijo que su mujer se reía disi-
muladamente.

Él se untó la mantequilla y se quedó mirando el
pan, no el culo de Tiffany.

—Está flirteando contigo.

—Si es así, entonces es una pérdida absoluta de
tiempo —dijo Jason antes de preguntarse cómo iba
a aguantar toda la cena sin levantar la mirada.

Cuando llegó la cena, le pareció que había pasado una eternidad, pero solo habían sido unos minutos.

—¡Vamos allá! —dijo Tiffany con alegría—. Tiene
una pinta maravillosa. ¿Puedo traeros algo más?

—Yo no necesito nada. ¿Bella?

—Unas patatas fritas y un poco de salsa ranchera.

—Ahí tienes salsa ranchera de acompañamiento. ¿Quieres más? —preguntó Tiffany.

—Sí. Quiero más.

—Claro —contestó ella antes de irse dando sal-
titos.

La tensión se aplacó entre los dos mientras comían. Bella se moría de hambre, y alimentar al
monstruo que llevaba dentro la calmó. Jason la entendía. Estaba empezando a adoptar algunas de sus
preferencias. Tendría que dejar de sobrealimentarse
a mitad del día y sacar algo de tiempo para hacer
ejercicio.

Mientras comían y se calmaban las tensiones...
y Tiffany se mantenía alejada, disfrutaron de una

agradable aunque silenciosa cena. Él se terminó la cerveza y le apeteció otra, pero no iba a arriesgarse. No con Bella vigilando.

—¿Te traigo otra cerveza? —preguntó Tiffany, que apareció como de la nada.

—No, gracias. Estoy bien así.

—¿No hay nada que pueda traerte?

Tiffany estaba tentando a la suerte. Bella era su esposa, una esposa embarazada, y una fiscal de gran talento. Aunque ahí, en ese escenario, pudiera parecer blandita, era una tía chunga.

—No, gracias.

—Grita si cambias de opinión.

En ese momento Jason decidió que tenía que encontrar el modo de controlar mejor la situación. En primer lugar, empezarían a volver a tener bebida de adultos en casa. Preferiría poder beber en casa, con su esposa, después de un día largo y estresante. Valoraba que ella no estuviera bebiendo, pero él tampoco se pasaba, y era mejor mantenerse alejado de las Tiffanys del mundo. Y volvería al gimnasio. El gimnasio ayudaba a su cuerpo y a sus niveles de estrés. Lo ayudaba a dormir mejor.

Pensó que esas silenciosas pero importantes decisiones lo cambiarían todo. Y entonces llegó la cuenta. Iba metida en una funda de cuero y, por supuesto, Jason sacó la cartera y la tarjeta. Al principio ni se fijó. Solo miró la cuenta, luego miró a un lado, y otra vez a la cuenta. Metió la tarjeta.

Bella miró a un lado y volvió a mirar a Jason. Luego dijo:

—Déjame verla.

—Yo me ocupo —dijo él, e inmediatamente pensó: «Un abogado estupendo, Jason». Ahora iba a parecer otra cosa; ahora iba a parecer que estaba ocultando algo.

Bella le quitó la funda de cuero de las manos, la abrió y miró.

—No mientras yo esté aquí —gruñó.

Tiffany, la muy tonta, había anotado su número de teléfono en la cuenta. Tiffany se había metido en un buen lío.

En otros tiempos Bella se habría reído y habría dicho algo como «¿Quieres decirle que ni de coña o se lo digo yo?». Pero Bella estaba de más de seis meses, con los tobillos del tamaño de los muslos y borracha de hormonas. Se levantó del banco y, con decisión, fue hacia el mostrador de recepción. Él la observaba sin poder hacer nada. Estaba claro que Bella había preguntado por el gerente. Un hombre apareció en cuestión de segundos. Ella agitó la cuenta delante de su cara. Él habló. Ella habló más, con su voz de fiscal. Era una voz suave pero firme y sin sonrisa. Tras intercambiar unas cuantas palabras más, volvió al banco para recoger su bolso.

—La cena la pagan ellos. No hay propina.

Jason salió del restaurante tras ella, con paso lento y sin atreverse a mirar a Tiffany; no por lo que pudiera ver en los ojos de la chica, sino por la reacción de Bella. Ya en el coche, todo estaba oscuro y en silencio. No arrancó. Se quedó ahí sentado.

—Podrías haberlo parado antes de que la cosa llegara tan lejos —dijo ella.

—¿Cómo?

—Podrías haber dicho: «Estoy casado, mi mujer está aquí, no vamos a flirtear».

—Yo no he flirteado. Y no me ha parecido que lo suyo haya sido flirtear. Me ha parecido simpática y dicharachera.

—¡Te ha anotado el teléfono en la cuenta!

—¡Lo habría tirado a la basura!

—¿Sin decir nada?

—¿Por qué iba a decir nada? ¡Está claro que no la habría llamado!

—¡Ha estado mal!

—¡No soy la policía del ligoteo! ¿Esa chica sigue teniendo trabajo?

—No es problema mío —dijo Bella—. Si la despiden por flirtear con clientes casados, a lo mejor aprende una lección importante sobre actuar con profesionalidad. Pero tú podrías haberlo parado, haberlo cortado de raíz, haberla puesto en su sitio.

—¡O podríamos haberlo ignorado y habernos reído luego de lo que ha pasado! ¡Joder!

—¿No te ha preocupado en ningún momento cómo me podría sentir?

—He pensado que, tratándose de una mujer adulta que se gana la vida encerrando a criminales reincidentes, serías capaz de dejarlo pasar y luego reírte. ¡Eso habría hecho yo si un camarero joven y guapo hubiera tonteado contigo!

—Una vez te vi agarrar a un camarero de la camisa y amenazarlo con sacarlo a la calle si no dejaba de desnudarme con la mirada.

Era verdad. Lo había hecho.

—Entonces era mucho más joven.

—Y a lo mejor estabas mucho más enamorado de mí...

—Imposible. Sin ninguna duda te quiero más ahora que cuando era más joven, pero ahora sé controlarme mejor. Mi comportamiento de aquella noche me avergonzó. También me avergonzó el de aquel camarero, pero él era camarero. Y yo abogado. Debería haberme controlado más.

—¿Y esta noche? —dijo Bella. Sonó como un dardo.

—Durante un rato, hasta que has empezado a echar humo, ha sido divertido. ¡Una cría tonta ha pensado que yo era un buen partido!

Bella se quedó callada y luego dijo:

—Siento haberte estropeado la diversión.

—Y yo siento que no fueras tú la que estaba flirteando conmigo —contestó Jason.

Y arrancó el coche.

Capítulo 10

Sophia estuvo días sin saber nada de Angelo. Estaba empezando a animarse otra vez, a sentirse un poco más positiva y segura, cuando él le mandó un mensaje.

¿Te apetece una cerveza el viernes por la noche después del trabajo? Tengo un trabajo nuevo. ¡Un trabajo bueno! ¡Estoy deseando contártelo todo!

Ella le respondió que tenía compromisos familiares y que no podía, pero lo felicitó por su nuevo empleo. Luego contuvo la respiración. Cuando él no le envió una respuesta cargada de furia, volvió a respirar.

Unos días después Angelo volvió a escribir preguntándole cuándo estaba libre para una cerveza.

Sophia no respondió a ese mensaje, pero se quedó preocupada al recordar lo que pasó la última vez que él se impacientó.

En menos de veinticuatro horas recibió otro mensaje.

¿Cuándo estás libre para vernos?

Le respondió que, entre el trabajo, las clases y los compromisos familiares, tenía la agenda hasta arriba y que le escribiría cuando pudiera. Pero se quedó agobiada. No hacía falta ser vidente para saber que esa contestación iba a cabrearlo mucho.

Mientras estaba en casa de Marni trabajando con el diseño de plató, estuvo distraída y callada, algo raro en ella. Marni estaba ocupada en la cocina, pero Ellen le dijo algo al respecto.

—Sophia, sé que algo te tiene inquieta. ¿Quieres hablarlo?

—No, solo tengo que ver qué hago. Pero gracias.

—A veces hablar las cosas ayuda —dijo Ellen.

—No he querido preocupar a nadie. Es un problema de chicos.

—Ay, madre, no se me dan nada bien los asuntos del amor. No tengo experiencia en romances.

—¡No es nada romántico! —dijo Sophia—. He salido con un tipo un par de veces y ahora se cree que le pertenezco. ¡No sé cómo quitármelo de encima!

—¿Te está molestando?

—Es culpa mía —dijo Sophia, y miró al suelo—. Me preguntó si podíamos ser amigos y le dije que sí, pero su idea de la amistad y la mía son muy distintas. Quiere salir a tomar una cerveza, y no va a dejar de insistir hasta que yo vaya, pero no quiero ir. No sé qué decirle. ¡No quiero enfadarlo!

Ellen le agarró la mano y la llevó hacia la mesa del comedor, lejos de Marni.

—¿Qué pasa cuando se enfada?

—Pues... se enfurruña...

Ellen soltó una risita.

—¿Y tienes que aguantarle el enfurruñamiento? ¿No puedes ignorarlo y ya?

Sophia se miraba las manos.

—Hace unas semanas no quedé con él porque iba a juntarme con mis amigas para estudiar. Cuando terminamos, fuimos a un bar a tomarnos un vino y resultó que él estaba allí. Estaba enfadado. Me dijo que vaya forma de estudiar y soltó la cerveza con tanta fuerza que rompió el vaso y el camarero quiso echarlo. ¡Ni siquiera recuerdo qué le dije para que se pusiera así! ¡No estaba con otro chico ni nada! ¡Estaba con mis amigas! Así que le dije que se mantuviera alejado de mí y me marché con una amiga y su novio. Al cabo de una semana más o menos, vino a mi casa con flores. Quería arreglar las cosas. Me dijo que había sido todo un malentendido y que deberíamos intentarlo otra vez.

—Ay, Sophia, no deberías haberlo dejado entrar —dijo Ellen.

—¡No le dejé entrar! No abrí la puerta y entró por la corredera de atrás.

Ellen palideció.

—¿En... tró?

—Yo estaba en el sofá, leyendo, y de pronto me lo encontré ahí, de pie. Me dijo que la puerta estaba abierta. Y a lo mejor sí, pero los portones del jardín trasero estaban cerrados. Lo comprobé cuando se fue y estaban cerrados con llave. Debió de saltar.

—Sophia, no creo que estuviera en el bar por casualidad y seguro que tampoco se encontró la puerta abierta por casualidad. Creo que está acosándote. Creo que no se habría encontrado la puerta trasera abierta si no hubiera saltado el muro del jardín. Y lo primero de todo, ¡no es tu culpa que alguien pierda los estribos! ¡No es culpa tuya! ¿Se lo has contado a tu padre?

—No. No quiero que piense que no sé manejar mis asuntos.

—A mí me parece que tú sabes manejarlos bien. Es ese chico el que no sabe. Es una situación fea y no es culpa tuya.

—No sé qué hacer.

—Te da miedo, ¿verdad? —preguntó Ellen.

—Sí, pero no me ha hecho daño... en realidad.

—¿Y el ojo morado? ¿No tuvo nada que ver con eso?

Sophia se encogió de hombros, impotente.

—¿Tuvo algo que ver? —preguntó Ellen.

—Estaba enfadado porque había mucha gente en el lago y él creía que deberíamos estar solos. Me dio un empujoncito para que me diera prisa, pero estábamos bajando por una colina y me tropecé. En serio, me tropecé.

—¿Y te habrías tropezado si no te hubiera empujado?

Sophia no respondió porque no sabía la respuesta. Se mordió el labio inferior.

—Eso mismo pienso yo —dijo Ellen—. Vale, te diré lo que tienes que hacer. Tengo un poco de experiencia en esto. En primer lugar, no lo llames. La próxima vez que te llame, si estás en condiciones de hablar con él, responde. Dile con firmeza que no vas a salir más con él, ni siquiera como amigos. Dile que borre tu número. Que fue bastante maleducado, sobre todo al entrar en tu casa sin que lo invitaras a pasar y que no, la cosa no se puede solucionar. Dile adiós y que no vuelva a llamar. Tienes que ser educada pero muy rotunda.

—Dirá que solo quiere hablar...

—Y tú dirás que no, que no hay nada que hablar,

que tú ya has tomado una decisión. Sophia, este chico te ha mostrado quién es y, créeme, no va a cambiar. Irá a peor.

—¿Te ha pasado algo parecido?

—No, a mí no. Mi hermana pequeña tuvo un problema serio con un hombre con el que salía. Y estaba divorciada y tenía treinta y pocos años, así que no se puede decir que no supiera nada de hombres. Su primer marido no fue perfecto ni mucho menos. Ella se enamoró perdidamente del tipo que vino después y él la aterrorizó. Nunca la tocó, que yo sepa. Al menos ella insiste en que el maltrato fue emocional y verbal. Aun así, fue un acoso absoluto. Aparcaba en la puerta de su casa para verla salir y entrar, se presentaba en los restaurantes donde ella había quedado con sus amigas, la llamaba una y otra vez, lloraba y amenazaba con suicidarse si no volvía con él. La policía no podía ayudarla porque él no la amenazaba específicamente. Tienes que hacerme caso, Sophia. Si este chico te asusta e incomoda, tienes que alejarlo. Y tienes que decírselo a tu padre. Ahora necesitas su protección.

—Creo que lo único que voy a conseguir es preocuparlo.

—¡A mí me preocupa! —dijo Ellen—. He visto de primera mano lo peligroso que puede ser algo así.

—¿Cómo salió tu hermana?

—Requirió mucho tiempo y muchísima perseverancia. Pareció una eternidad. Mis hermanos se involucraron. Creo que tardó un año y luego se pasó otro año más con la mosca detrás de la oreja.

—¿Qué hizo para llamar la atención de ese hombre tan terrible?

—Es lo que tienes que entender: no hizo nada, al igual que tú no has hecho nada. Él la eligió. Y seguro que el tuyo te eligió a ti.

Sophia notó un nudo en la garganta, como si se hubiera tragado una piedra.

—Me invitó a una copa y luego me llevó a casa en su coche porque yo había bebido demasiado. No voy a fingir que nunca me he pasado bebiendo, pero no es algo por lo que se me conozca. Me quedé dormida en su camioneta. ¡Me dijo que me estaba protegiendo!

Ellen frunció el ceño.

—No sé si creérmelo. Cielo, es importante que pienses en esto seriamente y que estés decidida a no correr ningún riesgo. Ten cuidado de no quedarte sola con ese hombre. Si hace falta, yo te llevaré al trabajo y a clase y luego de vuelta a casa. Y prométeme que esta noche se lo contarás a tu padre.

—Lo intentaré —fue todo lo que dijo Sophia. ¡Porque no sabía cómo hacerlo!—. Por favor, no le digas nada a Marni.

—Sophia, ¡Marni es tu amiga!

—¡Me da mucha vergüenza haber permitido que pase esto!

—No, no. ¡Te ha pasado y ya! Vas a tener que ser fuerte para acabar con esto porque está claro que él no va a aceptar un «no» por respuesta. ¡No es momento de temer a tus amigas! Estamos aquí para ayudar.

Ellen estaba bastante preocupada por Sophia y le despertó recuerdos de cuando su hermana tuvo a un hombre molesto en su vida. Había pasado hacía más de veinte años, pero recordarlo aún le producía un escalofrío por la espalda. ¿«Molesto»? Era peligroso, aunque nunca hizo nada en realidad. Amenazaba, soltaba indirectas escalofriantes, era un manipulador experto. Nunca sobrepasó la línea, pero solía rozarla. La acosaba, la llamaba y le decía cosas horripilantes como «Sé dónde estuviste anoche» o «Sé hasta qué hora estuviste por ahí». Ella se lo encontraba sentado detrás en el cine cuando se levantaba para irse. Él le decía cosas amenazantes, pero cuando su hermana se instaló un dispositivo en el móvil para grabarlo, dejó de hacerlo para que ella no pudiera demostrarlo. Su hermana no logró conseguir una orden de aleja-miento porque, sí, él jugaba con ella y parecía dis-frutar asustándola, pero no había amenazado su vida directamente.

Fue tan difícil conseguir que alguien hiciera algo que llegaron a preguntar: «¿Nos están diciendo que él debería intentar matarla para que podamos ayu-darla?».

Después de aquello, un agente de policía accedió a hablar con el acosador, pero eso pareció empeo-rarlo todo durante un tiempo.

Cuando su hermana tuvo que pasar por aquello, no se hablaba mucho de la manipulación y el abuso psicológicos, pero ahora era un tema que se oía con frecuencia en programas de tertulias o en pódcast. Pero eso era lo que era: una lucha de poder en todos los aspectos. De hecho, tal como Ellen había apren-dido, la mayoría de los casos de maltrato eran por poder, por conseguir y mantener el control. Si a su hermana le hubiera pasado aquello ahora, Ellen lo habría manejado de otra forma.

Condujo a casa deseando poder hablar con Mark del tema. Lo que más la había sorprendido de él había sido lo amable y sensible que era, cuánto adoraba a los niños y a los animales. Si no estuviera tan ocupado poniendo en marcha su fundación, tendría un perro.

Habían estado cenando juntos al menos tres noches por semana durante poco más de un mes y, aunque la cocina pudiera ser un interés común, vieron que tenían muchas otras cosas de que hablar también.

Pero ahora mismo él había salido de la ciudad unos días para visitar a su hijo, un bombero de Las Vegas. Ellen tenía su número de móvil, pero no se le ocurriría molestarlo mientras visitaba a su familia. Ni siquiera le había mencionado todavía a Marni que Mark y ella estaban viéndose mucho, y eso que Marni le preguntaba constantemente.

Al pensar en Marni pensó en Sophia. Le daría tres días a la joven para contárselo a Marni y, si no lo hacía, entonces se lo contaría ella. ¡Las mujeres tenían que dejar de afrontar esas cosas solas!

De nuevo vio las ganas que tenía de hablar con Mark. En las pocas semanas que habían estado quedando para cenar había tenido cuidado de no hacerse ilusiones, pero ahí estaba, deseándolo. En esas semanas él le había tocado un hombro, le había puesto una mano en la espalda y la había agarrado del codo con delicadeza, nada más. Pero sus conversaciones habían sido muy intensas y auténticas.

Al aparcar en casa, se sorprendió al ver una autocaravana con un remolque acoplado delante de las casas de los dos. Emitió un grito ahogado; debía de ser de Mark, pero no tenía ni idea de que fuera a recibirla ya. Tenía que ser su gastroneta.

Como la caravana le bloqueaba el camino de entrada, aparcó en la calle detrás del remolque. Al no verlo por ninguna parte, fue hacia la puerta de la caravana, que estaba abierta.

—¿Mark?

Él apareció de pronto en la puerta, con una sonrisa enorme que le iluminó la cara.

—¿Qué te parece?

Ellen estaba asombrada y emocionada.

—¿Es lo que creo que es?

—Casi. Aún hay que hacerle cosas. Necesito refrigeración en el remolque y más almacenamiento. Pero, según mis cálculos, con esto podemos alimentar a doscientas personas al día. Necesitaremos espacio adicional para la preparación de comidas, pero tengo contactos en el cuerpo de bomberos, y alucinarías con lo que podemos hacer con un aparcamiento y una tienda de campaña.

Dejó de hablar y frunció el ceño.

—¿Ellen? ¿Estás bien?

—¡Mark! ¿Pero tú has visto lo que has conseguido?

Él bajó de la autocaravana y abrió los brazos para recibirla. Ahí Ellen se rompió. Lo abrazó y lloró en su hombro.

—Venga, ya —dijo él con una risita—. Vas a tener que contarme por qué lloras para que pueda ayudarte.

Eso no sirvió para frenar el llanto.

Con delicadeza, él le apartó el pelo de la cara.

—¿Significa esto que me has echado de menos?

Ella se apartó lo justo para mirarlo a los ojos.

—Quería hablar contigo y acabo de darme cuenta de cuánto.

—Tienes mi número. Solo lo has usado para cuestiones logísticas, como a qué hora es la cena o dónde nos la vamos a tomar. Pero puedes llamarme por otros motivos. Por ejemplo, si algo te preocupa.

—Pero he pensado que a lo mejor estabas ocupado y no quería molestarte. Creía que estabas viendo a tu hijo.

—Mi hijo me ha ayudado a preparar la autocaravana. Así que, sí, estaba con él y me ha ayudado con todos los detalles. Y ahora, dime, ¿qué te tiene tan angustiada?

—Ha sido un día largo.

—Me parece un buen momento para una copa de vino mientras me lo cuentas.

—Sería perfecto. ¿En mi casa?

—Ya saldremos luego a mover los coches. Vamos, Ellen. Por mucho que me guste abrazarte, creo que es mejor que hablemos primero.

—¡Ay, Dios, me he tirado encima de ti!

Él se rio.

—Sí, y ha sido maravilloso.

La agarró de la mano.

—Has debido de tener un día duro en el trabajo —dijo Mark llevándola por el camino de entrada—. Solo han sido unos días, pero me alegro de volver a estar en casa.

Entraron en casa de Ellen y fueron directos a la cocina.

—¿La autocaravana y el remolque están seguros en la calle? —preguntó ella.

—Seguro que sí. Tenemos un barrio tranquilo. Después de la cena los pondré uno al lado del otro en mi camino de entrada y los cerraré.

Mark se sentó mientras ella sacaba de la nevera una botella de *chardonnay* y la abría.

—Está resultando una maravilla encontrarte al volver a casa. El vino tiene buena pinta.

—¿Tienes mucha hambre?

—Nada. Me he tomado una cesta de aperitivos en la caravana. Mi nuera me ha preparado un almuerzo con un montón de extras. Lo de viajar con cocina y baño es otro cantar. Solo he tenido que parar en un espacio amplio en la carretera para descansar un poco, beber algo y comer. Luego en un momento ya pensamos juntos qué podemos cenar —dijo, y dando palmaditas en la silla añadió—: Pero ahora, cuéntame.

—No conoces a Sophia, aunque te he hablado de ella. Es la becaria de Marni. Sigue estudiando y quiere trabajar en producción de televisión.

—¿La chica argentina?

—La misma. Resulta que tiene un problema con un chico con el que ha estado saliendo. Se está poniendo muy pesado. Algo así le pasó a una de mis hermanas pequeñas. Pasó hace mucho tiempo, pero fue horrible.

—¿Pesado en qué sentido?

—Según ella, salieron un par de veces y él se cree su dueño. Interpretando la situación y después de hacerle unas preguntas, creo que se volvió controlador y dominante. Quiere que esté siempre disponible, que conteste a sus llamadas independientemente de lo que esté haciendo. Y, si no responde, le da una rabieta. Es agotador.

—¿Tu hermana pasó por lo mismo?

—Sí, multiplicado por diez. Su novio se obsesionó cada vez más con ella hasta acabar aterrorizándola. Era celoso, se enfadaba por nada, la seguía. Aparcaba al final de la calle y llamaba para decirle que la estaba vigilando. Jamás le puso una mano encima, pero que te acosen de esa forma es aterrador.

—Pero a ti no te ha pasado nunca, ¿no?

—No, a mí no, aunque creo que lo viví como si me hubiera pasado, porque tenía miedo por mi hermana. Ella acabó yéndose de la ciudad y vivió con unas amigas un par de años. Estaba divorciada y tenía dos niños pequeños. No es que fuera una jovencita ingenua. Y tampoco le había dado esperanzas; él la eligió y se obsesionó con ella.

—Pero Sophia es muy joven. ¿Qué le has sugerido que haga?

—Le he explicado lo mejor que he podido que es una situación de manipulación, la he animado a ponerse muy firme a la hora de decirle que no tiene ningún interés por él y le he dicho que se lo cuente a Marni. ¡Y a su padre! Ahora mismo están solos su padre y ella. Él es profesor de universidad y ella estudia en la misma universidad. Le he dicho que, si no se lo cuenta a los dos, lo haré yo. No debería estar sola con un desquiciado acosándola.

—A lo mejor es solo un tonto encaprichado...

—Ojalá, ¡pero tiene que dejarla tranquila!

—Has tenido un día muy duro, ¿no? Y estás tan preocupada por Sophia que te has derrumbado.

—¡Ah, no! A ver, sí que estoy preocupada por Sophia, pero eso no es lo que me ha hecho llorar. ¡Lo que me ha hecho llorar ha sido darme cuenta de lo mucho que te he echado de menos en solo unos días! ¡Me ha podido la emoción al verte! He tenido un problemilla y, aunque hace veinte años que soy amiga íntima de Marni, ¡la única persona con la que quería hablar eras tú! Ay, Mark, tengo mucho miedo. ¡No quiero depender tanto de ti! ¡Eso no sería bueno para ninguno de los dos!

Él frunció el ceño ligeramente.

—¿Por qué no?

Ellen soltó una carcajada de incredulidad.

—¿Eso se lo dice el hombre que perdió a su esposa a una mujer que ha enterrado a su marido? Los dos nos hemos pasado años cuidando de otra persona.

—Bueno, hay otra forma de verlo. A lo mejor los dos nos merecemos un descanso. ¿Nunca lo has visto así? —dijo él sin poder evitar reírse—. Susan me confesó que contaba con que yo muriera primero.

Me dijo que llevaba años escribiendo el discurso de mi funeral. Y que estaba muy decepcionada por tener que irse antes que yo.

—¿Qué? ¿Te dijo eso?

Él asintió y siguió riéndose.

—Era uno de sus días buenos y se acercaba el final. Dijo que estaba furiosa por eso. Después de todo, se había pasado años levantándose de madrugada para salir a caminar, meditando, cocinando y comiendo comidas equilibradas y tomándose todas sus vitaminas mientras que yo los había pasado entrando en edificios en llamas. Además, me dijo que no se fiaba nada de que yo fuera a escribir un buen discurso para su funeral. Admitía que yo sabía cocinar mejor, pero que, desde luego, no escribía mejor que ella.

Se secó las lágrimas, pero la tristeza siguió ahí.

—¿Cómo pudo decirte algo así? —preguntó Ellen.

—Porque Susan era una de las mujeres más divertidas que he conocido en mi vida. Y tenía razón. Yo había llevado una vida arriesgada mientras que ella había llevado una vida equilibrada y cuidadosa. Todo salió al revés. Pero no puedes engañar a la muerte. Ni a la salud. Ella tenía problemas de salud. Su madre y su hermana tuvieron problemas de salud. Era algo familiar. En mi familia todos hemos tenido mejor salud y vidas más largas de las que nos hemos merecido. A veces lo mejor para tener una vida larga es tener suerte, pura potra.

—Lo siento mucho. Toda mi familia también ha estado muy sana siempre, pero mi marido sufrió un infarto al poco de cumplir los cincuenta.

—A veces la vida es una lotería —dijo él—. Puedes hacerlo lo mejor posible, pero nunca puedes predecir exactamente lo que te va a venir. Pobre

Susan. Llevó una vida saludable y responsable y, aun así...

Mark se encogió de hombros.

Se quedaron callados un momento. Él dio un trago de vino y con la otra mano apretó la de ella.

—Deberíamos hablar de comida. Tengo carne en conserva de la tienda *gourmet*, un poco de pan de centeno en el congelador, que se descongelará en un pispás, y un tarro sin abrir de chucrut.

—¡Sándwich Reubens! —dijo ella con una palmada—. Tengo queso suizo y mostaza, si no tienes tú. Aunque no tengo ensalada de patata de acompañamiento.

—Habrá que apañarse con lo que tenemos.

—Oye, Mark. ¿Y el discurso del funeral? ¿Cómo fue?

Él bajó la mirada.

—Horrible. Mi parte, al menos. Está grabado en vídeo por algún sitio. No te lo pienso enseñar.

Y entonces, inesperadamente, los dos soltaron una carcajada y acabaron abrazados.

Agosto llegó y marcó el fin del verano. Los días seguían siendo cálidos, con veintitantos grados y humedad en el valle. La nieve había desaparecido de las cimas de las montañas y las cosechas eran abundantes. Durante ese tiempo Marni había empezado a visitar más el almacén hidropónico y estaba pensando en grabar un programa donde pudiera utilizar las frutas y verduras orgánicas del huerto secreto de Sam mientras ella cultivaba el suyo propio. Pero como tenían que grabar los programas con antelación, ya estaban trabajando en las comidas navideñas y en menús para las fiestas y las reuniones de Año Nuevo.

Al mismo tiempo, Marni y Ellen estaban trabajando en muchos vídeos cortos de Internet para avivar su presencia culinaria *online*. Kevin, su realizador de vídeo, los editaría para dejarlos en cinco o seis minutos, cortando fragmentos entre la preparación del plato y la cata. La temática eran galletas y panes, aperitivos y postres. Y, aunque con todo eso ya tenían suficiente tarea para cada jornada, además tenían que planificar una docena de programas de cocina en directo. Debían estar bien pensados, teniendo en cuenta los ingredientes disponibles y en temporada. Marni sentía debilidad por el marisco, así que prepararon y grabaron *cioppino*, asado de marisco de Maine, y *gumbo* de marisco. Y, gracias a los hidropónicos facilitados por Sam, tenían pensado grabar también unos cortos de pícnics de primavera y verano, y de barbacoas.

Gracias a ese nuevo interés por la granja hidropónica, Marni y Sam habían iniciado el proceso de salir juntos. Claramente, tenían la comida en común. Sam empezó a pasar por casa para ayudarla con el huerto, que había crecido precioso y exuberante bajo la amorosa mano del profesor Garner mientras que el de él estaba desatendido la mayor parte del tiempo. Era una presencia habitual en la casa y la cocina de Marni. Le llevaba muestras nuevas constantemente.

Nettie pasaba por casa todas las semanas para abastecerse de lo que preparaban, ya fuera para los cortos de Internet o para los ensayos, y se convirtió en rutina que la casa de Marni se llenara de muchas visitas al final de la semana laboral.

—Qué suerte que mi hermana tenga talento para la cocina —dijo Nettie mientras Marni y Ellen llenaban una caja de cartón con una preciosa selección de comidas y postres—. Esto me salva la vida. Por fin Marvin piensa que triunfó al casarse conmigo.

Bella iba pasando por casa cada vez más a medida que le crecía la barriga. Dio la noticia de que el Bollito sería niño.

—Un niño —dijo Marni—. Era de esperar. No sé nada de niños. Vengo de una familia de mujeres y he criado a una hija.

—Ya nos las apañaremos —dijo Bella—. Nettie tiene niños. Y Jason tiene dos hermanos.

—Menos mal. Yo no sé ni lanzar una pelota.

Desde la llegada de su lecho de espárragos blancos, Marni había estado escabulléndose para sacar un minuto o una hora o dos con Sam. Se sentía como si volviera a tener diecisiete años. En realidad, no recordaba haber estado tan emocionada nunca. Aún no se habían dicho «te quiero», pero los dos habían mencionado que no habían contado con revivir ese sentimiento cumplidos ya los cincuenta. Cuando no estaban jadeando, estaban riéndose como chiquillos de instituto.

—Vamos a tener que contar la verdad pronto —dijo Sam—. Sophia apenas sale de casa. Solo tiene tres clases a la semana, pero está intentando adelantar las lecturas para poder trabajar y estudiar en otoño sin mucha presión.

—Y me ha dicho que tuvo un problema con el novio.

—Creo que ya lo tiene resuelto —dijo Sam—. Le he preguntado si sigue dándole problemas y me ha dicho que no desde hace un tiempo. Al parecer, sigue escribiéndole y llamándola de vez en cuando, pero ella ya ha aprendido que no puede decirle ni «a lo mejor». Ojalá se presentara en casa estando yo. Creo que disfrutaría mucho diciéndole que no.

—Tú no eres peleón —dijo ella.

—Nada, pero he perfeccionado el bramido del catedrático. Acojono a mis alumnos.

—Me encantaría verlo. A mí me pareces un gatito.

Una tarde a mediados de agosto Marni recibió una llamada de Tom, su singular cita a ciegas y transformista del karaoke de la quedada de chicas, que ahora recordaba como algo único por haberse encontrado con él.

—Marni, ¿me darías una segunda oportunidad tomando otro café?

—Ay, madre —dijo ella impactada—. No puedo, Tom. Y cuando digo que no puedo es que no puedo de verdad, no tiene nada que ver con que no tengamos mucho en común.

—Pero me gustaría explicarte...

—No es necesario, y no tiene nada que ver con... No tiene nada que ver con tu interés por... otros temas... Mierda, no encuentro las palabras adecuadas. Mira, tengo que terminar el trabajo dentro de un plazo. Estamos ocupados preparando las especialidades de finales de otoño y Navidad. Trabajamos un poco por adelantado. Ahora mismo estoy ocupada con la Navidad y el invierno y pronto vamos a tener que empezar con las comidas veraniegas, así que, ya ves, estoy hasta arriba de todo, desde pasteles Bundt hasta costillas barbacoa. No tengo tiempo. Además, estoy a punto de convertirme en abuela y, me guste o no, ¡no puedo añadir una cosa más a mi agenda!

—Marni, es solo una afición.

Tom tenía que estar refiriéndose a la alucinante falda lápiz y la blusa corta con americana encima que llevó aquella noche especial.

—Tienes mucho talento —dijo ella—. Me encantó tu actuación. Y en algún momento me gustaría que me contaras cómo haces para que te quede todo tan perfecto. ¡El maquillaje era increíble!

—Gracias, pero... Ojalá me dieras tiempo para explicarte...

—En primer lugar, no es necesario. Tu actuación fue brillante. En segundo, estoy saliendo con alguien. Y en tercer lugar, aunque siento repetirme, de verdad que estoy en mi época más ocupada del año. Grabamos unos dos meses al año y pasamos el resto del año preparando todo y poniéndonos al día. Lo siento. ¿Qué tal después de que haya nacido el bebé? Pero, Tom, si te parece bien, será solo un café.

—Qué decepción. Y creo que todo es porque me viste así vestido.

—Dios, ¡pero si seguro que podrías darme unos consejos estupendos!

—Podría ir después del trabajo algún día.

—Lo siento, Tom. No puedo.

Cuando Marni colgó y se guardó el teléfono en el bolsillo, vio que Ellen y Sophia estaban mirándola. Ellen enarcó una ceja.

—¿Estás saliendo con alguien? —preguntó con un brillo en los ojos.

—Es lo que tú dices —dijo Marni—. Que seamos amables.

Sam tuvo que salir de la ciudad unos días. Había un congreso de agricultura en Colorado, en la universidad de Boulder, y él iba a presentar un estudio sobre la sostenibilidad de doce meses de cosecha en la granja hidropónica y sus efectos en la economía local. También hablaría sobre los cambios que se darían en el ecosistema si la gente consumiera comida cultivada a menos de doscientos kilómetros de su casa, y los beneficios a largo plazo eran asombrosos.

Para participar, tenía que estar allí en persona.

—¿Quieres que te acompañe y te lleve las maletas como si fuera tu asistente? —preguntó Sophia.

—Sería la primera vez que tendría un asistente con tanto talento —dijo él—. ¿Qué harás mientras esté fuera?

—Tengo trabajo y también leeré y veré alguna peli.

—¿Por qué no llamas a unas amigas y hacéis una fiesta de pelis?

—Puede que lo haga —dijo Sophia. Pero sus mejores amigas no solo tenían trabajo y clases, sino también novios. Tanto Lia como Clarissa se habían ofrecido a buscarle una cita con alguno de sus amigos, pero ella no estaba preparada. No estaba preparada para arriesgarse a repetir su experiencia con Angelo.

Menos mal que resultó que Ellen no se había equivocado con él. No responderle y lanzarle un «No, gracias» muy firme parecía haber funcionado con Angelo por fin. No había vuelto a saber nada de él desde hacía más de una semana, y seguro que a esas alturas ya habría encontrado a alguien más complaciente.

Oyó a Marni hablando con Tom y dejándole muy claro que estaba demasiado ocupada para verlo; tenía otros compromisos, incluyendo a ese novio ficticio. A Sophia le entró la risa de pensarlo. Marni tenía las cosas muy claras. Ella sería así algún día.

Aun así, estuvo nerviosa la primera noche que pasó sola, con su padre fuera de la ciudad. La llamó para saber cómo estaba y, cuando ella le dijo que estaba sola en casa, él respondió:

—Esperaba que quedaras con tus amigas.

—Estaban ocupadas, así que me quedo aquí en casa. He encontrado un par de pelis para ver.

Se puso las películas, pero se sobresaltó con cada sonido y la noche pasó muy despacio. A eso de las diez fue a su habitación para llevarse la almohada y su colcha favorita al cuarto de estar, se acurrucó en el sofá y subió el volumen de la tele. Ya había comprobado y vuelto a comprobar los cerrojos de las puertas y ventanas. Se dijo que no importaba que no estuviera prestando atención a la película. Tampoco es que fueran a hacerle un examen ni nada por el estilo. Miró la hora en el teléfono a las once, a las doce, y luego a las doce y veinte, a la una y a la una y cuarenta. No sabía bien cuándo dejó de moverse y dar vueltas en el sofá.

Cuando oyó pájaros piar, su teléfono decía que eran las cinco y cuarto. La mañana había llegado. Había superado la noche. Estiró los brazos y las piernas, soltó un gritito triunfal y abrió los ojos. La cortina de la puerta corredera, que estaba abierta, se movía con la brisa de la mañana.

Y ahí estaba él. Sentado en el sillón de su padre. ¡Observándola!

Ella emitió un grito ahogado y se incorporó. Agarró la colcha y se cubrió hasta el cuello.

—Angelo, ¿qué haces aquí?

Él estaba repantingado en el sillón, con una pierna cruzada sobre la otra y recostado en una postura cómoda.

—Solo verte dormir.

—¡Has allanado mi casa!

—No, yo no haría eso. ¿Por qué iba a hacer algo así si te quiero? Me llamaste y vine corriendo. Me dejaste entrar. Te abracé hasta que te quedaste dormida.

—No. No. *¡Estás loco!* —le dijo en español.

—Pequeña, creo que eres tú la que tiene problemas mentales.

Él se sacó su *smartphone* del bolsillo trasero y se desplazó por el listado de llamadas.

—Mira, aquí estás —dijo girando el móvil para que ella pudiera leer el número—. Y el mensaje en el que me dices que estás sola, que tienes miedo y que venga, por favor. Y luego voy y me encuentro la puerta abierta. ¡Qué estupidez! ¡Alguien podría colarse y rajarte la garganta!

—¡Yo no te he llamado! ¡No te he enviado ningún mensaje! ¡Nunca! ¡No te he dejado entrar! ¡Vete! ¡Vete o llamaré a la policía!

Él se echó hacia delante.

—¿Quieres que los espere contigo? Así podemos enseñarles juntos mi teléfono. Eres una pirada, ¿lo sabes? Deberías haber aceptado mi oferta de cuidarte y mantenerte a salvo porque te estás quedando sin opciones. Estás demasiado loca para encontrar un hombre.

Siguió hablando de lo felices que habían sido y de lo precioso que había sido todo hasta que ella se había puesto en plan raro. Dijo también que él tenía que espabilar y alejarse porque ella se estaba convirtiendo en una loca y no se merecía todo lo que él tenía que ofrecer.

Sophia se quedó atónita con su visión positiva y tierna de la relación, era un relato totalmente ficticio. ¡No habían hecho otra cosa que discutir! Ella había estado preocupada todo el tiempo por no enfadarlo, andando con pies de plomo, temiéndose la siguiente pataleta.

Ya no lo soportaba más.

—¡Largo! —dijo agarrando el teléfono contra el pecho, como si fuera su único salvavidas, y sollozando. Pasaron varios minutos hasta que oyó a lo lejos el sonido de una puerta cerrarse, pero no se fiaba. Se acurrucó bajo la colcha, temerosa de moverse. Le daba miedo levantarse e ir al dormitorio. Él podía aparecer de pronto y pegarle un susto que le quitaría diez años de vida.

Capítulo 11

El miércoles por la mañana, a mitad de una semana infernal, Marni se despertó perezosamente. No había dormido bien porque estuvo al teléfono con Sam hasta después de la medianoche. Él había salido a cenar y a tomar unas copas con algunos de los asistentes a la conferencia en Boulder y no la había llamado hasta las diez.

—Somos demasiado viejos para esto. Lo sabes, ¿verdad? —se había quejado ella.

—Pues entonces te reto a que pares —había dicho él.

Y, en lugar de dormir algo, siguieron hablando durante la noche. Se levantó a las seis, agotada. E iba a ser un día duro. Pronto llegarían los ingredientes que había encargado Ellen y tendrían que manipular pescado. Era importante hacerlo mientras estuviera fresco.

Cuando había terminado de ducharse, vestirse y tomarse un café, llegó Ellen.

—El marisco ha llegado, pero Sophia no —dijo Ellen.

—Creía que habíamos comprobado la agenda. Hoy no tiene clase —dijo Marni.

—Ya. La he llamado y no responde. Dijo que su padre iba a estar fuera de la ciudad un par de días.

—¿Se habrá aprovechado de eso y habrá salido hasta tarde con las amigas?

—Sophia nunca se ha retrasado más de un minuto o dos —dijo Ellen—. Y últimamente no ha salido mucho con sus amigas. Si no responde en los próximos veinte minutos, voy a ir a su casa. Me dijo que tuvo un problema con el chico con el que estuvo saliendo. El que a ella no le interesaba pero que insistía en que salieran juntos.

—Seguro que no hay nada peligroso —dijo Marni.

—Espero que no...

—Venga, nos vamos.

—¿Deberíamos llamar a su padre? —preguntó Ellen.

—Vamos a ver si está en casa antes de preocuparlo. Ahora mismo, me alegraría mucho encontrarnos con que se ha bebido una botella entera de vino y se ha quedado dormida.

—Entonces no...

—Iremos y aporrearemos la puerta. ¿Le has escrito?

—Varias veces —dijo Ellen—. ¿Estamos exagerando al pensar que pasa algo? Seguro que se ha despistado y se ha quedado dormida...

Pero las dos tenían un pálpito irreprimible. Marni condujo un poco deprisa y Breckenridge no era un sitio grande. En diez minutos estaban aparcando en casa de Sophia. Las dos corrieron a la puerta principal, y mientras una llamaba al timbre, la otra llamó a la puerta. Esperaron un momento y repitieron.

Ellen se apartó y miró por la ventana ahuecando las manos alrededor de los ojos. Marni volvió a llamar al timbre y aporreó la puerta.

—¿Ves algo?

—Nada. ¿Tienes llave?

—Claro que no —dijo Marni mientras levantaba el felpudo por si acaso hubiera una llave debajo, pero no la había. Movió una maceta, pero ahí tampoco había nada. Luego, sin ni siquiera pensarlo, probó con el pomo y *voilà!* ¡La puerta estaba abierta!—. ¡Sophia! —gritó.

No hubo respuesta y, con cautela, entraron sabiendo que estaban allanando una casa e invadiendo la intimidad de alguien. Estaba oscuro y el ambiente estaba cargado. Avanzando de puntillas como dos ladronas, entraron y rápidamente corrieron hacia el sonido de un llanto.

—¡Ay, Dios! —dijo Ellen corriendo hacia Sophia, en el cuarto de estar. Estaba sentada en un rincón del sofá modular, con la colcha por encima, las rodillas contra el pecho y las mejillas mojadas y coloradas de llorar.

—¡Ay, Dios mío! ¿Estás herida? —preguntó Marni.

—Ha... ha entrado sin permiso. Estaba ahí sentado. ¿Se ha ido? No podía moverme. ¡Creo que puede seguir en la casa! Me daba miedo ir a mirar.

—Pues a mí no me da miedo ir a mirar —dijo Marni.

Con paso resuelto y decidido, fue a la cocina encendiendo las luces a su paso y abrió los cajones y los armarios. Salió con un rodillo de amasar.

—¿Qué piensas hacer con eso? —preguntó Ellen.

—Darle un palizón al que pille que no viva aquí. ¿Quién ha entrado, Sophia? ¿Ha sido el chico ese con el que no quieres salir?

Sophia asintió y se sorbió la nariz.

—Angelo. Hasta se ha inventado una historia diciendo que lo llamé yo pidiéndole que viniera, pero no es verdad. Os prometo que no lo he llamado.

—¿Has llamado a la policía?

—Me daba miedo que él siguiera en casa.

—¿Te ha amenazado?

Ella negó con la cabeza, desconsolada.

—Ha... ha dicho que me quería, pero que, si dejaba la puerta abierta, cualquiera podría entrar y rajarme el cuello —dijo, y se echó a llorar otra vez—. No sé cómo ha entrado y no sé cuánto tiempo ha estado aquí.

Ellen subió las persianas y la luz invadió la sala. Sacó el teléfono y llamó a la policía. Marni fue por el pasillo abriendo las puertas con cuidado y entrando en las habitaciones con el rodillo alzado en la mano derecha y más que dispuesta a aporrear a cualquier intruso. Mientras iba de habitación en habitación, oía fragmentos de lo que Ellen estaba diciéndole a la operadora: que estaba con una amiga que había sido víctima de allanamiento y amenazas por parte de un hombre. No podía oír la otra parte de la conversación, pero sí que oyó a Ellen pedirle a la policía que fuera a la casa a hacer un informe.

—¡Sí, sabemos quién era! ¡Sí, puedo darle un nombre! Sí, esta chica necesita informar de un allanamiento de morada o de algo. La he encontrado bajo una colcha y con miedo a moverse. Temía que él siguiera en la casa y pudiera hacerle daño. No, no sé si la ha violado.

—No está en la casa —dijo Marni al volver al cuarto de estar—. Por desgracia.

—No me ha violado —dijo Sophia en voz baja.

Sophia estaba tan nerviosa que le daba miedo incluso ir sola al baño. Ellen tuvo que prometerle que se quedaría fuera, en la puerta, mientras ella se aseaba, se peinaba y se vestía corriendo.

—¿Tiene que venir la policía? En realidad, no ha hecho nada. Solo me ha asustado.

—Sí, y eso ya es hacer algo —dijo Marni—. Y podría volver a hacerlo o intentar algo peor. Vamos a denunciarlo, vamos a hacerlo para asegurarnos de que la policía tiene un registro de lo que ha pasado. Mientras esperamos a que vengan, prepara una maleta o dos. Te quedas conmigo.

—Hasta que vuelva *papi* —dijo Sophia.

—Yo estoy pensando más bien en una temporada larga. Mi casa es como una cámara acorazada.

—Tienes esa alarma de seguridad... —dijo Sophia.

—Tengo más que eso. Estarás bien. Puedes llamar a tu padre y contarle lo que ha pasado y dónde te vas a quedar. Eso lo dejará tranquilo.

Sophia hizo una maleta mientras Marni doblaba la colcha y la llevaba al dormitorio junto con la almohada. La policía llegó mucho más rápido de lo imaginado y Marni los oyó hablar con Sophia. Volvió a oír toda la historia desde el principio. Luego salieron a la luz detalles de los que ella no se había enterado, como las circunstancias en las que se habían conocido. Que se lo habían presentado en un bar y luego, como Sophia no había podido conducir, él la había llevado a casa. ¡Que Sophia nunca se había emborrachado tanto con un par de vinos!

—¿Pensaste en algún momento que él pudiera haberte echado algo en el vino? ¿Que te hubiera drogado? —le preguntó el agente de policía.

Sophia emitió un grito ahogado, pero dijo:

—No. Jamás lo pensé. Mis amigas estaban cerca.

—Tal vez no estaban prestándote mucha atención. ¿Y eso de que él insiste en que lo llamaste? ¿Dónde tenías el teléfono mientras dormías?

—¡Justo en la mesa!

—¿Puedes enseñarme el registro de llamadas?

Sophia lo hizo y ahí estaba el número de Angelo, una llamada saliente y un mensaje saliente.

—¿Cree usted que se llamó a su teléfono desde el mío?

—¿Cómo tienes bloqueado el teléfono? ¿Con reconocimiento facial?

Ella asintió y el agente dijo:

—Podría haberlo sostenido frente a tu cara, haber marcado tu número o haberse enviado el mensaje a sí mismo. Si estabas dormida, no podías darte cuenta.

—¡Ay, Dios mío!

—Creo que es buena idea que te quedes con una amiga. Si quieres darme el nombre y la dirección de ese hombre, podemos investigarlo, tal vez tener una pequeña charla con él y aconsejarle que se mantenga alejado de ti. Entrar en tu casa sin invitación en mitad de la noche es un crimen. El siguiente paso es ir a la comisaría y solicitar una orden de alejamiento. Es el juez quien decide concederla o no, pero entiendo perfectamente que te sientas amenazada por ese comportamiento. Supongo que una vez sepa que la policía está implicada, decidirá dejarte tranquila.

Mientras Marni escuchaba la conversación de Sophia con la policía, algo extraño empezó a suceder: se vio mental y emocionalmente lanzada al pasado. Cuando Sophia explicó que Angelo la culpaba de los problemas de su relación, fue como estar discutiendo con Rick otra vez. Revivió aquel breve pero turbulento matrimonio de tal modo que le pareció real. Ella siempre era la culpable de todo y siempre tenía que andarse con cuidado para evitar palabras o comentarios que pudieran enfadarlo.

Pero todo eso lo había dejado atrás hacía mucho tiempo, o eso creía al menos. Lo había enterrado muy adentro y nunca había hablado del asunto. Durante años la gente la había alabado por su fuerza, por superar la muerte de su joven marido con tanta dignidad, con tanta calma. Lo cierto era que se había liberado. Había vuelto con la dulce Bella a casa de su madre, donde estaban a salvo, y había empezado una nueva vida. Había construido un muro alrededor de sus catastróficos recuerdos y había disfrutado de la negación. Si no pensaba en ello, era como si nunca hubiera pasado.

Pero ahora, mientras oía a Sophia decir: «Yo no entendía qué estaba haciendo» y al agente responder: «Estaba manipulándote, intentando culparte», la realidad la golpeó de lleno por primera vez, como una avalancha. Ese secreto que había guardado tan bien debía salir a la luz. Por chicas como Sophia.

—Salí con él solo unas semanas —le dijo Sophia al agente—. Tres o cuatro semanas. Tenía problemas de ira y por eso rompí con él.

—¿Y eso lo enfureció más? —preguntó el agente de policía.

—Sí, y dijo que era mi culpa. No dejaba de decirlo, que estábamos felices hasta que yo lo provocaba. Y no era así. No sé de qué provocaciones habla.

—Mientras salías con él, ¿te amenazó de algún modo?

—No lo sé. Solo sé que siempre estaba buscando pelea. Siempre estaba disgustado por algo. Anoche no fue la primera vez que ha venido a mi casa. Lo hizo hace un par de semanas y dijo que la puerta estaba abierta y que estaba preocupado por mí. Anoche sé que todas las puertas estaban cerradas con llave. Estaba aquí sola y lo comprobé un montón de veces.

—Te creo —dijo el agente.

El recuerdo de los primeros días con Rick fue tan vívido que Marni sintió que había retrocedido en el tiempo. «¡Con lo bien que estábamos y has tenido

ROBYN CARR

que irte de la lengua y cabrearme!». «¡Tienes todo lo que necesitas! ¿Es que no te doy todo lo que necesitas? ¿Y te sigues quejando aun así?». Llevaban casi un año casados la primera vez que él le pegó. La tiró al suelo. Fue un golpe con la mano abierta y ella no podía negar que fue algo que se había ido gestando con el tiempo. Su primera reacción fue una abrumadora sensación de vergüenza por haber dejado que la cosa llegara a eso. Tomó la decisión de volver a casa de su madre pasara lo que pasara, pero entonces a Rick lo llamaron a filas. Lo desplegaron con el ejército. Y ella quedó libre. Bella apenas había llegado a este mundo cuando él tuvo el accidente, árbol contra moto, y murió.

Mientras que la gente se maravillaba por su fortaleza, ella, en secreto, daba gracias por que su matrimonio hubiera acabado. Rezó por que nadie supiera nunca lo terrible que había sido. Se alegró de tener la oportunidad de que la vieran como una viuda joven, fuerte y digna cuando ella se veía como un ridículo saco de boxeo que había tomado malas decisiones para ella y su bebé.

—Creo que me quedaré con Marni —dijo Sophia.

—Sí —dijo Marni—. Tengo un sistema de seguridad de última tecnología, unos cerrojos a prueba de jóvenes matones, una urbanización cerrada con seguridad y cámaras con ciclo de grabación de siete días.

—Ayudaría que les diera a sus guardias de seguridad una fotografía del joven en cuestión para que puedan estar pendientes por si lo ven —recomendó el agente.

—Sophia, ¿puedes ayudarme con eso? —preguntó Marni.

—Creo que tengo una foto en el móvil. Pero, Marni, ¿estás segura?

—¡Totalmente! Y hablaré con tu padre. ¡No vamos a correr ningún riesgo! Y, agente, cuando tenga oportunidad de hablar con el joven, ¿podría informar a Sophia sobre su reacción?

El joven policía miró a Sophia.

—Te llamaré cuando hayamos contactado con él. Y tal vez podrías plantearte ir a terapia. Sal en grupo, ten cuidado, llámanos si tienes algún problema y estate alerta.

—¿Terapia? —repitió Sophia—. Me ha asustado, pero lo cierto es que no me ha hecho nada.

El agente respiró hondo.

—He trabajado en muchos casos como este. No te ha hecho daño aún. Era controlador y manipulador y tienes motivos de sobra para sospechar. Espero equivocarme, pero sospecho que quería embaucarte y enredarte en una relación larga y complicada. Creo que solo habría sido cuestión de tiempo. Es positivo que haya pasado esto. Debería ponernos a todos en alerta máxima.

Le dio su tarjeta.

—Si estás en peligro, llama al 911. Si te preocupa algo y necesitas hablarlo, ahí tienes mi móvil. Responderé a tu llamada o te la devolveré si estoy trabajando.

Marni escuchó a los dos agentes de policía conversar con Sophia durante cerca de una hora y luego llegó el momento del traslado.

—Cuando lleguemos a casa y te instales, llama a tu padre —dijo Marni—. Y después, cuando pase un rato, lo llamaré yo para tranquilizarlo y asegurarme de que sabe lo que está pasando. Cuando pasemos por el portón de seguridad, pararemos y nos aseguraremos de que sepan que has tenido un problema con Angelo. No van armados ni nada, pero son muy atentos. Y mi casa es muy segura. Mi alarma está conectada a la garita de seguridad y a una empresa de seguridad que avisará a la policía.

—¿Alguna vez te ha saltado la alarma? —le preguntó Sophia.

—Solo por error. Una vez que abrí una puerta sin desactivarla. Es muy escandalosa. ¡Pero dudo que dé tanto miedo como despertarte y encontrarte a un hombre sentado en tu salón!

—No sé si llegaré a olvidarlo.

—Sé que ahora mismo lo ves así.

Como era de esperar, aquel día no hicieron mucho. Ellen se encargó de preparar la cena para todas. Una llamada a Nettie acabó en una visita de Marvin, su marido, que se llevó una bolsa de viaje y se instaló en una de las habitaciones de invitados para pasar allí la noche, aunque Marni no se lo había pedido.

—Creo que estamos perfectamente a salvo —dijo Marni.

—Vamos a esperar un día o dos para asegurarnos —contestó Marvin.

Marni ni se molestó en intentar ocultar su gratitud. Marvin era un bombero bien grandote y, aunque ella aún no había visto a Angelo, no le costaba imaginar que su cuñado podría ocuparse de él.

Eran las ocho cuando pudo cerrar la puerta de su dormitorio y llamar a Sam.

—Imagino que ya sabrás el susto que se ha llevado Sophia.

—Iba a buscar un vuelo a casa, pero me ha dicho que está segura y bien protegida. Dime qué está pasando.

—Al ver que no venía al trabajo, Ellen y yo hemos ido a su casa y la hemos encontrado en el sofá, paralizada de miedo. Al parecer, Angelo ha entrado en casa sin permiso. No hay señales de que haya forzado la entrada y la policía ha dicho que tal vez ha abierto la puerta corredera con una ganzúa.

—Mañana volveré a casa y me ocuparé de esto.

—Vale. ¿Puedo darte un consejo?

—Claro. ¡No te imaginas lo agradecido que estoy!

—Creo que deberías venir y dedicarte a reforzar la seguridad de tu casa. Puedo recomendarte una empresa buena. Tengo alarma y cámaras de seguridad a las que puedo acceder desde el teléfono, y la empresa que tengo contratada se asegura de que todas las puertas y ventanas sean seguras. Además, las cámaras son de mucha ayuda. Hasta lo graban todo para que tengas un registro de cualquier intruso.

—Si no te importa la pregunta, ¿qué te llevó a instalar tanta parafernalia?

—A ver, cuando construí esta casa se hizo a medida para mis programas de cocina. Era mi hogar y mi negocio, que estaba en crecimiento. Yo era una empresa y la casa está vinculada al negocio, algo que al final me ahorró mucho dinero en el acuerdo de divorcio. Y todos los sistemas de seguridad eran para proteger la propiedad y tenerla asegurada. Pero eso no es lo que me has preguntado en realidad. Construí a medida una casa inteligente que puedo manejar desde mi teléfono y que es una cámara acorazada. Te prometo que mantendré a Sophia a salvo y segura. Es más, hasta que refuerces tu casa, estás invitado a quedarte aquí también.

—Eso podría ser un poco arriesgado. Aunque, si no te importa, cuando vuelva, me pasaré por allí. Quiero ver a Sophia y asegurarme de que está bien. No le ha hecho daño, ¿verdad?

—La aterrorizó al decirle con voz suave y plana

que siempre habían sido muy felices y que ahora ella no podía esperar que se olvidara de ella si no dejaba de llamarlo. Pero, Sam, ella no lo llamó.

—No sé qué hacer primero. ¿Hablo con la policía? ¿Hablo con ese tío y le lanzo unas cuantas advertencias yo mismo?

—Sophia es adulta. No sé si la policía está en la obligación de hablar contigo. El agente que le ha tomado declaración ha sido muy amable. Muy comprensivo. Es padre y ha dicho que él no se fiaría de las intenciones de un tipo que diga y haga las cosas que ha hecho este... No sé si llamarlo «chico» u «hombre». Tiene veinticuatro años y, al parecer, no es muy maduro. Sophia me ha enseñado una foto.

—Yo lo conozco —dijo Sam—. Me pareció más joven que ella. No entendía que vio en él.

—Tiene un rollo muy diabólico, como cuando insistió en que ella lo llamó suplicándole que fuera y hasta le enseñó el registro de llamadas de su propio teléfono. Está claro que lo vio en la mesita de café y lo usó para llamarse a sí mismo con el fin de confundirla o engañarla. Eso es manipulación y abuso psicológico, por decir poco.

—¿Cómo sabes todo eso? —preguntó él impactado.

—No sé —contestó ella con evasivas—. Será que veo demasiado la tele por la noche. Voy a buscarle a Sophia algo de terapia. Tal vez un grupo de apoyo donde la informen sobre el acoso sexual y cómo protegerse.

—Dijo que no hubo nada sexual.

—Todo lo que describió fue un juego de poder; él fue manipulador y controlador y tenía problemas graves para respetar los límites. A saber qué habría pasado si ella le hubiera seguido el juego. Pero Sophia veía que fallaba algo.

—¡No debería haber salido con él nunca!

—Tranquilo. No sabemos qué atrajo a ese chico a Sophia. Es preciosa y brillante. Tal vez la vio en el campus y se obsesionó con ella. No olvides que esto nunca es culpa de la víctima. ¡Nunca! —suspiró—. Creo que tenemos que ampliar un poco tu educación. No sé bien qué ha pasado aquí, si ha sido coacción o acoso, pero deberíais gestionarlo con la ayuda de un profesional.

—No sé por dónde empezar —admitió él.

—No se preocupe por eso, profesor Garner. Conozco a todo el mundo.

Aunque pareciera imposible dadas las circunstancias, eso lo hizo reírse a carcajadas.

—Gracias por ayudarme con esto. Nunca ha sido mi intención cargarte con mis problemas familiares, pero te agradezco tu ayuda.

—Uno de mis primeros recursos será Bella. Que mi hija sea ayudante del fiscal del distrito será de mucha utilidad. Es brillante.

«Y alguien a quien le debo la verdad», pensó Marni.

Ellen había escrito a Mark diciéndole que se quedaría trabajando hasta tarde, pero que le llevaría la cena. Cuando luego le escribió diciéndole que estaba en casa, él fue allí directo.

—Por favor, ¡dime que no has cenado! —dijo Ellen.

—Aún no. ¿Qué tienes?

—*Cioppino*. Lo hemos hecho varias veces y creo que esta es la que mejor nos ha salido. Marni lo usará en el programa. Aunque no te va a servir para tu gastroneta; el marisco como plato principal es mala idea por muchas razones, sobre todo porque no aguanta bien.

Abrió la nevera y sacó una ensalada. También

sacó una *baguette* del horno. Justo cuando iba a servir una generosa ración del guiso en un cuenco, Mark se acercó y se inclinó sobre la olla para ver lo que contenía e inhalar el aroma.

—Si te sientas, te sirvo.

—Tiene una pinta alucinante. ¿Por qué nunca hice esto en el parque de bomberos?

—El marisco es complicado. La gente lo adora, lo odia o le tiene alergia. Una anafilaxis en la mesa te corta todo el rollo.

Él se rio y se sentó a la mesa intentando esperar pacientemente. Arrancó un pedazo de pan y, en cuanto Ellen le puso el cuenco delante, lo mojó y saboreó. Comió muy despacio e hizo muchos comentarios, por no hablar de los gemidos de éxtasis.

—El hinojo y el eneldo..., perfectos. Mmm..., qué maravilla. Las almejas se han abierto muy bien. ¡Aaaayy, qué delicia! Ajo, me encanta el ajo. ¿Qué pescado lleva? ¿Fletán?

—Eso es —confirmó ella.

—Y salmón. Los dos tersos y perfectos.

—Hemos añadido un poco de cangrejo, no todo el mundo lo hace. Primero lo partimos y luego lo añadimos. Es muy incómodo sacarlo de una olla hirviendo, abrirlo, achicharrarte y pringarte. Pero me encanta el cangrejo en los guisos.

—¡Me encanta el cangrejo en los guisos! —repitió él.

Estuvieron un rato hablando del guiso y de algunas otras recetas, y luego ella le detalló su semana laboral, incluyendo que habían grabado algunos cortos de cuatro minutos con las recetas favoritas.

—Por lo general, son demostraciones rápidas y que requieren poca mano de obra. Al editarlas eliminamos los tiempos de cocinado y mostramos la preparación a cámara rápida.

—¿Qué significa eso exactamente?

—Se verán pequeños cuencos de cebolla, ajo, verduras y hierbas picadas y cosas así, pero no grabaremos el proceso del picado. Grabaremos la mezcla de ingredientes, el salteado y todo eso, pero eliminaremos el tiempo de cocción. Y Marni hará una locución. También estamos usando versiones editadas de programas antiguos, haciendo versiones más cortas disponibles en YouTube y otras plataformas de Internet. La lista de suscriptores de Marni es asombrosa y crece por minutos. Cuesta seguirle el ritmo.

Mark se tomó otro cuenco y hablaron sobre sus licencias para la autocaravana y el remolque; lo tenía todo listo menos una inspección de seguridad. Estaba hablando con alguien del parque de bomberos para que lo ayudara a redactar una solicitud de subvención para inyectar más capital a su fundación.

—Y hoy he comprado un congelador. Un arcón grande. No sé cómo no se me ocurrió en un principio. Tengo que estar preparado, hacer mucha comida y congelarla, desde pasteles de carne a todo tipo de pasteles salados, lasañas y pastas.

—He estado mirando recetas fáciles de preparar y que cundan. Lo de congelar no se me había ocurrido, pero es muy práctico. No me paro a pensar en tus menús a propósito; se apoderan de mi cerebro cuando debería estar pensando en otras cosas.

—Nunca sabrás cuánto agradezco tu aportación. Por aquí casi estamos en época de incendios.

—¿En serio? ¿Cuándo empieza? —preguntó ella, de pronto sorprendida. No había pensado en la época de incendios.

—El mes que viene estaremos en pleno auge. Y vivimos en la zona caliente. California y Nevada son dos estados con una superficie enorme de bosques a la espera de que alguna hoguera desatendida o un rayo ataquen.

—¿Estás preparado?

—En cuanto esté lista la comprobación de seguridad de todo mi equipo, y me han dicho que eso será esta semana. Voy a ir cocinando un poco para adelantar. Me he reunido con algunos gerentes de distribución de comestibles para que me ayuden algo con las compras. En cuanto salte una chispa, estaré listo para salir.

—¿Cuándo vas a cocinar? ¿Puedo ayudar? ¡Soy muy rápida y muy buena!

La sonrisa de Mark fue muy dulce y amable.

—Me encantaría, pero prometo que no me aprovecharé de ti. Tengo unos amigos que me ayudarán si pueden. Y hay algunas organizaciones locales interesadas en apoyar este proyecto, aunque creo que habrá más una vez quede demostrada su valía.

—¿Tienes un nombre?

—*La cocina de rescate de Mark.* ¿Demasiado soso?

—No, ¡es perfecto!

Cuando terminaron de recoger juntos los platos, se sirvieron un Courvoisier y se sentaron en el sofá del salón. Hablaron de sus ilusiones para la cocina móvil, de sus amigos y de sus planes para el resto de la semana. Ellen acabó contándole todo lo de Sophia, que Marni y ella la habían rescatado y la tenían a salvo en casa de Marni.

De pronto Ellen vio que, a pesar de todos los años de estrecha amistad con Marni y de lo unida que estaba a sus hermanas, nada en su vida podía compararse a lo que sentía cuando estaba con Mark. Ni siquiera Ralph. Había amado profundamente a su querido Ralph y habían tenido una relación divertida y llena de amor, aunque interrumpida por los problemas de salud de él, pero lo que sentía por Mark estaba haciéndose cada vez más fuerte y profundo. Su propósito de mantenerlo en un plano superficial y manejable estaba fracasando, porque siempre estaba deseando verlo al acabar el día y no dejaba de pensar en él cuando estaban separados.

Mark deslizó la mano sobre su regazo y ella la agarró mientras él seguía hablando, sobre todo de su nueva cocina móvil. Le contó algunos de los grandes incendios forestales que había habido en la zona en los últimos años. Ella llevaba viviendo allí toda la vida y, por supuesto, estaba al tanto de los incendios que devoraban las colinas, cubriendo el cielo y asfixiando al valle con su humo negro. Se preocupaba de toda esa pobre gente en la línea de fuego mientras veía los atardeceres rojo sangre al otro lado de las montañas, pero nunca se había visto amenazada por ninguno.

Lo miró y, al instante, él estaba rodeándola y besándola. Se quedó asombrada al ver que aún podía sentir esa irresistible atracción, la excitación y la ilusión casi juvenil. Pero Ellen, que por encima de todo era una mujer práctica, paró y dijo:

—¿Vamos a lamentarlo?

—Lo dudo mucho —dijo Mark con tono de risa.

—Pero hemos cuidado a nuestros cónyuges en sus enfermedades terminales y sé que ninguno de los dos quiere volver a pasar por algo así.

—Ellen —dijo él con ternura y acariciándole la mejilla con el pulgar—. Dentro de dos, diez o veinte años, cuando mire atrás y recuerde esta época de mi vida, esté en las condiciones en las que esté, preferiré recordar haberme sentido enamorado.

—¿Enamorado?

—Jamás pensé que encontraría a alguien como tú, alguien con quien tendría tanto de que hablar, alguien a quien tendría tantas ganas de ver. Si eso no es amor, debería serlo.

—¿Y si uno de los dos muere?

—Solo tienes dos opciones: recordar haber sentido la calidez y la esperanza del amor o recordar no haber sentido nada. Pero depende de ti, Ellen. No pretendo embaucarte. Aunque, cuando mires atrás y recuerdes estos meses y años, ¿habrá un espacio en blanco o una sensación de felicidad? Te prometo que no estoy buscando una enfermera.

—No, pareces tener una salud perfecta. Pero esto me da pánico. Voy a decirlo: estoy aterrorizada.

Él sonrió.

—Tenemos estas opciones: podemos ignorar ese miedo y guiarnos por nuestro instinto o podemos hablarlo y asegurarnos de que tenemos soluciones para lo que pueda pasar. O también podemos acabar con esto ahora y evitar correr el riesgo. Pero, por favor, no optes por eso. Esa opción es muy lúgubre. También podemos limitarnos a ir a hacer senderismo el sábado.

—¿Senderismo? —preguntó ella.

—Me gusta el senderismo, sobre todo por aquí. Hay unas rutas de montaña fantásticas, y también de lagos. ¿A ti te gusta el senderismo?

—Antes sí, pero he de admitir que mis caminatas son cada vez más cortas.

—Meteré cosas de pícnic en mi mochila. Empezaremos temprano. A eso de las seis. ¿Puedes?

Ella esbozó una amplia sonrisa. Pensó en el sol, en la brisa de verano, en la conversación, en los descansos que podrían incluir más besos. Respiró hondo para prepararse y decir:

—Sí, puedo.

Cuando Sam volvió de su conferencia, fue directo a casa de Marni a ver a Sophia. Su primera orden del día era asegurarse de que estaba bien, y estaba claro que lo estaba. Un poco inquieta y preocupada tal vez, pero estaba recibiendo mucho apoyo y se sentía fuerte en su decisión de mantenerse alejada de Angelo.

Luego fueron juntos a ver al agente Bowen, el policía que había ido a su casa. Sophia se lo presentó a su padre. El agente le estrechó la mano a Sam y sonrió a Sophia ampliamente.

—¡Tienes mucho mejor aspecto!

—Me encuentro mejor. ¿Ha hablado con él? —preguntó Sophia.

—Sí. Me llevé a mi compañero y tuvimos una conversación muy seria con Angelo. Le advertí de forma muy severa que te dejara tranquila, que se mantuviera alejado de ti. Le dije que tenías derecho a una orden de alejamiento si decidías solicitarla y que yo apoyaría la petición. Se deshizo en disculpas, insistió en que no había hecho nada malo y que fue a tu casa invitado.

—Pero yo no...

El agente Bowen levantó una mano y dijo:

—Le dije que esa historia no iba a colar conmigo y que, si volvía a molestarte, yo lo consideraría un delito de acoso. Prometió mantenerse alejado. Le dije que sabía que había estado metido en líos antes, que hay un registro. Deberías tener cuidado. Creo que ese chaval tiene problemas.

—Problemas de ira sin duda, por lo que me ha contado Sophia —dijo Sam.

—Ha estado implicado en un par de peleas y en asuntos de conducción en estado de embriaguez, vandalismo y violencia doméstica. Vivía con su madre y su hermana, pero tuvieron problemas con él y dijeron que era agresivo. Él se mudó y no se presentaron cargos. Ten mucho cuidado y, si tienes algún problema, llámame.

Después de salir de la comisaría, Sam se dedicó

a mejorar la seguridad de su casa con un poco de ayuda de Marni. Breckenridge no era la clase de lugar donde uno tuviera que preocuparse por un delito grave. Era un tranquilo pueblecito agrícola con un distrito comercial limpio y bonito y varios restaurantes buenos. Había muchas cadenas de comida rápida que servían de todo, desde *pizza* hasta helado, peluquerías, una ferretería y un centro de jardinería. Había tiendas más grandes en ciudades más grandes como Reno, no muy lejos de allí. La comisaría era pequeña, el índice de criminalidad bajo, y la población cordial y servicial.

Lo que Sam tenía que afrontar era un problema doméstico, por mucho que Sophia solo hubiera estado saliendo con Angelo unas semanas. Quedó con el hombre responsable de la seguridad de la casa de Marni, pero su casa era mucho más antigua y mucho más pequeña. Entendía que Marni, siendo una persona conocida y una mujer que vivía sola, necesitara esa alarma y demás equipos. Él optó por un sistema con detectores de movimiento, cámaras de seguridad, una alarma muy ruidosa y una conexión con una empresa que monitorizaría la alarma y, en caso necesario, llamaría a la policía. Hizo que cambiaran y reforzaran todos los cerrojos.

Marni quería que se quedara en su casa hasta que terminaran los trabajos, pero él no estaba dispuesto.

—No sé si aguantaría sin escabullirme por el pasillo para colarme en tu cama. Y sería una situación muy rara.

—Pero ¿y si Angelo te despierta en mitad de la noche?

—Nada podría complacerme más —dijo Sam.

***

Mientras se llevaban a cabo los trabajos en su casa, Sophia se quedó con Marni, aunque su padre no. Sam iba a casa de Marni todas las noches y, durante el día, llamaba varias veces para comprobar que su hija estaba bien. Y entonces, por fin, el sistema quedó completamente instalado, los portones del jardín trasero se reforzaron y se cambiaron todas las contraseñas de los dispositivos de Sophia y de Sam.

—Es alucinante —dijo Sophia—. Pero, Marni, ¿puedo quedarme en tu casa un poquito más?

—¿No estás lista aún? —preguntó Marni.

—Aún me dan escalofríos.

—Puedes quedarte todo el tiempo que quieras. Y tu padre puede venir cuando quiera.

—Creo que soy una miedosa.

—No pasa nada, cielo. Me encanta tenerte aquí.

Capítulo 12

No había duda de que el incidente con Sophia captó la atención de todos y los puso un poco nerviosos, pero a Marni la afectó especialmente. Llamó a la universidad y habló con la directora del máster de Sophia, que era además su asesora de prácticas. Había trabajado con ella para contratar a Sophia y le escribía un informe mensual para asegurarse de que le daban créditos por su trabajo. Ahora mismo lo único que quería Marni era encontrar algún tipo de terapia o grupo de apoyo para alumnos víctimas de acoso o agresión sexual, o de acoso en general. Estaba claro que Sophia necesitaba el apoyo de otros que hubieran pasado por una experiencia parecida.

La informaron de que había un grupo así y que se reunían los martes por la tarde, así que habló con Sophia para sugerirle que fuera.

—No sé si estoy lista para hablar de ello —dijo Sophia.

—Pues entonces solo ve y escucha a los demás —contestó Marni—. El primer paso es ver que no eres la única. ¡Ni mucho menos! Y creo que descubrirás que, aunque Angelo no te hizo daño físicamente, sí que te agredió y que eso implica que tiene que haber una recuperación. Pero saldrás de esto más fuerte.

Marni se ofreció encantada a llevar a Sophia a las reuniones del grupo de apoyo y de vuelta a casa, igual que Sam. Con su apoyo y ánimos, Sophia accedió a ir.

Al acabar agosto, las clases del primer semestre estaban empezando. Aunque Sophia solo tenía un par de clases a la semana, aún tenía motivos para estar en el campus con frecuencia. Estaba nerviosa. No había vuelto a saber nada de Angelo, y lo agradecía muchísimo, pero no dejaba de comprobar el teléfono y siempre estaba mirando a su alrededor para asegurarse de que no la había seguido.

Marni no hacía más que pensar en cómo poder ayudar. Se identificaba con Sophia y entendía por lo que estaba pasando. Se pasaba los ratos libres buscando un plan para hacer algo de utilidad. Cuando era mucho más joven, tuvo una mentora a la que había admirado, una productora de televisión que la había guiado en los primeros años de su programa de cocina. Se llamaba Erika y tenía veinte años más que ella. Aún recordaba cuando Erika le había advertido: «Si tienes un problema y no puedes encontrar una solución, dale visibilidad».

Por extraño que pareciera, vio que la persona idónea para ayudarla podría ser Tom, su cita de un café. Aún tenía su número, claro, así que lo llamó y le preguntó si podían quedar para tomar un café. Él accedió tan deprisa y con tantas ganas que ella se preguntó si habría cometido un error. Pero Marni, tenaz y creativa, siguió adelante con el plan. El café y la charla duraron hora y media.

Estaba pensando justo en eso cuando decidió organizar una cena especial para sus chicas, el grupo con quien podía contar, el grupo de mujeres que mejor la hacían sentir. Llamó a Nettie y a Bella, habló con Ellen y Sophia, y eligió un sábado por la noche en el que todas estaban disponibles.

—Voy a cocinar para vosotras —les dijo.

Optó por unos pasteles de cangrejo, patatas fritas sazonadas, espárragos a la parrilla, ensalada de tomate y pepino, y de postre, *brownies* y helado de vainilla con frutos secos. Con eso se relajarían y se animarían. Y, cómo no, podrían tomar cualquier bebida que eligieran, aunque ella había optado por un delicioso *sauvignon blanc* para la cena.

—¿Celebramos algo especial? —preguntó Nettie cuando llegó.

—Me apetecía una noche de chicas —dijo Marni—. Siento ponerme cursi, pero ¡me siento tan fuerte cuando estamos juntas!

—¿Y necesitas sentirte fuerte?

—Vamos a empezar con unos canapés y una copa o un vino. Son huevos rellenos sobre pepino con caviar.

Preparó dos martinis, dos copas de vino y una sidra sin alcohol para Bella. Todas querían saber qué tal le iba a Sophia. Le dieron ánimos y apoyo. Marni, que sabía que se comunicaba mejor cuando tenía las manos ocupadas, empezó a llevar comida a la mesa. Sophia se ofreció a ayudarla, pero ella la rechazó.

—Yo me ocupo. Dejadme que os sirva.

Hubo muchos «ooohs» y «haaaalas» según iba llevando un plato tras otro, del calentador a la mesa.

Una vez que todas estaba reunidas alrededor de la mesa, Marni respiró hondo y les pidió que la atendieran.

—Tenía un motivo para pediros que vinierais. Voy a contaros una historia. Todas habéis oído detalles de mi vida, pero no creo que ninguna haya oído la historia entera. Y necesito contarla.

—¿Vas a escribir una autobiografía? —preguntó Bella.

—No, cariño. Pero sois mis mejores amigas y mi familia y quiero asegurarme de no ocultaros nada. Cuando era pequeña, vivía en una familia muy rara pero llena de amor...

—¿Vamos a retroceder al día en que naciste? —preguntó Bella.

—Calla. Por favor, déjame contarlo. Mi hermana era demasiado pequeña como para apoyarme en ella, pero tenía dos tías, una madre y un padre, y me sentía completamente segura. Estaba muy segura de mí misma. Y entonces conocí a Rick —dijo, y miró a Bella—. Tu padre.

—Ya lo sé. En el instituto.

—Al acabar mi penúltimo curso. Salimos un par de veces. Era uno de los chicos más populares. Yo nunca fui consciente, pero eso da poder. Era el que mejor bailaba, una estrella del fútbol y una pasada tocando la batería. Tenía ese carisma, y para una adolescente era lo más. Me dio poder gustarle al chico más popular y más guapo.

—¿Todo esto que dices es por algo? Porque ya me dijiste que no fue la mejor de las relaciones —dijo Bella.

Marni se quedó callada un momento. Luego miró fijamente a Bella y dijo:

—La primera vez que me pegó fue después del baile de graduación.

Todas emitieron un grito ahogado y empezaron a hablar, pero Marni levantó una mano para hacerlas callar y continuó:

—Llevábamos un año saliendo y, sin querer, le tiré encima mi Coca-Cola *light*. Me pegó un bofetón con tanta fuerza que me caí de la silla. Él se levantó gritando que el esmoquin era alquilado. Una amiga me ayudó a levantarme y me puso hielo en la mejilla. Él no se disculpó exactamente; puso muchas excusas. Que si fue una reacción por el frío de la bebida. Que si se quedó impactado y por eso me atizó. Que no era su intención, que fue algo espontáneo. Seguía poniéndome excusas mientras yo me sujetaba el hielo contra el ojo. Como se me puso morado, mientras me llevaba a casa en el coche, nos inventamos una historia según la cual me pegó un golpe con el codo sin querer mientras bailábamos. Juramos contarlo así para que nadie pudiera complicarnos. Accedí a esa mentira para protegerlo. Y mis padres me creyeron sin dudarlo porque lo apreciaban.

Hubo un momento de silencio.

—Me dijiste que nunca te pegó —dijo Bella.

—Sabía que no me lo habías contado todo —dijo Nettie.

—Ya. Oculté sus maltratos porque me sentía avergonzada. Él siempre me decía que lo provocaba yo, que él no era así, que nunca había sido así. Pero no era verdad. Su hermana me dijo que lo echaron de la guardería por pegar y morder. No hice caso, porque era un niño y eso no tenía nada que ver con quien fue después. Pero me dije muchas cosas como esa. En realidad, aquel bofetón, el ojo morado, no fue el principio. He tenido que recordar y analizar nuestra relación durante años para intentar comprender lo que pasó de verdad. Me dijo que luego, cuando saliéramos del instituto, iba a recompensarme y a enmendarlo todo casándose conmigo. Ahí no vi lo que supondría eso. Él tenía el control más que nunca.

Intentó explicar la evolución. Podría decirse que

fue una especie de *grooming*, de engatusamiento y manipulación, pero en aquella época ni Rick ni ella conocían ese término o lo que significaba. Él llevaba un juego muy sucio, le decía cosas feísimas, la culpaba. Siempre estaba excusándose y diciéndole que la culpable era ella y él la víctima. Se enfurruñaba y se ponía mohíno. Cuando se marchaba de casa furioso, el día o la noche en cuestión eran buenos porque eso significaba que él se iba y ella podría relajarse al menos un ratito.

—Lo que aprendí después de mucho ahondar en el pasado fue que su problema siempre fue la ira y su propósito siempre fue controlarme. Vi que debería haber salido huyendo de esa relación la primera vez que me pareció peligrosa, que fue mucho antes de que me pegara, pero para entonces estaba claro que ya estaba controlándome con sus palabras. Decía que o me mataba o se mataba o nos mataba a los dos. Y a mí no me costaba creerlo. Contaba esas historias tan elaboradas sobre cómo yo había originado todos nuestros problemas. «Estabas ahí, con ese top de encaje negro que sabes que me encanta, y yo estaba intentando hablar contigo sobre adónde iríamos por Acción de Gracias y me faltaste al respeto y eso acabó en pelea y me provocaste y me provocaste...». Y entonces yo me obligaba a recordar que le gustaba ese top de encaje negro y que tenía que tener más cuidado y no faltarle al respeto. Pero, por supuesto, no se lo había faltado. Era todo manipulación. Intentaba que reconociera que el problema era yo, no él. Nuestra discusión había sido muy simple: él quería ir a casa de su madre, yo quería ir a la de la mía, con mi familia. Si no nos poníamos de acuerdo, era culpa mía. Yo no podía ganar. Pero mira que lo intentaba. Siempre estaba intentando buscar una solución. Y no la había.

»Entonces se alistó en el Ejército de Reserva y se marchó unos meses. El alivio fue tan grande que olvidé las lecciones que había aprendido. Pronto me quedé embarazada y acabé más atrapada que nunca. De hecho, tenía pensado abandonarlo, pero volvió a casa de la Reserva, salió con sus amigos, se emborrachó y chocó contra un árbol. Tuve una bebé y mi marido maltratador murió en un accidente de tráfico.

Nadie comía. Pero Sophia fue la única que estaba con la boca abierta, emocionada, impactada por la revelación.

—Os lo cuento por una razón. Es importante que las mujeres hablemos, que compartamos nuestras experiencias, que aprendamos a ser sinceras y abiertas. Si alguien me hubiera dicho que había pasado por una experiencia parecida, tal vez me habría ahorrado mucho dolor y confusión. Tenemos que confiar las unas en las otras y contarnos las verdades, la realidad. Desde entonces he aprendido que lo que yo sufrí es frecuente. Alarmantemente frecuente, de hecho.

Se detuvo un momento y les sonrió, una por una.

—Creo que ya conocéis el resto de mi historia. Bella y yo vivimos con mi madre, mi hermana y mis tías. Me reinventé con un programa de cocina y me construí una carrera que nació de dar a probar comida en supermercados y tiendas. Y no fue solo mi habilidad para ganarme la vida lo que evolucionó, sino que mi autoestima creció también y, con ella, mi valentía. Dudo que hubiera tenido esa oportunidad si Rick no hubiera muerto.

—¿Alguna vez piensas si Rick y tú podríais haberlo recuperado? ¿Vuestro matrimonio?

Ella respiró hondo.

—Recuerdo claramente que, cada vez que pensaba

que las cosas nos iban bien, de pronto, como de la nada, estábamos discutiendo y yo me acobardaba, aterrada. Creo que fue Maya Angelou quien dijo: «Cuando alguien te muestra quién es, créele la primera vez». Cuando se me mostró tal como era, yo tendría que haber cortado la relación con él. Pensé que sobreviviría dejando atrás toda esa horrible experiencia y fingiendo que nunca pasó. Era muy joven. Me dije que estaba protegiéndote, Bella. No era mi intención engañarte. Y, además, no soportaba la idea de que, al ser sincera, tendría que explicarte que tu padre no fue un buen hombre.

—Lo sabía —dijo Bella sin más—. Incluso sin todos los detalles, tenía claro que tuviste un matrimonio infeliz. Lo siento mucho, mamá. Siento mucho todo por lo que pasaste.

—Gracias, significa mucho para mí. Y todo esto nos trae a hoy. A un nuevo día.

—Un momento —dijo Sophia—. ¿Lo dices por mí?

—Un poco, sí —respondió Marni—. Creo que, si hubieras sabido desde el principio que yo había sido víctima de maltrato, aunque lo mío hubiera pasado hace mucho tiempo, habrías acudido a mí en busca de ayuda. O de consejo, al menos. Nunca lo hacemos porque pensamos que nadie nos va a entender. Y cuando nos quedamos calladas, protegemos a esos maltratadores de ser juzgados.

—Ay, Dios, yo no podría demandar a nadie... —gruñó Sophia.

—Los mantenemos a salvo de la exposición y dejamos que hagan daño a la siguiente mujer. ¡Nunca se limitan a una! Es como una puñetera trayectoria profesional. La mejor forma de frenar esta locura es exponerlos, hay que hacerlo. Como mujeres, tenemos que hacer que las demás se sientan seguras al contar su verdad. Y, con ese fin, voy a dar un primer paso. Voy a hacer pública mi historia y a ayudar a abrir un refugio para mujeres y niños que están escondiéndose de un maltratador. Invertiré en una casa grande y buena. Ahora mismo tengo a alguien buscándola.

Ellen se echó hacia delante.

—Marni, ¿de dónde vas a sacar el tiempo?

—Voy a tener ayuda de una fundación local. Su mayor problema es encontrar benefactores y mi mayor problema es encontrar gestión. Somos la pareja ideal.

—Es maravilloso —dijo Bella—. No se me ocurre un modo más loable de gastar tu dinero. Yo también te ayudaré.

—Y puedes contar conmigo, totalmente —dijo Nettie—. Deberías sentirte orgullosa, Marni. Cuando viviste un matrimonio tan malo, tuviste un bebé y enviudaste de pronto, yo solo era una niña. No podías hablarlo conmigo. No fui de ninguna ayuda. Y mamá tampoco. No fue de ayuda para ninguna.

—Bueno, en aquel momento era una madre soltera viviendo con sus dos hermanas y dos hijas a las que tenía que criar sola... Luego perdió a sus hermanas, una tras otra, y sin las tías, fuimos tirando como pudimos como familia. Siempre sentía que éramos una familia rara, desarticulada, pero en todos estos años me he dado cuenta de que hay muchísimas familias como la nuestra. Hay muchas mujeres que no tienen adónde recurrir. No puedo cambiar esa realidad, pero si al menos puedo ofrecerles una solución a unas pocas, entonces estaré haciendo algo positivo.

—Marni, conmigo lo has hecho —dijo Sophia—. No sé qué haría sin ti.

—De momento, dime lo buenos que están los pasteles de cangrejo.

Devoraron la cena y retomaron la conversación. Había muchas preguntas sobre los planes de Marni para su casa refugio, además de muchas sugerencias. Todas las mujeres mostraron gran entusiasmo por el proyecto y una voluntad de ayudar muy propia de ellas. Se quedaron charlando después del postre y la noche se alargó hasta que una a una empezaron a bostezar.

Nettie y Marni fregaron los platos juntas mientras Sophia guardaba los limpios, limpiaba las encimeras y barría el suelo.

Nettie, cargada con las sobras para Marvin, se paró en la puerta para besar a Marni en la mejilla.

—Qué orgullosa estoy de ti. Siempre has encontrado el modo de sacar algo bueno de lo malo. Es un don. Marvin y yo te ayudaremos. Es más, puedo hablar con los bomberos si hace falta. ¡Tienen fama de desvivirse por ayudar!

—Gracias. Me aseguraré de decirte qué puedes hacer.

Era muy tarde aquel sábado por la noche cuando Marni oyó unos golpecitos en la puerta de su dormitorio. Estaba al teléfono con Sam. Le pidió que esperara un momento y le prometió que volvería a llamarlo enseguida. Abrió la puerta y ahí estaba Sophia, en pijama. Tenía lágrimas en las mejillas.

—¡Sophia! ¿Va todo bien?

—Solo quería darte las gracias. Por la cena, por la amistad, por todo. Creo que nunca he tenido una amiga tan buena.

—Lo mismo te digo —dijo Marni.

—Siento darte tantos problemas. Me gustaría ser más como Bella. Fuerte, sensata y valiente.

Marni ladeó la cabeza y alargó la mano para secarle las lágrimas.

—Nadie nace así, cielo. Son las batallas que luchamos las que nos hacen fuertes. Estoy feliz de que estés aquí mientras encuentras tu fortaleza.

—No creo que pudiera hacerlo sin ti...

—Podrías, pero me alegro de que lo estemos haciendo juntas. Creo que tú también me estás haciendo más fuerte. Me has ayudado a darle voz a algo que tenía en mi interior y que he encontrado gracias a ti. Te lo agradezco.

—Lo que tienes pensado hacer es muy bueno. Sé que lo estás haciendo por mí, pero al final será muy importante para muchas mujeres. Y estaría perdidísima si no hubieras dado un paso al frente para protegerme.

—Es lo que tenemos que hacer las unas por las otras —dijo Marni—. Y tú harás lo mismo por alguien, estoy segura.

El domingo por la mañana, bien tempranito, Ellen y Mark salieron a sus respectivos porches, exactamente a las seis en punto. Cada uno con una taza de café.

—¡Qué mañana tan preciosa! —gritó Mark—. Vamos a llevarnos mi camioneta. He metido unas mochilas en el maletero. Están llenas de agua y picoteo.

Iban a hacer senderismo al pie de las colinas. Ellen llevaba siglos queriendo hacerlo, pero no se había sentido cómoda yendo sola.

Se había enamorado del valle de Breckenridge en cuanto lo había visto. El pueblo, tan inmaculado y bien cuidado, estaba metidito entre dos cordilleras llenas de senderos muy transitados y parques nacionales. Dejó que Mark se ocupara de planificarlo todo, y él no decepcionó. El camino que eligió no los llevó directos al lateral de una colina, sino que la rodeó en un agradable recorrido en zigzag y terminó en un bonito y pequeño parque. Llevaban mochilas; la de él con agua y la de ella, menos pesada, con picoteo.

El tiempo era perfecto, el cielo implacablemente azul y la temperatura suave, aunque luego, más avanzado el día, subiría a los veintipico. Era un día de septiembre ideal. En menos de un mes las hojas empezarían a cambiar.

—¿Qué tal la cena con tus amigas? —preguntó él mientras conducían.

Ellen le contó lo que habían cenado y los fragmentos de conversación que no incluían ningún asunto o historia personal de Marni. Mark, siendo Mark, mostró mucho interés por la comida. Luego ella le preguntó cómo llevaba los preparativos para la gastroneta y él le dijo que estaba lista para arrancar. De hecho, después de la caminata, pasaría la tarde cocinando y congelando.

—¡Deja que te ayude! —dijo Ellen.

—No quiero cansarte.

—No te preocupes. Si empiezo a cansarme, descansaré un rato.

Estaba a punto de decirle que prefería cocinar que hacer senderismo, pero, una vez que respiró el limpio aire otoñal, se contagió de la atmósfera y estaba deseando recorrer el sendero.

Habría unos veinte excursionistas subiendo lentamente por el sendero. Era estrecho y se movían en fila de uno, así que no pudieron hablar mucho hasta que pararon a descansar. El aire era limpio y cortante, ahí arriba no había contaminación. En un mes la cosa cambiaría drásticamente: las hojas de las exuberantes laderas parecerían una colcha tejida con colores otoñales y las cumbres estarían cubiertas con sus primera, segunda y, tal vez, tercera nevadas. Las estaciones de esquí estarían abiertas antes de Acción de Gracias.

Durante uno de los descansos, Mark habló de su hijo y la familia de este; estaban pensando en pasar con él Acción de Gracias en Breckenridge y tal vez esquiar un poco.

—Saben que no me importaría encargarme de cocinar. ¿Tú tienes planes? —le preguntó a Ellen.

—Suelo pasarlo con mi hermana y su familia. Mucha gente.

—Si eso cambia, eres bienvenida a unirte a nosotros.

—¡Gracias! —dijo, pero lo que pensó fue que sería mala idea meter a las familias. No quería que una relación que era perfecta y preciosa se volviera demasiado íntima o complicada.

Estuvieron caminando horas y luego pararon a almorzar de vuelta a casa. Esa tarde cocinaron. Como Mark lo tenía todo listo y refrigerado, lo único que tuvieron que hacer fue mezclar, empaquetar y congelar. Prepararon veinte pasteles de carne, la misma cantidad de patatas gratinadas, algunos pudin de maíz y varias fuentes de judías verdes al horno. Mark había estado comprando y tenía botes gigantes de salsa de carne, montones de panecillos y cajitas de condimentos.

—Parece como si estuvieras esperando que vaya a pasar algo en cualquier momento —dijo Ellen.

—Estamos en esa época del año. En cualquier momento se puede dar un aviso de incendio. Las laderas están a punto de arder.

—Deberíamos volver a cocinar mañana por la

noche. ¿Sabes qué cunde mucho y se congela bien?
Los espaguetis gratinados con salsa de carne pica-
da. O la lasaña, pero los espaguetis son más sencillos y más rápidos.

—Pero trabajas todo el día. ¡No quiero pedirte
demasiado!

—Quiero hacerlo, de verdad. Si a ti te parece bien.
Es más, me encantaría acompañarte para ayudar a
servir y limpiar si crees que podría serte útil.

—¿Y qué pasa con tu trabajo? Te exige mucho.

—Hablaré con Marni y le preguntaré qué le parece que me tome unos días libres. No puedo abandonarla, tiene un nieto de camino, pero supongo que
podría escaparme unos días.

—Será mucho trabajo. Y ya tengo algunos voluntarios...

Un escalofrío le recorrió la espalda a Ellen.

—Todo esto me parece emocionante. No me gustaría nada perdérmelo.

Él le sonrió.

—Y a mí no me gustaría nada estar sin ti. Hagas
lo que quieras hacer, ¡te lo agradeceré! —dijo Mark.
Luego la rodeó con los brazos y la acercó para un
beso que se alargó.

—¿A qué ha venido eso? —preguntó ella.

—Ser tan generosa tiene ciertos beneficios.

Y ella no pudo contener la sonrisa.

—Lo recordaré.

Capítulo 13

Sophia había estado nerviosa al principio, pero había aprendido cosas muy transformadoras en su grupo de apoyo. Una, que el maltrato doméstico se presentaba en todas las formas, tamaños y edades. Había un par de chicas adolescentes y un par de mujeres con hijos mayores. Debían de tener cincuenta años como poco. Había mujeres que vivían con el miedo constante a que las matara una pareja maltratadora y mujeres igual de atemorizadas y paralizadas por una pareja que las dominaba y manipulaba solo con palabras. Había maltrato tanto en parejas del mismo sexo como en las relaciones de sexo opuesto.

Y casi todas ellas, igual que Sophia, tenían miedo de estar solas.

Una vez que Sam había terminado de reforzar la seguridad de su casa y ella había pasado unos días más en la de Marni, volvió a casa, a su dormitorio, a vivir con su padre. Pero seguía nerviosa y temerosa de que Angelo se le acercara sigilosamente. No le había pegado ni la había herido físicamente, así que no tenía claro por qué tenía tanto miedo. Sophia se decía que era porque sabía, sin que se lo hubieran dicho, que era peligroso y que quería que ella supiera que estaba a merced de él.

Pero otra cosa más que pasó como resultado de la terapia y el grupo de apoyo fue que acabó fascinada con algo que no era un futuro en la televisión. Había empezado a escuchar pódcast y a leer todos los libros que le recomendaban sobre codependencia, maltrato doméstico, relaciones conflictivas, la psicología de la violencia y cualquier tema relacionado. Todo su mundo cambió de foco.

Llevaba estudiando desde que era pequeña, pero ahora, a sus veintidós años, tenía el cerebro más ocupado que nunca.

—Esta mañana estás demasiado callada —dijo Marni—. ¿Qué pasa por esa cabecita?

Sophia estaba en la isla de la cocina, cortando verdura y rallando queso, siguiendo la lista de tareas que Marni le había dado. Se detuvo y miró a su jefa.

—Estoy llena de ideas.

—Pues no pareces muy contenta —observó Marni.

—No es que no esté contenta, pero son ideas de cambio, y eso nunca se me ha dado bien. Tienen que ver con tu idea de la casa refugio.

—¿Sí? Dime.

—Quiero participar.

Ya estaba, lo había soltado, aunque había empezado por el final y ahora tendría que ir al principio.

—Cuéntame más —dijo Marni.

—Vale, espera que piense... —dijo y soltó el cuchillo—. No puedo pensar y cortar a la vez. Hay algo que no me saco de la cabeza: entre el asesoramiento psicológico y mi grupo de apoyo, he empezado a interesarme mucho por el tema de la terapia, la psicología y el trabajo social. He aprendido mucho en muy poco tiempo y, aunque lo que me llevó hasta aquí fue una experiencia aterradora, quiero seguir por ese camino. Creo que quiero hacer un cambio. Aún no lo he hablado con mi padre, y debería hacerlo, pero me da miedo que...

—¿Que le dé algo? ¿Que se ponga hecho una furia?

Sophia asintió.

—Tengo un grado en Comunicación, pero ahora siento que quiero aprender más sobre psicología y salud mental. Quiero cambiar de dirección.

Marni dejó lo que estaba haciendo y se limpió las manos.

—Ha pasado poco tiempo desde que se produjo el suceso grave y traumático que te ha llevado a plantearte esto. Te recuperarás del trauma. Puedes alimentar tu interés por la psicología siempre, mientras te llame la atención, y a la vez construirte una carrera en alguna otra parte...

—Quiero cambiar de carrera y estudiar Psicología y Trabajo Social. Quiero un gran cambio.

Sacudió la cabeza al añadir:

—*Papi* se va a enfadar mucho conmigo.

—Relájate. No vas a tomar una decisión y a cambiar todos tus planes de la noche a la mañana. Primero tienes que hablar con mucha gente, no solo con tu padre. Con el orientador y con la directora de tu máster, y tal vez también deberías hablar con algún profesional de ese campo.

—Estoy deseando hacer esto, pero no quiero dejar de trabajar para ti ni aunque ya no necesite los créditos de las prácticas. Pero, Marni, quiero ayudarte a montar la casa refugio. Creo que tengo mucho que aprender ahí.

—¿De dónde viene todo esto? Sé que lo que te está animando a cambiar de profesión no es ni la experiencia que has vivido ni el miedo.

—Viene de todas las voces que he ido escuchando. He escuchado las historias de las mujeres de mi grupo de apoyo, cada una con una experiencia similar pero única al mismo tiempo. Cada una estaba en una fase distinta; un par de ellas acababan de conocer a una pareja peligrosa, algunas llevaban lidiando con ello mucho tiempo, otras estaban muy cerca de la recuperación. La guía del grupo, la terapeuta, fue una mujer maltratada. Fue a la universidad después de liberarse de aquella época terrible y se hizo trabajadora social después de cursar un máster. Trabaja en la universidad. También da clases. Es muy amable e inteligente.

—Sophia, ¿aún le tienes miedo a Angelo?

—Puede que siempre le tenga miedo a Angelo. Y, si no a él, a la idea de alguien como él. Ojalá pudiéramos volver a pensar que el hombre que queremos puede protegernos. Puede que nunca vuelva a creer en eso.

Marni sonrió con tristeza. Había tenido dos amores y los dos la habían fallado.

—En mi opinión, creer en cuentos de hadas solo hace que sea más complicado encontrar la realidad. Deberíamos centrarnos en convertirnos en nuestras propias heroínas. Creo que eso da más seguridad.

—Eso dice la terapeuta. Pero no dice cómo.

—Se empieza mirando hacia dentro y siendo muy sinceras con nosotras mismas. Pero, Sophia, tienes que hablar con tu padre y explicarle lo que sientes. Podría ser un buen momento para tomarte un descanso de las clases. Acabas de empezar el nuevo semestre. No vas a perder nada. Tus créditos no van a desaparecer.

—Me da miedo hasta decírselo. Es tan estricto con lo de la universidad, con tener un plan y ceñirse a él...

—Eso está muy bien si funciona, pero muchos estudiantes cambian de carrera. Muchísimas veces. Cuando somos muy jóvenes, no podemos saber qué nos va a satisfacer durante toda una vida.

—¿A ti te pasó? ¿Cambiaste de opinión?

Marni se rio.

—Sophia, yo no fui a la universidad. Era madre soltera y tenía que trabajar. Si quería triunfar, lograrlo dependía de mí. Cada vez que veía un camino abierto, me lanzaba a por ello.

—*Papi* dice que eso es tener *cojones* —dijo en español.

—Y tanto que lo es. Lo que me faltaba en formación lo compensé con determinación —dijo Sophia, y sonrió al añadir—: O echándole pelotas.

—Te admiro mucho. ¿Te parece bien que siga trabajando aquí? ¿Me dejarás ayudarte con la casa refugio?

—Creo que ya no podría estar sin ti, ni aquí en la cocina ni en lo del refugio. Tu ayuda será bienvenida. Pero, de momento, sigue con lo que estás estudiando, al menos hasta que hayas hablado con algún orientador. Puedes defender a las mujeres desde cualquier lugar. Es posible que incluso puedas ayudar más siendo reportera.

El trabajo de Ellen no se limitaba solo al desarrollo de recetas y preparación de alimentos. Tenía varias responsabilidades en producción que iban desde la planificación hasta los pedidos de comida. Además, estaba al cargo de algunos temas financieros del programa como ceñirse al presupuesto y pagar las facturas. Por esa razón siempre llevaba el móvil encima, normalmente en el bolsillo. Justo estaba terminando un picadillo de carne cuando la cadera le empezó a vibrar.

Habían pasado unos días desde que todas habían cenado con Marni, cuando se habían enterado de la totalidad de su historia y de sus planes de ofrecer un refugio a mujeres y niños maltratados. El móvil volvió a vibrar.

No tenía prisa por responder. Podía ser una llamada para venderle algo que luego tendría que bloquear. O tal vez un proveedor consultándole algo sobre un pedido. O podría ser la oficina de producción para preguntarle por fechas o programación. Echó el picadillo en un plato bonito, le hizo una foto y luego miró el móvil para ver quién la había llamado.

Era Mark. Salió al patio a escuchar el mensaje.

—Está pasando. Un pequeño incendio justo al norte de Quincy. El Cuerpo de Bomberos de California está allí y también está yendo la brigada de élite de bomberos forestales. Yo voy a estar preparado por si hay que evacuar. No está lejos, solo a hora y media. Esta noche no vamos a cocinar, pero estaré listo para viajar por la mañana. Estoy comprobando zonas disponibles donde instalarnos y haciendo inventario. Hablamos pronto.

Oyó la emoción en la voz de Mark y sintió la suya propia en los huesos. Había pospuesto hablar con Marni mientras pensaba qué decirle. Y ahora había llegado el momento.

Volvió a entrar en la casa y se vio cara a cara con ella. Debía de parecer inquieta, porque las primeras palabras que salieron de la boca de Marni fueron:

—¿Va todo bien?

—Sí. Bueno, más o menos. Llevo un tiempo queriendo hablarte de algo y ojalá lo hubiera hecho. Creo que he tardado demasiado. ¿Podemos ir a tu despacho?

—Claro. Te sigo.

Ellen se sentó en el borde de la silla situada frente a la mesa de Marni.

—Ha surgido algo. Te comenté que Mark tiene un proyecto especial, su gastroneta. Lleva casi un año trabajando en ello y en poco tiempo se ha convertido en algo mucho más grande de lo que me habría imaginado. Él no está nada sorprendido. Siempre ha visto el alcance de esa idea. Su plan es ofrecer servicios de comida de emergencia a víctimas de incendios e inundaciones en las proximidades de cualquier desastre a las que pueda acceder conduciendo. O sea, el norte de California y Nevada. Se ha visto impulsado a hacerlo por la magnitud de los últimos incendios. El incendio Camp desplazó a catorce mil familias. Mark es un gran admirador de José Andrés. Hemos estado preparándonos, cocinando y congelando comidas durante la última semana. En cuanto le dieron la aprobación definitiva y la licencia y se hicieron las comprobaciones de seguridad, empezó a preparar comida a la espera de la primera emergencia.

—¡Ellen! ¡No tengo palabras! Me comentaste su idea, pero no me diste tantos detalles. Había supuesto que era algo con vistas al futuro.

—Lo siento. Tendría que haberte puesto al corriente. Acaba de dejarme un mensaje. Hay un incendio y está preparándolo todo para salir. Tiene algunos voluntarios de su época de bombero que lo ayudarán. Parece que tiene contactos por todas partes.

—¡Es maravilloso!

—Marni, quiero ayudarlo. Si el Cuerpo de Bomberos de California evacúa a gente de sus casas, él buscará un lugar para instalar las camionetas y la cocina. Está totalmente equipado y quiero ir.

La cara de Marni reflejaba que se había quedado impactada. La miraba con la boca abierta.

—¿Cuánto tiempo? ¿Cuándo?

—Mañana por la mañana. No sé durante cuánto tiempo. En el mensaje decía que de momento es un fuego pequeño, pero no tengo mucha información. Puedo llevarme mi coche y así, si resulta ser un incendio grande, puedo volver en un par de días. Si es que puedes prescindir de mí. Por favor, prescinde de mí —dijo y sonrió tímidamente—. ¡Hacía mucho tiempo que no estaba tan ilusionada por algo!

—¡Claro que deberías ir! No sé cuánto tiempo puedo prescindir de ti, pero de momento puedo tirar. Ellen, a veces estos incendios...

—Lo sé. Pueden prolongarse, empeorar, y cada vez hay que desplazar a más gente... ¿Te parecería bien que terminara por hoy cuando acabe la lista del día?

—Claro. Pero primero tienes que contármelo todo sobre Mark y este proyecto. Te has tenido muy calladas las dos cosas.

—Hemos estado pasando algo de tiempo juntos, pero eso ya lo sabías.

—No, no sé mucho. Cenasteis juntos... ¿cuándo? ¿Hace un mes? ¿Más?

—Un poco más, sí. Y al ser vecinos y estar puerta con puerta, hemos vuelto a cenar juntos varias veces, turnándonos para cocinar.

—No me habías dicho nada...

—No era para tanto.

—Bueno, en tan poco tiempo, desde que te llevó a por una batería nueva para el coche, habéis cenado varias veces y estáis colaborando en una fundación benéfica para ofrecer comida a víctimas desplazadas de incendios. Llámame tonta, pero a mí me parece que falta alguna pieza del puzle.

—No quiero que pienses que soy una insensata...

—¿Y por qué iba a pensar eso?

—¡Porque lo soy! —dijo Ellen con ímpetu—. ¡Nos hemos hecho muy amigos! Hemos cenado juntos casi todas las noches. Las pocas veces que no nos hemos visto han sido cuando él ha salido de la ciudad para preparar su equipo o visitar a su hijo en Las Vegas, normalmente al mismo tiempo. Y yo he estado ayudándolo a preparar la cocina móvil. ¿Eres consciente de lo devastadores que han sido los fuegos en los últimos años?

—Sí. ¡Y me parece que lo que estáis haciendo es fantástico! Así que ¿dónde está el puñetero problema?

Ellen cambió de postura en la silla y entonces las mejillas se le sonrojaron considerablemente.

—Me gusta mucho —dijo sin apenas respirar.

—¡Pero eso es maravilloso! Parece muy buen hombre.

—Lo es, ¡estoy convencida! Es amable y generoso y tiene un paladar muy sensible.

—Es bueno saberlo —dijo Marni riéndose.

—Estoy esforzándome mucho por no hacer el tonto. ¡No busco un romance! Mi único contacto con el amor verdadero fue bastante complicado. Y lo cierto es que el de Mark tampoco fue mucho más fácil. Estuvo casado mucho tiempo, pero al final tuvo que cuidar de su mujer, que tuvo una muerte lenta. Ninguno de los dos quiere volver a pasar por algo así.

—Ellen, ya hemos hablado de esto. Tienes un seguro médico con asistencia integral a largo plazo y tienes a tu hermana, estás bien preparada. No estás pensando en encontrar a un hombre que te cuide en tu vejez, para eso ya tienes un plan.

—Sí.

—Y Mark tiene a su familia. Un hijo. Nietos. No tenéis que depender el uno del otro para eso. ¿Lo habéis hablado?

—Llevo tiempo queriendo hacerlo, pero no sé por dónde empezar.

—¿Por qué no empiezas por «Mark, ¿adónde va nuestra relación?».

—Yo tenía pensado empezar por «Dada nuestra edad...» —dijo Ellen—. No quiero implicarme más en la relación hasta que no hayamos hablado de esto a fondo. ¿Él está buscando a alguien que lo cuide? ¡Porque yo no! O eso creo, al menos.

—La realidad es que, cuando tienes veinte años, es lógico pensar que aún te quedan cuarenta años por delante. ¡Por lo menos! Pero cuando tienes sesenta... Creo que es de sentido común tener claras las expectativas de cada uno. ¿Os estáis acostando?

—¡Claro que no! —contestó Ellen con brusquedad—. Para que alguien me vea desnuda, ¡tengo que estar en su testamento!

Marni se rio a carcajadas. Lo más encantador de Ellen era lo mucho que ignoraba su belleza natural. Ellen, alta y esbelta, tenía una piel luminiscente por naturaleza, los labios rosados, unas pestañas todavía muy tupidas, y los dientes rectos y blancos. No había demasiadas mujeres de sesenta años que estuvieran tan bien. Si no fuera por el pelo canoso, parecería mucho más joven de lo que era.

—Estás muy anticuada.

—¿Tú lo harías? ¿Te acostarías con un hombre al que conoces desde hace solo unos meses?

—Si me gustara de verdad y me pareciera la persona ideal, sí, lo haría. Si vas con Mark al incendio, ¿dónde dormirás?

—No lo sé —dijo dándose cuenta justo ahí de que había ciertos detalles prácticos en los que no había pensado—. Tiene una autocaravana con capacidad para ocho personas. Será como ir de acampada.

—Si vais a salir juntos de la ciudad, a lo mejor deberíais hablar. Ya sabes. Pregúntale qué está buscando. Y dile lo que estás buscando tú. O no buscando.

—¿Qué significa eso? —preguntó Ellen—. Nunca lo he hecho.

—¿Ni siquiera con Ralph?

—Ralph básicamente llevaba el mando. Él decía qué quería yo. Y me parecía bien —dijo, y fue en ese momento cuando fue consciente de que no había decidido por sí misma estando con Ralph. Y eso podía ser un problema—. Tuvimos unos años buenos —añadió, y no dijo más.

—¿Te arrepientes? —preguntó Marni.

—En absoluto —contestó Ellen con total tranquilidad—. Ralph era un buen hombre. Muy divertido. Su vida se vio interrumpida, pero el tiempo que tuvimos juntos fue bueno. Era tan fuerte y tan vital que resultó terrible verlo reducido a una mera sombra del hombre que había sido. Sería una tortura ver así a otro hombre.

—Bueno, supongo que eso podías evitarlo no arriesgándote nunca. Pero ¿no te sentirás idiota si los dos vivís otros treinta años? Qué desperdicio.

—Le sacaré el tema, si es que reúno el valor suficiente.

—Ellen, míralo como algo que estás haciendo por él. Si no se trata de hacer algo por ti, entonces lo harás.

—Puede que sea verdad —admitió Ellen.

Por la tarde Marni recibió una llamada de Sam. Él le dijo que llevaría a Sophia a su reunión con el grupo de apoyo y que luego, dos horas después, volvería a recogerla.

—No tengo mucho tiempo, pero aunque solo sea una hora, ¿te apetece compañía?

—¡Sí! —respondió Marni casi gritando al teléfono—. ¡Sí, sí!

Corrió a su habitación para peinarse y darse un toque ligero de maquillaje. Hacía una semana que no estaba a solas con él y anteriormente a eso solo habían sacado algún minutillo aquí y allá, un beso, un abrazo, un susurro o dos, cualquier pequeño contacto romántico que no requiriera mucho tiempo. Sus llamadas de teléfono se habían vuelto cada vez más susurrantes y siempre les costaba despedirse.

Abrió la puerta del garaje para que él pudiera entrar y, una vez más, acabaron en el pasillo, justo al otro lado de la puerta trasera, enganchados el uno al otro como dos chicos de instituto. Sus bocas se pegaron en una sucesión de besos húmedos y ardientes y de suaves y dulces murmullos.

—Esto no puede seguir así —susurró ella—. Vamos a romper algo.

—Correré el riesgo. Eres deliciosa.

Marni sintió algo en la espalda, soltó una risita y oyó el sonido del papel celofán arrugarse.

—¿Flores?

—Las estaban vendiendo en una esquina, en la calle, y como siempre vengo con las manos vacías y luego me como tu comida, he pensado que era lo mínimo que podía hacer.

—Qué encanto —dijo ella mirando atrás como pudo—. Rosas.

—Sé que no son tus favoritas, pero es lo que vendían.

—¿Tienes hambre?

—Solo de ti —respondió él cubriéndole la boca otra vez con apasionados besos.

Se separaron bruscamente al oír la puerta trasera abrirse.

—¿Mamá? ¿Mamá? ¿Tienes compañía?

Era Bella. Era muy raro que pasara por casa sin avisar. Pero también era raro que Marni tuviera planes que no hubiera mencionado. Apartó a Sam y se estiró el suéter para intentar quitarle las arrugas.

—¡Aquí! —gritó Marni desde la cocina.

Bella entró precedida por su gran barriga.

—Lo siento, debería haber llamado.

—Para nada —dijo Marni—. ¿Conoces a Sam? Es el padre de Sophia. Me trajo el lecho de espárragos blancos.

—Sí, me acuerdo —dijo Bella tocándose la barriga.

—¿Estás bien, Bella? —preguntó Marni.

—Sí, creo que sí. Vengo del médico y como pasaba por aquí... Estoy teniendo las contracciones Braxton-Hicks esas —dijo, y riéndose algo nerviosa añadió—: Creía que me había puesto de parto, pero no. Es solo como un entrenamiento para cuando llegue el momento de la verdad. Lo siento, no quería interrumpir.

—No pasa nada —dijo Marni—. Siéntate. Cuéntame qué ha pasado.

—¡Anda! ¡Flores!

—¡Bella! ¿Qué ha pasado?

—Estaba en una deposición con un testigo y he empezado a tener contracciones. Se han vuelto muy fuertes, así que he llamado a la doctora y me ha dicho que fuera para que me echara un vistazo. Yo esperaba estar ya de parto, ¡pero me parece que ahora ya no voy a distinguirlo cuando llegue de verdad!

—Anda, claro que sí. Lo sabrás —dijo Marni—. Es una sensación que no olvidarás nunca.

—Al menos me ha dicho que no es demasiado pronto, pero que preferiría que lo cocinara un poquito más, si puedo.

—Mi consejo: ¡échate una siesta mientras puedas! Hoy he hecho pollo con mostaza y sirope de arce. Lo he metido en el congelador hace dos horas. ¿Quieres llevártelo a casa para Jason y para ti?

—Sería genial.

—¿Cocinas tan bien como tu madre? —preguntó Sam.

—Nadie cocina tan bien como mi madre, y, aun así, ¡es la única que está delgada!

—Has subido de peso por una muy buena razón —dijo Marni—. Yo casi nunca me siento a comer. Estoy todo el día probando. No tengo oportunidad de llegar a tener hambre. Bella, ¿seguro que estás bien?

—Estoy bien. Para cuando he llegado al médico, los dolores habían desaparecido por completo. Sam, Sophia ya no se aloja aquí, ¿no?

Se oyeron dos rápidos golpeteos en la puerta que daba al garaje.

—¿Hola? —gritó la inconfundible voz de presentador de noticias de Jeff, el ex de Marni—. ¿Hola? ¿Marni? ¿Bella?

Marni se contuvo para no gruñir.

Él entró y se dirigió a la cocina, el punto focal y de reunión de esa casa grande y preciosa.

—¿Interrumpo?

Y Marni se preguntó por qué las personas que claramente interrumpían siempre preguntaban si interrumpían.

—Qué sorpresa —dijo ella con un tono muy cínico.

—Lo siento. Debería haber llamado.

Y eso era lo otro que decían siempre.

—Al menos así habría estado en sobre aviso...

—Bella, amor mío, ¡qué bien estás! ¡Resplandeciente! ¡Menos de un mes para salir de cuentas! —dijo Jeff. La agarró de los brazos y le plantó un tierno beso en cada mejilla, al estilo europeo—. ¿Cómo te encuentras?

—Como si fuera a estallar en cualquier momento.

—¡Pues estás absolutamente impresionante! Más bella que nunca.

—Gracias, eres un encanto —dijo Bella.

Después se oyeron dos rápidos golpeteos en la puerta trasera y Nettie gritó:

—¡Holaaaaa! ¿Alguien está celebrando una fiesta sin mí?

Marni puso los ojos en blanco y pensó: «¡Alguien iba a tener sexo sin ninguno de vosotros!». Sin embargo, dijo:

—Eso parece.

—Pero bueno, ¡vaya reunión más loca! —dijo Nettie—. Estábamos de camino a Reno para una cena en la universidad y quería pasarme a dejarte tus bandejas de servir. Sé lo mal que llevas perder platos.

Nettie sonrió a Sam y dijo con una gran sonrisa:

—Hola. ¿Profesor Garner?

Él alargó la mano.

—El mismo. ¿Profesora Carlisle?

—Un placer. ¡Deberíamos abrir una botella de vino!

Era una suerte que nadie tuviera mucho tiempo para fiestas, pero mala suerte que Sam fuera a tener que irse en una hora para recoger a Sophia.

Nettie salió a la calle a buscar a Marvin. Abrieron vino y a Bella le ofrecieron agua con gas y lima. Nettie y Marvin llevaban mucho tiempo sin ver a Jeff, y entre todos se habló mucho de lo poco que faltaba para que llegara el bebé, en cuyo nombre Jason y Bella aún no se habían puesto de acuerdo, del programa y de si Marni se tomaría algo de tiempo libre.

Sacaron un picoteo, y un poco de cotilleo y risas los tuvieron ocupados cerca de una hora. El primero en marcharse fue Sam.

—Por mucho que he disfrutado con esta inesperada fiesta, tengo que ir a recoger a mi hija. Espero que podamos repetirlo otro día.

Le dieron recuerdos para Sophia, a la que todos, menos Jeff, conocían.

Después Bella agarró la comida que le había ofrecido Marni y abrazó a sus tíos, a su madre e incluso a Jeff. Luego dijo adiós.

Por último, Nettie y Marvin se marcharon. Dejaron a Jeff con Marni.

—¿Te parece bien si me quedo a tomar otra copa de vino o prefieres que me marche?

—Ni siquiera sé por qué has venido. Creí que te había enseñado a avisar antes.

—He sido atrevido a propósito —dijo él sonriendo—. Quería charlar un poco. Tengo buenas noticias.

Ella levantó la botella y sirvió un poco en las copas.

—¡Pues cuenta!

—¡He encontrado inversor para el restaurante!

—¡Enhorabuena! —dijo ella brindando con su copa—. ¿Cómo ha surgido?

—Pues he estado removiendo cielo y tierra y por

fin he conocido a un aspirante a restaurador que estaba buscando el negocio apropiado donde invertir y participar. El dinero le viene de la industria del microchip, pero es un amante de la gastronomía. Sabe bien que no debe invertir todo lo que tiene en restaurantes cuando su talento está en otra parte, pero le encanta la comida. Le encantan los restaurantes. Así que los microchips lo han hecho rico y se entretiene con otras cosas a modo de pasatiempo. Ha invertido en una carrera de coches, en purasangres, en propiedades vacacionales y en mi pequeño pero significativo restaurante familiar. Me está manteniendo a flote. La familia vasca que lo regenta está feliz de tenerlo cerca. Están aliviados de que sus trabajos ya no corran peligro. Yo no voy a perder el restaurante, él está invitado a meterse en la cocina siempre que quiera, y los dos vamos a estar contentos.

—Qué maravilla. Casi no quiero preguntarlo...

—Ha comprado la parte de Gretchen. Le ofreció dinero en metálico y ella lo aceptó. Tengo un contrato con mi inversor y con nadie más.

Marni se mordió el labio un momento y luego sonrió y dijo:

—Puede que sea lo mejor.

—Gretchen me dijo que deberíamos plantearnos una reconciliación —dijo Jeff. Luego se rio.

—¡Ay, Jeff! ¿Le has dado otra oportunidad?

—Claro que no. Puede que sea idiota, pero no un idiota redomado.

Marni sintió el deseo inmediato de hacerle un repaso de todo lo sucedido según lo iba rememorando; de recordarle cómo lo habían utilizado, maltratado y robado para luego rechazarlo y abandonarlo. Pero no dijo nada. Estaba claro que él ya lo sabía todo.

Entonces vio que tenía los ojos empañados. Estaba casi llorando.

—Es increíble, ¿a que sí? Que pueda ser tan difícil dejar a una persona que no te hace ningún bien.

—Lo sé —dijo ella—. Lo sé.

Capítulo 14

La primera vez que Sophia había entrado en esa sala de reuniones había estado aterrorizada y se había sentido muy sola y fuera de lugar. Había una decena de sillas formando un círculo. Era su reunión de grupo. Recordaba pensar que lo único que deseaba en el mundo era ser como todos los demás.

Y entonces descubrió que lo era.

Las mujeres empezaron a llenar la sala. Era muy interesante que todas hubieran elegido la silla con la que se quedarían y a la que volverían semana tras semana. Eran de todas las edades, formas y colores. Y, aun así, sus experiencias habían sido alarmantemente parecidas.

Louise acababa de divorciarse de un hombre que la maltrataba físicamente. Tenía treinta años, era madre soltera de tres niños y trabajaba y estudiaba. Llevaba sola menos de un año y estaba intentando recomponer su vida. Parecía muy cansada la mayor parte del tiempo, probablemente porque cargaba con un peso monumental. Sus hijos iban de los cuatro a los once años. Limpiaba casas y, por las noches, oficinas para poder ir a la universidad y estudiar. Si no fuera porque vivía con su madre, jamás podría lograrlo. Aunque le habían concedido la custodia completa y la paga de manutención, su exmarido no pagaba el dinero que debía y ella siempre estaba intentando buscar la forma de salir adelante. A veces tenía que decidir qué factura pagar y cuál dejar pendiente.

Mary tenía diecinueve años y acababa de terminar la relación con su novio. Tenían un bebé de catorce meses, pero no se habían casado, y probablemente fuera lo mejor, pero, claro, eso significaba que no había divorcio y por lo tanto tampoco un acuerdo. Mary estaba viviendo con la familia de su hermana, pero había tensión porque eran muchos en casa. Su hermana y ella discutían. Mary no sabía cuándo, o si, debería incluir a su exnovio en la vida de su hijo. Su ex era alcohólico y ella se quedaba preocupada cada vez que le dejaba quedarse con su hijo durante las visitas.

Claire parecía alguien que no debería estar en el grupo: era mayor de treinta y cinco, muy culta, tenía un buen trabajo, no tenía problemas de dinero, estaba muy centrada y parecía segura de sí misma. Llevaba ropa bonita y un corte de pelo sofisticado. Acababa de divorciarse después de veinte años de matrimonio y tenía el corazón roto. Intentaba averiguar qué había ido mal en su relación. No hablaba mucho y, cuando hablaba, lo hacía con tono suave y expresándose bien.

Stevie era una mujer maltratada que acababa de escapar de un matrimonio terrible. Pat había pasado de los sesenta y había sufrido maltrato verbal y emocional durante un largo matrimonio.

Había otras tres mujeres que Sophia había visto un par de veces, pero no conocía mucho su historia ya que no iban a todas las reuniones.

Y luego estaba Laura, la terapeuta que dirigía el

grupo. A Sophia le parecía una mujer increíble. Había contado su propia historia, su desdichado matrimonio, que la había llevado a estudiar una carrera universitaria y elegir una profesión con la que poder ayudar a otras mujeres como ella.

—Esta noche me gustaría que hablásemos sobre un par de aspectos importantes. Uno, para las que estéis dispuestas a compartirlo, podríamos obtener algún aprendizaje de lo que pensáis que os atrajo del hombre que al final acabó haciéndoos daño o decepcionándoos. Y dos, ¿pensáis que, si volviera a pasar lo mismo, volveríais a sentiros atraídas por él? Si lo conocierais ahora, ¿querríais salir con él sabiendo lo que sabéis sobre las relaciones?

—Yo probablemente sí —dijo Louise—. Era muy guapo y, cuando era bueno, era maravilloso. Es un auténtico adulador. Era seductor y atractivo. Fue un impacto brutal la primera vez que me trató mal. Fue como si se hubiera convertido en otra persona. Luego me suplicó otra oportunidad y se la di. Empezó siendo muy dulce y halagador, bueno y amable, y luego volvió a dar el cambio. ¡Y se arrepentía mucho! Lloraba y me suplicaba que lo perdonara. ¡No sé cómo se actúa ante algo así!

—Te largas en cuanto muestra el lado oscuro —dijo alguien.

—Si me paro a analizar mi matrimonio, ahora veo que yo mantuve a la familia unida y que perdoné demasiado —dijo Pat—. Me arrepiento de no haber salido por patas la primera vez que me fue infiel. Me arrepiento de no haberlo abandonado, pero llevaba muchos años en casa cuidando de los niños y no podía mantenerme sola económicamente. Esperé demasiado y al final él me dejó a mí. ¡Por una mujer más joven! ¡Aguanté sus abusos cuando al final iba a dejarme sin nada!

—¿Y ahora te sentirías atraída por él? —preguntó Laura.

—Esa pregunta viene en un mal momento —dijo Pat—. No tengo muy buena opinión de los hombres en general.

Un par de mujeres se rieron. Siguiendo el círculo, continuaron hablando de sus experiencias, lo que llevó a una discusión sobre autoestima. Al menos tres mujeres parecían sentirse seguras consigo mismas y, aun así, se habían atado a parejas que no las trataban bien.

Sophia pensaba que su situación era distinta, pero, cuando se oyó describiendo su relación con Angelo, se dio cuenta de que sonaba parecidísimo. Al describir la noche que lo descubrió en su salón mientras dormía, cuando se despertó y se lo encontró mirándola y diciendo que ella lo había invitado, cosa que era mentira, supo por las reacciones del resto de mujeres que les resultó aterrador.

—Mi ex se escondió en el armario de mi habitación mientras yo estaba fuera —dijo Louise—. Uno de mis vecinos lo vio entrar en el piso y me lo dijo. No entré. Llamé a la policía y lo arrestaron. Admitió que tenía pensado matarme mientras dormía.

Varias mujeres emitieron gritos ahogados.

—Luego me llamó y me dejó un mensaje pidiéndome que le escribiera una carta al juez suplicándole benevolencia. Quería que dijera que lo había perdonado y que no le tenía miedo.

—No lo hiciste, ¿no? —preguntó una de las mujeres.

Ella negó con la cabeza y luego bajó la barbilla; parecía derrotada.

—Louise, tenemos que saber cuándo la situación cambia de abuso a peligro. Ha amenazado tu vida. Piensa en algunas cosas, por ejemplo: ¿Hay algún lugar al que podáis ir tus hijos y tú donde no le sea fácil encontraros? ¿Deberías hablar con los servicios sociales para encontrar un refugio? ¿Tienes familia en otra ciudad que él no conozca? ¿Tienes dispositivos de protección como una alarma personal en un llavero o algo así? ¿Tienes una orden de protección? Eso no tiene por qué mantenerlo alejado, pero sí que agravaría su castigo si se acerca a ti.

Las mujeres del grupo empezaron a darle sugerencias que iban desde conseguir una pistola a ir a clases de defensa personal. Mientras, Sophia se preguntaba cómo era posible que ella no hubiera pensado en cómo se defendería a sí misma.

—Estaba pensando en escribirle una carta. Si le agrada, a lo mejor así deja de ser tan terrible. He pensado que a lo mejor me lo agradece —dijo Louise.

—Y estarías atrapada —comentó alguien.

—Para siempre —aseguró alguien más.

—Eso no lo sé con seguridad —dijo Louise—. Pero lo que sí sé seguro es que, si no hago lo que me pide, ¡volverá a ser horrible! Si al menos así puedo apaciguarlo...

—No puedes hacer nada para cambiarlo —dijo Pat—. Lo único que puedes controlar es a ti misma. Si quieres, puedes quedarte conmigo un tiempo. Hasta que se te ocurra una idea mejor.

El grupo había pasado de ser de apoyo a ser fundamental. Todas expresaron su miedo por Louise y también compartieron los momentos más aterradores de sus relaciones de maltrato. Aunque Sophia solo llevaba en el grupo poco tiempo, no dejaba de oír lo mismo constantemente: «Si yo no puedo tenerte, no te tendrá nadie». «Jamás saldrás viva de aquí». «Me suicidaré». «Si voy a la cárcel, me mataré y te mataré a ti». «¡Siempre me estás provocando!». «Todo habría sido perfecto si tú...».

—Yo no tuve un marido maltratador —dijo Claire—. Tuve un compañero de trabajo que decidió que teníamos que estar juntos. No hice nada que le pudiera dar ilusiones. Nada. Pero, como resultado de su delirio, tuve un acosador durante mucho tiempo. Una vez me pilló sola en un aparcamiento y me raptó. Estuve atada un par de días. Por eso acabó en la cárcel unos meses, y cuando salió, volvió a por mí otra vez.

—¡Ay, Dios mío! —decían susurros por toda la sala.

—¿Y ahora? —preguntó alguien.

—Hui. Lleva un tiempo sin molestarme, pero creo que es porque no sabe dónde estoy. Dejé a mi familia y mi trabajo, y un detective de policía muy implicado vigila al acosador con regularidad. Me informa de dónde está y lo que parece estar haciendo. Sigue en la ciudad de la que me marché. Me estoy acostumbrando a la idea de que nunca volveré allí. Porque, a ver, está loco y lo único que puedo hacer es mantenerme alejada de él. Está obsesionado conmigo. No sé por qué. A lo mejor me parezco a su difunta esposa o exnovia, yo qué sé. He leído mucho sobre gente que sufre delirios, que se obsesiona sin motivo, y, a menos que busquen ayuda, no hay mucho que sus víctimas puedan hacer. No podéis hablar de esto —enfatizó—. Ni siquiera de pasada. Nunca se sabe cuándo puedes estar dando información peligrosa.

—Claro que no —dijeron algunas—. Nunca.

—No es típico —dijo Claire—. No es nada común. Por norma, los maltratadores y controladores suelen ser una pareja o un familiar, aunque, sí, también puede pasar que alguien se tope contigo y crea que le perteneces...

«Ese es Angelo», pensó Sophia.

—Mientras tanto, si alguna necesitáis ayuda con el síndrome de estrés postraumático, pedidle a Laura sugerencias, nombres de terapeutas. Yo aún tengo *flashbacks*, me despierto sobresaltada y cubierta de un sudor frío, asustada. Voy mejorando, pero es un proceso lento y molesto.

—¡Qué injusto! —dijo una de las mujeres.

—Todas tenemos que recordar que no es culpa nuestra —dijo Laura—. Nunca, jamás, habéis incitado a alguien a pegaros. Hay muchas cosas que se pueden hacer, pero lo más fiable es apartarse de la amenaza y buscar seguridad.

Escuchar las historias de las mujeres del grupo siempre le ponía los pelos de punta a Sophia, pero las que oyó esa noche tenían algo que las hacía más oscuras y aterradoras de lo habitual. Le revivieron la sensación de impotencia de despertarse y encontrarse a alguien con ella, observándola, y de saber que, en aquel momento, si él hubiera querido matarla, ahora estaría muerta.

Había imaginado que el grupo de apoyo la haría sentirse más fuerte, pero ver lo generalizado que estaba ese problema, la cantidad de víctimas que había, le producía más miedo todavía. Había hablado de ello con su terapeuta.

—Con el tiempo os sentiréis más fuertes. De momento, es importante que sepáis que no estáis solas, que no estáis locas y que no es culpa vuestra. Trabajaremos hasta asegurarnos de que confiáis en vosotras mismas y podéis manteneros a salvo.

—Quiero aprender a no tener miedo —dijo alguien.

—El miedo es señal de que debes tener cuidado. Y estar alerta. Trabajaremos en generaros confianza para sobrellevarlo.

Cuando la sesión acabó, las mujeres se abrazaron y se dijeron que todo iría bien. Y de algún modo,

Sophia no sabía cómo, todos los nervios de la sesión parecieron evaporarse y se sintió extrañamente reconfortada por la compañía de unas mujeres semejantes a ella y que estaban recorriendo juntas ese aterrador camino.

Salió del edificio. El grupo se había dispersado un momento antes y, al no ver la camioneta de su padre, se apoyó en la pared y sacó el teléfono. Le escribió para decirle que había terminado y que estaba esperándolo fuera, en la entrada. Él nunca se retrasaba, así que Sophia sabía que solo tendría que esperar unos minutos.

Sin soltar el teléfono, miró a su alrededor. Los estudiantes socializaban y caminaban entre los edificios. Vio a una joven pareja de la mano sonriéndose y mirándose a los ojos mientras caminaba. La invadió una sensación de desazón y pensó en lo seguros y felices que parecían. Ojalá les durara.

Y entonces lo vio. «Qué casualidad más bestia», pensó. Estaba a una manzana, pero no había duda de que era Angelo. Estaba apoyado en la parte delantera de su camioneta. Mirándola. El único modo de saber que estaba allí era que la hubiera seguido.

Se quedó paralizada. Sin respiración. Empezó a mirar a su alrededor en busca de su padre, desesperada. Angelo parecía muy tranquilo. Una sonrisita empezó a dibujársele en los labios, pero ella estaba tan lejos que no sabía si se lo habría imaginado o no. Luego, despacio, él levantó una mano en un breve saludo. Una desagradable imagen le asaltó la mente: él sentado en el sillón al otro lado de la habitación, observándola mientras dormía.

Su padre paró en la acera y ella echó a correr hacia la camioneta. Subió de un saltó y dio un portazo. Echó el seguro.

—*Papi*, ¡es él!

—¿Dónde? —preguntó Sam, algo sobresaltado y confundido.

—Ahí, apoyado en su camioneta. Justo ahí.

Mientras Sam miraba, Angelo, despacio, bordeó la camioneta para subirse. Mientras Sam y Sophia miraban, arrancó y condujo hacia ellos, pasándolos por delante antes de alejarse.

—¿Te ha dicho algo? —preguntó Sam.

Ella negó con la cabeza.

—Solo se ha quedado mirándome.

—Ha mantenido las distancias —dijo Sam—. No sé si eso es alentador o no. Está claro que quiere que sepas que está cerca. ¿Sabes si tiene alguna razón para estar en el campus?

Sophia negó con la cabeza.

—No. ¿Crees que me está siguiendo?

—¿Tú crees que te está siguiendo?

—No lo sé —respondió ella con voz temblorosa—. Supongo que sí.

—Bueno, vamos a ir a comer algo y veremos si nos sigue.

—¿Podemos irnos a casa?

—No, vamos a un sitio agradable, abarrotado e iluminado. Cenaremos un poco, inspeccionaremos los alrededores y luego nos iremos a casa. Por el camino largo. Estaremos pendientes por si lo vemos. No te pongas nerviosa. ¡Te prometo que no se atreverá a acercarse si no estás sola!

—No tengo mucha hambre.

—Yo tampoco. Pero tenemos que seguir viviendo. Si se acerca o hace algo amenazador, avisaremos a la policía, pero esto no puede seguir así eternamente. Cuando vea que no va a conseguir nada con este jueguecito, pasará página.

Sophia esperaba que su padre tuviera razón, pero no se sentía segura ni por asomo.

Había un Olive Garden en un extremo del campus. Sam aparcó y caminó al lado de Sophia. Pidió una mesa junto a la ventana y se sentaron. Luego pidió una cerveza para él y una copa de vino para ella. Sophia tuvo que enseñar el carné de identidad y Sam, en broma, le preguntó al camarero si también quería ver el suyo.

Intentó sacar un poco de conversación y al principio fue una situación algo incómoda porque Sophia estaba demasiado asustada, pero después de un par de sorbos de vino, empezó a relajarse. Sam le contó cómo le había ido el día, le preguntó qué tal el suyo, y pidieron la cena. Aunque a Sophia no le apetecía comer, dio unas pinchadas a sus carbonara. Estaban tan sabrosos y deliciosos que logró disfrutarlos.

—¿Qué tal el grupo hoy? —preguntó Sam.

Ella se encogió de hombros.

—Se supone que tiene que animarme, pero... *Papi*, quiero irme a casa.

—Vale, pero cena un poco más.

—No me refiero a casa. A Argentina. Quiero alejarme de aquí.

Él soltó el tenedor.

—¿Lo has pensado bien? ¿Qué pasa con la universidad?

—Ahora mismo no puedo concentrarme en la universidad. Llevo meses sin pensar en la universidad. A lo mejor puedo retomarla en Argentina. O a lo mejor puedo tomarme un tiempo libre y volver luego, ¡pero es que no estoy tranquila! No puedo dormir por las noches, me despierto aterrada y preocupada de que haya alguien en mi habitación, mirándome.

—¿Crees que huir es la solución?

—¡Sí! ¡Al menos de momento! Podría quedarme un tiempo con la tía Avida.

—¿Y crees que así te sentirías más segura?

—*Papi*, algunas de las mujeres del grupo han hablado de las pesadillas y los problemas nerviosos. Es habitual. Estoy reuniéndome con chicas y mujeres que han tenido parejas maltratadoras o acosadoras. Están asustadísimas y se sienten impotentes, y yo siento lo mismo. ¡Quiero huir! No le diría a nadie adónde voy. Además, si sé algo de Angelo es que no tiene mucho dinero. No parece capaz de conservar un trabajo y seguro que no tiene ahorros. ¡Al menos tengo un sitio adonde ir! Las mujeres de mi grupo... solo piensan en encontrar un lugar donde estar seguras. ¡Es como si todas fueran prisioneras! *Papi*, creo que sería mejor que me fuera a casa. Al menos, durante un tiempo.

—¿Sola?

—No me da miedo ir sola. ¡Me da más miedo quedarme aquí y estar sola diez minutos!

Se le saltaron las lágrimas.

—Solo quiero poder volver a dormir.

—Sophia...

—No quiero quejarme, pero no se me ocurre nada mejor.

Él alargó la mano y agarró la suya.

—Termina de cenar. Nos iremos a casa y llamaremos a la tía Avida. Pero primero deberíamos diseñar un plan: qué hacemos con la universidad, cuánto tiempo necesitarás pasar en otro país, si te llevo yo y te ayudo a instalarte... Cosas así.

—No tienes por qué llevarme tú.

—Yo también quiero dormir por las noches —dijo él sonriendo—. Llevamos juntos mucho tiempo. Le prometí a tu madre que cuidaría bien de ti.

Resultó muy práctico que Ellen viviera justo al lado de Mark. Marni no solo le dijo que se tomara varios días libres, sino que además estaba emocionadísima por conocer todos los detalles de su primera caravana de comida.

A las cuatro de la madrugada, antes de recibir un mensaje de Mark diciendo que iban a reunirse para empezar a moverse, oyó motores, voces, risas y algún que otro grito. Aún estaba oscuro fuera, pero ella se levantó de la cama de un salto, como una niña. Estaba lista. Se puso los vaqueros, las botas y la cazadora. Se lavó los dientes, se peinó y se maquilló un poco la cara y los labios. Nadie excepto ella tenía por qué saber que los vaqueros, las botas y el suéter eran nuevos. Tenía la bolsa preparada y solo le faltaba meter los productos de aseo esenciales. Tardó unos cinco minutos.

Se asomó a la puerta principal y se quedó asombrada al ver a tanta gente. Habría más de diez personas. Había furgonetas, camionetas y SUV. Los remolques refrigerados estaban en la calle, listos para que los engancharan a los vehículos.

—¡Ellen!

Mark fue corriendo hacia ella. En la mano llevaba una libreta de cuero. La agarró y la besó en la mejilla, con suavidad.

—Dijiste que tenías un par de amigos que querían ir de voluntarios —dijo ella.

—Sí, casi todos quieren estar en el primer turno. Vamos —dijo agarrándola de la mano y llevándola hacia los coches y remolques aparcados y toda la gente—. Hola a todos, os presento a Ellen. Ellen, estos son Eugene, Bob y Dale. Este de aquí es Mike y ellos son Maxi, su esposa, y sus hijos, Tim y Shawnee, aunque ellos no vienen.

—Encantada de conocerte, Ellen —dijo Maxi—. Nos hemos levantado temprano para poder despedirlos. Luego nos iremos a casa a echar una cabezadita. ¡Pero es que es tan emocionante! Me da un poco de envidia, es todo un acontecimiento. Y, aunque estos chicos siguen trabajando, tienen mucho tiempo libre, así que Mark podrá tener la caravana llena de voluntarios.

—Creo que soy la única mujer —dijo Ellen.

Mark la dirigió hacia otro grupo.

—Ellen, te presento a Paul Manfield, Bob Duncan... Tenemos dos Bobs y los llamamos «Gran Bob» y «Pequeño Bob». Seguro que lo odian, pero, bueno, peor para ellos. Y aquí están Art, Julio y Ed. ¿Dónde está Phil? Ah, ahí está. Trabajé con Phil durante treinta años y ahora nuestros hijos trabajan juntos.

—No tenía ni idea de que tendrías a tanta gente. ¿Seré un estorbo?

—¡Claro que no! ¡Eres tripulación esencial!

—Mira, puedo conducir. Puedo seguirte y dormir en mi coche para que haya más espacio en la autocaravana...

Se oyó un bocinazo; alguien más llegaba y tenía muy poca consideración por los vecinos que podrían estar durmiendo. Una gran autocaravana bajaba por la calle.

—Bueno, pues parece que estamos listos para salir. Tú ven conmigo. Te quedarás en mi caravana y, si por alguna razón tienes que volver a casa, algunos de los chicos que volverán antes podrán traerte. Ve a por tus cosas, cierra bien la casa y ven conmigo. Puedes ayudarme con la logística y algunas llamadas. Nos hacen sitio en el aparcamiento de una iglesia. Está preparada para los evacuados y tendremos mucho espacio y, con suerte, agua corriente.

—¿Estás seguro? —preguntó Ellen.

—Si lo estás tú. Creía que te hacía mucha ilusión.

—Y me la hacía. ¡Me la hace! Voy a por mis cosas.

—Vamos a necesitar tu camino de entrada —dijo Mark—. No vamos a llevarnos todos estos coches.

—Todo vuestro —dijo ella mientras corría.

Después de asegurarse de apagarlo todo en casa y cerrar todas las puertas, se quedó en el porche y vio cómo esos hombres, imaginaba que todos bomberos o bomberos jubilados, colocaron sus camionetas y coches en línea, comprobaron los remolques para asegurarse de que estaban bien anclados y formaron fila con precisión, listos para partir. Antes de que ella pudiera siquiera bajar, Mark se acercó a buscarla. Le agarró la bolsa y la llevó a su autocaravana, que encabezaba la procesión.

—Sube aquí, Ellen. Eres la copiloto.

—¿Estás seguro?

Él se detuvo y la miró.

—Deja de preguntar eso. Te quiero conmigo.

Hubo algo en la forma en que lo dijo que la emocionó. Sonrió enormemente.

—Sí. Vale.

—No es un trayecto muy largo. Tenemos suerte de que nuestro primer viaje sea corto. Nos servirá de aprendizaje. Si vemos que nos falta algo, podemos mandar a alguien de vuelta a por ello. Pero nos necesitan allí. Algunas casas han quedado destruidas y hay familias desalojadas, aunque están cerca de tener el fuego bajo control.

Ella se sentó en la cabina de la autocaravana, en el asiento del copiloto, y se sintió poderosa. La hizo sentirse fuerte. Se sentía relevante, importante.

Mark ocupó el asiento del conductor, se abrochó el cinturón de seguridad y arrancó el motor.

—¡Allá vamos!

Ellen y Mark iban sentados el uno al lado del otro en la cabina de la autocaravana y, como de costumbre, no pararon de hablar. Él estaba orgullosísimo de su hijo y de sus dos nietos, y estaba deseando que Ellen los conociera cuando vinieran por Acción de Gracias. Quería que le contara cómo se había convertido en chef.

—Pero si ya te he contado esa historia.

—Cuéntamela otra vez —suplicó Mark.

El *walkie-talkie* emitió un sonido, como un golpe de aire.

—¿Está apagado? —preguntó ella.

Él toqueteó los botones.

—Sí. Apagado. Cuéntame.

—A ver, siempre me ha encantado cocinar y primero aprendí de mi madre. Quería trabajar en la cocina de un restaurante, pero mi primera experiencia fue atroz. ¡Había tanta presión! No acabó con mi amor por la cocina, y estuve pendiente por si surgía cualquier trabajo en artes culinarias donde pudiera aprender y ganar dinero al mismo tiempo. Fui a muchas clases. Me licencié en Nutrición, aunque tardé años en terminar porque trabajaba, y luego el único trabajo que podía encontrar con ese título era en colegios u hospitales. No me atraían nada ni la televisión ni los programas de cocina, pero entonces llegó Marni. Yo no quería estar frente a la cámara y ella necesitaba apoyo para su programa. Era justo lo que estaba buscando: una oportunidad de desarrollar recetas y ejecutarlas sin acaparar mucha atención. Tenía cuarenta años antes de conocer a Marni y llevamos veinte siendo un equipo.

—Me alegro de que a Marni no le importe que te tomes tiempo libre para este proyecto.

—La verdad es que está un poco emocionada con todo esto. Sus intereses también están creciendo. Desde lo que ha pasado con Sophia y su novio acosador, Marni se ha volcado en crear un refugio para mujeres y niños que huyen de relaciones de maltrato.

La ha cambiado en cierto modo. Parece muy motivada con el proyecto.

—Ya sabes lo que dicen. Si crees que no recibes lo suficiente, prueba a dar un poco más. Te vuelve multiplicado por diez.

—Tú llevas dándote a los demás toda tu vida adulta —dijo Ellen.

—Pues siento que no he hecho más que empezar —dijo él riéndose. Luego se detuvo—. Mira, ahí está nuestra señal, justo ahí —añadió señalando una columna de humo—. Está soplando hacia el norte, noroeste. La Iglesia Episcopal de San Elsworth está justo al sureste de la línea de fuego. Ahí vamos a instalarnos.

—Esa nube de humo... ¿pinta mal?

—Las he visto peores. Aunque se contenga rápidamente, podrían seguir haciendo falta alojamiento y comida hasta que la gente se oriente, encuentre amigos o familia con la que quedarse, y esas cosas. No estaba seguro de que pudiéramos ponernos en marcha tan pronto, pero lo hemos logrado.

—¿No ha terminado casi la temporada de incendios?

—Qué va. Y aunque hubiera acabado, siempre hay algo, Ellen. Inundaciones o algún otro desastre. Como estaba pendiente de la radio de emergencias, capté esta, pero mi objetivo es que la Cruz Roja y otros grupos de apoyo sepan dónde encontrarme.

Le agarró la mano.

—Va a ser un día largo. Por favor, si necesitas tomarte un descanso en algún momento, asegúrate de decírmelo.

—Soy mucho más dura de lo que aparento —dijo Ellen. Miró atrás—. No estaba prestando atención y no me he dado cuenta de que iríamos solos. ¿Nadie ha querido venir con nosotros?

—A lo mejor quieren dejarnos solos. Dale me ha preguntado qué eras para mí y le he dicho que somos vecinos y muy buenos amigos, que te encantó la idea de la caravana de comida y querías colaborar. No he insinuado nada con el comentario, pero creo que algunos de mis amigos esperan que encuentre a alguien. Es lo que pasa cuando de pronto te quedas solo. Todo el mundo quiere buscarte pareja.

—A mí no me pasó eso —dijo Ellen.

—Estás completamente a salvo —dijo él riéndose—. ¿Sabes? Estoy disfrutando mucho con esto.

—¡Has trabajado mucho para llegar hasta aquí!

—¿Te refieres a la caravana de comida o a estar a solas contigo?

—¡A las dos cosas!

—No podrías tener más razón.

—Mira, deberíamos hablar de algo. Ay, mierda, no sé si puedo hacerlo —dijo ella con las mejillas encendidas de vergüenza.

—Suéltalo, Ellen. Estamos solos, tú y yo, en la autocaravana, conduciendo hacia la primera de nuestras muchas aventuras. ¿En qué piensas?

—Creo que hay algo que deberíamos aclarar antes de... implicarnos más.

—¿Y qué es? Venga, que no muerdo.

—A ver, los dos tenemos un pasado bastante complicado. Los dos hemos cuidado de nuestras parejas con enfermedades terminales. No sé qué piensas sobre la posibilidad de tener que volver a cuidar de alguien más, pero sé que a mí la idea me produce muchos sentimientos encontrados.

—Normal, aunque yo ya me he ocupado de ese asunto. Por un lado, tengo un seguro médico con asistencia integral a largo plazo. Me parecía lo más sensato, ya que mi hijo tiene dos niños pequeños. Pero él me dice que se asegurará de que estoy atendido y tengo todo lo que necesito. Así que no te vas a ver en la situación de tener que cuidar de un viejo enfermo. Ellen, sé que no eres personal sanitario. Y no es lo que busco.

—¿Qué buscas?

—Solo algo especial. Aunque, la verdad, tampoco buscaba nada. Intentaba sentirme satisfecho estando solo. Vivir solo tiene cosas que me gustan. Si me despierto en mitad de la noche y no puedo volver a dormirme, enciendo la tele o leo, o si estoy muy muy espabilado, a veces incluso me voy al ordenador.

—Yo a veces cocino —dijo ella riéndose.

—No me sorprende. Pero, aunque tal vez debería quedarme solo para no ser una molestia para nadie, no me importaría tener a una persona especial. Una persona como tú. Con quien pasar el tiempo.

—Llevamos meses cenando juntos casi todas las noches.

—Y no veo razón para dejar de hacerlo. Si vemos que conectamos en algo más que en cenar juntos, por mí perfecto. Pero tienes que quedarte tranquila y tener claro que no busco una enfermera.

—Yo tampoco. También tengo un seguro médico y familia, como sabes. Mi hermana y sus hijos cuidarán de la tía Ellen. Entonces, ¿lo tenemos claro?

—Parece que podemos relajarnos y disfrutar de la vida, ¿no?

—Debo de parecerte muy egoísta por no estar ni siquiera dispuesta a tener una relación con un hombre que pudiera necesitar mi ayuda.

—Para nada, Ellen. Eso ya lo has hecho. Y, además, creo que me subestimas. Estoy en muy buena forma. Puede que viva más que tú, ¿sabes?

—Pues eso espero.

—Creo que Susan escribió mi necrológica el año que entré en el cuerpo de bomberos. La fue actualizando varias veces a lo largo de los años. Me dijo que se había estado preparando para mi muerte casi desde el día que nos casamos. Era su forma de hacer frente a los peligros de mi trabajo —dijo Mark riéndose amargamente—. Aunque la echo de menos y nunca la merecí y desearía que no hubiera enfermado jamás, me alegro de que no se llegara a usar esa necrológica que escribió.

—¡Yo no voy a escribirte ninguna!

—Si noto que me estoy marchitando, yo mismo me escribiré una —dijo él con una sonrisa.

—Hazlo. Es importante que seamos sinceros el uno con el otro. Todo esto me asusta un poco.

—A mí no me asusta. Estoy encantado de ver adónde van las cosas. Salir conmigo no da mucho trabajo.

—¿En serio? —dijo una voz masculina por el *walkie-talkie*—. ¡La has metido en la caravana para que te ayude con la comida! No eres digno de tantas molestias.

—¿Estás escuchando, Dale? —gritó Mark—. ¡Debería darte vergüenza!

—Dile a Ellen que no se preocupe. ¡Nosotros cuidaremos de ti! —dijo Dale riéndose a carcajadas.

Mark desconectó.

—Lo siento. Un accidente total.

Ella lo miró muy seria.

—No pienso dejar la caravana.

Capítulo 15

Marni estaba en la cocina, de pie en la isla con una taza de café, un cuenco de fruta y una libreta mientras hojeaba un libro de cocina. Así solía empezar el día. Ellen se dirigía a Quincy con Mark. Se había producido un incendio forestal, así que Ellen no iría al trabajo ni ese día ni al siguiente, y tal vez tampoco al otro. Oyó la puerta que daba al garaje abrirse y supo que sería Sophia.

—¡Buenos días! —gritó.

Al levantar la mirada, vio a Sophia y a Sam entrar en la cocina. La expresión de los dos solo podía describirse como «compungida». Pasaba algo.

—Vaya, hola. No os esperaba a los dos.

—Tenemos que contarte algo —dijo Sam—. Siento que sea todo tan repentino. Había pensado en llamarte anoche, pero era tarde y no quería molestarte. Me llevo a Sophia a Argentina. Con la familia de su madre.

—¡Anda! ¿De visita? —preguntó Marni esperanzada.

—Una visita muy larga. Me he pedido permiso en el trabajo. Un permiso por emergencia familiar. La universidad ha sido muy comprensiva y atenta. Nos iremos juntos y me quedaré allí el tiempo que haga falta para asegurarme de que está instalada y cómoda. Tiene varias tías allí. Tías que están encantadas de tenerla un tiempo con ellas.

—¿Cuánto tiempo? —preguntó Marni, consciente de que le falló la voz.

—No lo sé, Marni —respondió Sophia—. Hace un par de noches Angelo estaba vigilándome cuando salí de mi sesión de grupo, y lo supe: no va a parar. Creo que lo mejor que puedo hacer es encontrar un lugar seguro. Quiero irme a casa.

—Ay, cielo, cuánto lo siento. ¡Y cuánto siento perderte! ¡Has sido un regalazo para mí!

—Vamos a ser flexibles con la duración de la visita —dijo Sam—. Podrían ser semanas o podría ser mucho tiempo. Lo que haga falta para darle tranquilidad a Sophia.

—Pero ¿y si te sigue hasta allí?

—Lo dudo mucho —dijo Sam—. Angelo no tiene mucho dinero y parece que le cuesta conservar los trabajos. Hemos hablado con el agente de policía que llevó su caso al principio y también opina que, sin mucho dinero ni contactos en otro país, no es probable que se las pueda apañar.

—No tiene pasaporte —dijo Sophia—. Me lo dijo, y no creo que eso haya cambiado en este poco tiempo. Siento mucho no haberte avisado con tiempo de que me voy...

—Lo comprendo. Ha habido momentos en mi vida en los que he deseado poder tener un lugar al que huir. O un hogar al que volver.

—Sé que estoy huyendo. Espero que no pienses mal de mí por eso.

—Creo que yo haría lo mismo si estuviera en tu situación.

—No puedo contar con que me guardes el puesto —dijo Sophia.

—Y yo tampoco cuento con cubrirlo a corto plazo.

—Tengo que ser sincera, Marni. Puede que no vuelva. Si me siento segura en Argentina con mi familia, puede que me quede.

—Lo más importante es que te sientas bien donde estés. Ya me apañaré. Siempre lo hago.

—Eres muy buena —dijo Sophia.

—¿Me llamarás?

—Claro. *Papi* me ha preparado el teléfono para que pueda seguir en contacto con mis amigas. Voy a recoger mis cosas de mi mesa y del armario.

Cuando Sophia salió de la cocina, Marni se giró hacia Sam con los ojos como platos.

—No voy a mentirte. Me he llevado un buen palo.

—Lo siento. Pensé en intentar explicártelo por teléfono, y no me pareció lo correcto. La pobre está afectadísima por este gilipollas que la acosa y la atemoriza. Nunca en mi vida he sentido tanta rabia. No sería bueno para ninguno que nos encontráramos ahora. Odio esto de ir huyendo a Argentina, pero hace años que no ve a su familia y le vendrá bien. ¡Tengo que hacer lo que haga falta para mantenerla a salvo!

—¿Cuánto tiempo te vas a quedar?

—No lo sé. Puede que mucho. Le he prometido a mi departamento que haré algo de investigación y que les escribiré y los mantendré al día de mis planes. Y a ti te llamaré. Mucho. A menos que no quieras.

—Claro que quiero que me llames. Y quiero que Sophia se sienta segura.

—Quería que se sintiera segura conmigo, pero no puedo estar con ella a cada segundo. Ni siquiera ha bastado que la lleve en coche a todas partes. Quiero que se sienta libre para disfrutar de la vida, y este incidente ha sido una tortura para ella —dijo Sam con tristeza.

—Eres un buen padre —dijo Marni—. No sé qué más podrías hacer para protegerla. ¿Cuándo os marcháis?

—Esta noche. Llegaremos a Argentina mañana por la mañana. Te escribiré cuando aterricemos.

—Sí, por favor. Quiero saber dónde estáis.

—Te enviaré fotos.

—No te haces idea de cuánto voy a echarte de menos.

—Y yo a ti. No sé qué nos deparará el futuro. Incluso aunque volviéramos a Estados Unidos, a lo mejor no podríamos venir aquí.

—Claro, Sophia podría decidir estar en cualquier otro lugar. Pero nos mantendremos en contacto.

Sophia volvió a la cocina con una caja de cartón llena de sus cosas. Tenía los ojos llorosos.

—No me gusta nada dejarte, Marni.

—Voy a echarte mucho de menos. Pero, por favor, mantén el contacto. Escríbeme por el móvil o por *email*, o llámame. Nos hemos hecho muy buenas amigas, y eso no podemos perderlo.

—Jamás. Y, por favor, despídete por mí de Ellen, de Bella y de Nettie. Echaré de menos nuestro pequeño club de la amistad. Y, si ellas quieren mantener el contacto, a mí me encantaría.

—Claro que se lo diré.

Sophia soltó la caja y abrazó a Marni.

—Has sido como una madre para mí.

Marni le acarició la mejilla.

—Pero cuando estés con tus tías, verás que tienes muchas madres. Y seguro que son más mandonas que yo.

—Voy a meter esto en el coche —dijo Sophia.

Cuando había salido por la puerta trasera, Sam miró atrás y luego abrazó a Marni y la besó con pasión. Suspiró contra sus labios.

—Me estoy enamorando de ti —susurró—. Qué agonía.

—Estás haciendo lo correcto. Cuidaos y llámame.

—Has perdido la oportunidad de decir que tú también me quieres.

—No hace falta que lo diga. Lo sabes.

Cuando Ellen y Mark llegaron a Quincy, de inmediato encontraron la iglesia que había accedido a ser su base de operaciones. Mark estacionó en el aparcamiento y se quitó el cinturón de seguridad. Ellen no se movió.

—No puedes quedarte ahí todo el día. Romperán la puerta, te sacarán a rastras y te vacilarán sin piedad.

—Me muero de vergüenza. ¡La radio ha estado encendida todo el tiempo!

—¿Y? No hemos hablado de nada vergonzoso ni demasiado personal.

—Todo de lo que hemos hablado es personal. Hemos hablado de nuestras familias, de nuestros matrimonios, del instituto...

—Olvídalo —dijo él riéndose—. Vamos, tenemos trabajo que hacer. No hay tiempo para orgullos absurdos.

Y con eso, Mark se marchó.

Ellen se quedó unos minutos sentada en la cabina observando lo que sucedía en el gran aparcamiento de la iglesia. Todos esos hombres grandes y bellos empezaron a colocar los remolques. «¿Por qué serán tan guapos los bomberos?», se había preguntado con frecuencia. «¿Será un requisito?».

Los vehículos estaban aparcados en un extremo del aparcamiento. Los remolques refrigerados formaban fila en el punto más separado de la iglesia, y las caravanas, en la parte trasera. Sacaron cables alargadores y los desenrollaron. Montaron un toldo grande sobre unos postes plateados para resguardarse del sol, aunque el humo del aire formaba una capa nubosa.

Ella salió a ayudar. Eugene fue el primero con el que se encontró.

—Bien, vienes con nosotros. No te preocupes, Ellen. Eres inteligente al no querer otro paciente. Nosotros cuidaremos de él si empieza a tener problemas.

Ellen gruñó, Eugene se rio, y se pusieron a trabajar.

Parecía como si todo estuviera coreografiado. De la iglesia sacaron grandes mesas plegables; al parecer, Mark ya había hablado con ellos para que se las prestaran para el servicio de comida. El pastor y la secretaria de la iglesia se acercaron para saludar a los voluntarios y presentarse. Mark le agarró la mano a Ellen y la llevó hasta donde estaban charlando. El hombre se presentó como el reverendo Peter Hollis y la mujer era Jan Stanton, la secretaria.

—Es fantástico lo que estáis haciendo —dijo Peter—. Hemos visto algunos puestos de emergencias por el pueblo, pero, quitando la carpa de la Cruz Roja y que tenemos nuestro santuario lleno de camas plegables cortesía de la Guardia Nacional, no estamos bien preparados.

—Esta es nuestra primera vez, así que nos gustaría que nos comentéis qué tal lo hacemos —dijo Mark—. Está claro que tendremos que hacer mejoras y ajustes. Vamos a empezar con sándwiches, fruta y galletas, y, cuando llegue la tarde, daremos las comidas calientes. ¿Seguro que no os importa que tiremos de vuestra electricidad? Puedo daros un cheque por el consumo que hagamos.

—Tenemos un generador que podéis usar. A lo mejor con el gas sí que nos vendría bien un poco de ayuda, pero estamos preparados para ayudaros con vuestro trabajo.

—No veo a nadie —dijo Mark.

—Tenemos un montón de gente acampada dentro y, en cuanto corra la voz de que aquí hay comida, os vais a quedar impresionados. No se han perdido muchas casas, pero sí que ha habido muchas evacuaciones por el humo y el riesgo. Mucha gente ha abandonado sus hogares porque están en la línea de fuego. Esa gente está desesperada por volver para ver qué les ha quedado. Hay ranchos y granjas. La gente está trabajando como loca para salvar su ganado.

—Espero que los estén ayudando con eso —dijo Ellen.

—Están viniendo grupos de rescate de varios condados con camionetas y remolques. No siempre son grupos organizados, solo vecinos intentando ayudar. Tenéis que estar preparados para moveros si cambia el viento o el fuego modifica su curso.

—Estamos preparados —dijo Mark.

¡Ellen sintió tanto orgullo al oírlo! Podían hacerlo. Él sabía qué hacer.

Sacaron un montón de manteles resistentes para cubrir las mesas. Ella se fijó en que las habían colocado dejando espacio para que los voluntarios pudieran moverse entre ellas: varias delante y varias detrás, contra las caravanas. Había una zona de preparación de comida y una de servir. Empezaron a sacar grandes recipientes de plástico, panes de molde, envases de pavo y salami, tarros enormes de mayonesa, mostaza, mantequilla de cacahuete y gelatina. Había lechuga, tomates, apio y palitos de zanahoria. Manzanas. Ahora Ellen sí que sabía qué hacer. Era lo suyo. Fue directa a las mesas de preparación de comida y se limpió las manos con desinfectante.

—Yo me ocupo, chicos —dijo mientras se quitaba el exceso con papel. Se puso unos guantes de látex.

Ahí era donde se sentía cómoda. Sacó los condimentos, dispuso los utensilios y empezó a montar sándwiches. Cuando acababa con uno, lo envolvía y lo metía en el cubo de plástico.

Al cabo de unos minutos, uno de los chicos se unió a ella y empezó a envolver los sándwiches que ella iba montando.

—Manos limpias y guantes, por favor —dijo. Al instante, otro de los hombres se acercó, sacó las manzanas y las puso en un gran cuenco. Luego alguien sacó el cubo de galletas.

—Será mejor que compruebe que están bien —dijo antes de comerse una.

—Solo una —lo reprendió Ellen—. No son para ti —añadió, pero entonces cayó en la cuenta de que los voluntarios también tomarían parte de la comida porque, si no, podrían empezar a desfallecer.

Más mesas largas plegables y sillas salieron de la iglesia, y algunos de los hombres empezaron a montarlas. Dos de ellos llevaron una mesa de pícnic desde el extremo más alejado de la iglesia hasta el aparcamiento. Luego apareció otra más, que el pastor ayudó a llevar.

Al rato, un par de mujeres salieron de la iglesia con una hilera de niños tras ellas y se acercaron tímidamente a las mesas.

—¡Hola! —dijo Ellen con tono alegre—. ¿Os apetece comer algo? No tenemos desayuno, ¿pero qué tal un almuerzo temprano?

—Sería estupendo —dijo una de las mujeres.

—¿Cuánto es? —preguntó la otra.

—Es gratis —dijo Ellen—. ¿No lo sabéis? ¡Necesitamos un cartel para que la gente lo sepa!

—¿Quién está haciendo esto? —preguntó la primera mujer.

—Estos hombres son todos viejos amigos, bomberos, bomberos jubilados y sus amigos. El de allí es Mark, el que lleva el cubo de basura. Ha sido todo idea suya. Lo ha montado para situaciones como esta —dijo Ellen orgullosa.

Mark soltó el cubo en un extremo de la mesa de servir, se sacó una bolsa de plástico del bolsillo trasero y la colocó en el cubo. Había pensado en todo. Ellen lo saludó con la mano y él le devolvió el saludo.

—Tenemos pavo y queso suizo con lechuga en pan integral, mantequilla de cacahuete con mermelada, palitos de zanahoria y apio, patatas fritas, manzanas y galletas.

Charló un rato con las mujeres y les dieron el almuerzo a los niños. La parte trasera de la camioneta de Dale estaba llena de agua embotellada y él fue sacando cajas. Al rato, un par de coches y camionetas entraron al aparcamiento. Mark corrió a saludar a los conductores y señaló la mesa de comida. Charlaron y se rieron un poco y luego todos fueron hacia la mesa. En poco tiempo había un par de docenas de personas y los sándwiches iban desapareciendo rápido.

Ellen vio que Mark y dos hombres habían sacado parrillas de la zona de almacenaje en la parte inferior de la autocaravana. Sabía que ya se estaban preparando para la siguiente comida. No tenía claro qué había decidido hacer Mark, pero sabía que había grandes bandejas de pastel de carne, lasaña, y pollo y pechuga de pavo a la barbacoa.

Llegó más gente, algunos buscando refugio en la iglesia y otros tomándose un descanso para comer algo. Ellen habló con cada uno de ellos y le contaron dónde tenían sus casas y en qué condiciones estaban. Algunos estaban esperando más información sobre los posibles daños o pérdidas antes de ir a quedarse con amigos o familia. Una dotación de la brigada de élite de bomberos forestales llegó en una camioneta y todos se dirigieron hacia la comida como si estuvieran muertos de hambre. Los bomberos le contaron que esperaban tener el fuego controlado en otras veinticuatro horas. Y así pasó toda la tarde.

El aroma a pavo a la brasa llenó el aire y ella vio a Mark corriendo entre la autocaravana y las parrillas, vigilando la comida. Ellen y los hombres empezaron a preparar las mesas para otra comida. En esa ocasión consistió en pavo, aliño, patatas, salsa de carne y judías verdes. Ayudó a Mark y a Bob en sus respectivas cocinas y se quedó impresionada al ver cuánta comida había y lo perfectamente que estaba cocinada.

A las cinco había, fácilmente, el doble de gente por allí lista para volver a comer. El ambiente no estaba más distendido, pero se habló mucho más. Todo el mundo tenía los móviles fuera y muchos estaban hablando y escribiendo, intentando contactar con sus seres queridos. Se oía un murmullo constante por la cantidad de gente que había compartiendo su historia y conociéndose, si es que no se conocían ya. Eran de todas las edades, desde niños hasta ancianos. Había incluso algunas mascotas porque, claro, ¿cómo iba alguien a abandonarlas?

—La próxima vez me acordaré de traer comida para gatos y pienso para perros —dijo Mark.

Unos cuantos rancheros que habían estado ayudando a los vecinos a reunir el ganado se pasaron por allí y otro camión cargado de bomberos de la brigada de élite descargó para que comieran algo. Algunos bomberos voluntarios montaron una tienda en el césped de la iglesia y se fueron a dormir para estar preparados para volver a la carga a primera hora de la mañana. La gente solía quedarse allí, charlando o compartiendo noticias, hasta mucho después de terminar de comer. En cierto momento pasó por allí un hombre de unos cincuenta años como poco, con una mochila muy cargada y un saco de dormir. Estaba muy claro que no era residente de la zona. Ellen se giró hacia Mark, que dijo:

—No preguntes. Estamos aquí para dar de comer a quien tenga hambre.

Como si no pudiera amarlo más, en ese momento Ellen resplandeció de orgullo por él.

Cuando toda la comida menos las galletas se quedó almacenada y terminaron de limpiar y recoger, Ellen estaba agotada. Le preguntó a Mark si podía darse una ducha.

—Adelante.

—¿Hay suficiente agua?

—Hay un parque de caravanas a unos ocho kilómetros. Voy a llevar la autocaravana para recargarlo todo y que mañana haya suficiente para limpiar. Pero recuerda que no es agua potable, para no correr riesgos. Y dejaré a algunos de los chicos usar la ducha, así que cierra la puerta del dormitorio mientras te estés vistiendo.

Una vez limpia y seca, Ellen sacó un chándal suave y calentito. Al oír a alguien entrar en el baño y abrir la ducha, decidió quedarse en el dormitorio. El gravísimo error lo cometió al tumbarse en la gigantesca cama. Pensó en quedarse ahí hasta que terminara quien fuera que estuviera usando la ducha, pero ese fue el último pensamiento coherente que recordó.

Se despertó y la autocaravana estaba a oscuras, pero oyó el agua correr. O era la ducha más larga de la historia o se había duchado más de uno de los chicos. Ella no era campista y no estaba segura del protocolo a seguir cuando se compartía un espacio pequeño. Además, era la única mujer.

Luego se dio cuenta de que tenía encima una manta suave y calentita. Suspiró y se acurrucó más. No habían hablado de cómo iban a organizarse para dormir, pero pensó que seguro que ella dormiría en la litera estrecha que había sobre la cabina. Como la autocaravana estaba equipada principalmente para servir como una gran cocina funcional, no había ni sofá, ni cuarto de estar, ni cama extraíble. Pero sí que estaba esa litera y, después de todas las horas que había echado Mark, ella consideraba que él debía tener una cama decente.

La ducha se cerró. Oyó a alguien moverse y miró la hora. Eran las diez. No sabía a qué hora se había duchado ella, pero no había sido hacía tanto. Mark abrió un poco la puerta, intentando no hacer ruido, y ella se incorporó.

—Me voy a dormir a la otra cama.

—No seas tonta, es una cama grande. Podemos compartirla, si a ti no te importa.

—Necesitas descansar. Mañana será otro día duro.

—¡Pues vamos a dormir! —dijo él relajado. Se tumbó boca arriba junto a ella—. Túmbate, Ellen. Estabas tan cansada que has caído redonda. Necesitamos dormir para estar bien mañana.

Con cautela, despacio, ella se tumbó.

—Me has tapado.

—Aquí en las montañas por la noche hace frío.

—Hoy me he sentido muy orgullosa de ti.

—Oooh, eres un cielo. Yo me he sentido orgulloso de todos nosotros. Mañana será otro día largo y luego, el tercer día, tendremos un cambio de turno. Unos cinco chicos del parque de bomberos vuelven a casa y ya hay suplentes listos para relevarlos. Uno de ellos ha hablado con un miembro del destacamento de incendios forestales y parece que en un par de días dejarán a algunas personas volver a la zona destruida. Poco a poco, claro.

—¿Para ver si queda algo?

—O para ver lo mal que está la cosa —contestó él—. Y luego está el tema de las mascotas, los amigos y los vecinos. Gracias a Dios que hay móviles. Al menos esta gente ha estado en contacto con sus familias. He conocido a una pareja que tiene una hija en la universidad y le han dicho que no vuelva a casa porque ellos van a quedarse con unos amigos. Pronto esto va a estar plagado de peritos de seguros. Pero no todo el mundo estará cubierto.

—¿Y si nos quedamos sin comida?

—Eso no va a pasar. Iremos al Costco más cercano y compraremos de todo si hace falta.

—Debería llamar a Marni —dijo Ellen—. Querrá saber qué está pasando.

—Sí, llámala.

—Por la mañana —dijo Ellen poniéndose de lado.

Al instante, él se acurrucó a su espalda, haciendo la cucharita.

—Qué gusto. Voy a dormir como un bebé. Pero te advierto que puede que ronque.

—Y yo —dijo ella tranquila.

Mark roncó un poco, pero fue un ligero murmullo que la encandiló de inmediato. Un sonido que le encantó. Él, dormido, se le acercó más y ella se preguntó: «¿Se acordará de que soy yo? ¿Se pensará que está en la cama con su difunta mujer?».

Le pareció lo más natural del mundo juntarse más a él y volvió a quedarse dormida. Se despertó varias veces, pero no se movió ni salió de la cama. Entonces, de madrugada, sintió las manos de Mark moviéndose, acariciándola, y fue una sensación de lo más agradable. No había imaginado que fuera a ser así. De hecho, ni siquiera se había permitido imaginárselo.

Él le besó la nuca y ella se giró en sus brazos.

Mark la besó en los labios. Luego la llevó hacia sí y la besó con más intensidad.

—¿Te he despertado con mis ronquidos? —susurró.

—No, me has despertado con tus caricias.

—¿Me has apartado?

—No. Me ha gustado.

Y entonces, muy despacio y con cierta inseguridad, él coló las manos primero bajo su sudadera y luego bajo los pantalones del chándal. Ellen gimió. La acarició con delicadeza y ella se acercó más. Hubo muchas caricias mutuas y exploraciones junto a besos profundamente apasionados.

—¿Bien? —preguntó él.

—Sí, muy bien.

Y eso lo animó aún más. Estaba sobre ella, quitándole la ropa a la vez que ella se la quitaba a él. Tardaron un poco y todo fue algo desmañado, pero por fin acabaron desnudos y pegados el uno al otro, con desesperación. Él deslizó los dedos más en su interior y gimió.

Ellen pensó muchas cosas a la vez: había pasado mucho tiempo desde la última vez que había disfrutado de esa actividad; no tenía claro qué hacer o qué le gustaría a él; podía salir corriendo asustada, pero lo adoraba y quería esa cercanía más que prácticamente nada.

Y entonces, abrazados y rodando por la cama, se unieron por fin. Fue una sensación de conexión que Ellen no había sentido en años.

—Ay, Dios —susurró.

—Alucinante —contestó él.

Se mecieron juntos un momento y luego, satisfechos, se separaron. Se quedaron muy cerca, abrazados, suspirando de felicidad. Ellen, con la cabeza en el hombro de él y la cara acurrucada en su cuello, se quedó dormida otra vez. En un estado de semiinconsciencia, sintió que Mark los tapaba con la colcha.

—Gracias.

—Un placer —respondió él. Luego soltó una risita.

Marni recibió noticias de Sam. Sophia y él habían llegado bien a Argentina. La familia de su difunta esposa los recibió con una gran cena, y familiares de todas partes se reunieron para darles la bienvenida. Él no sabía qué planes tenían, pero le prometió a Marni que la llamaría en cuanto pudiera.

También tuvo noticias de Ellen, y la mujer a la que conocía y con la que trabajaba desde hacía veinte años nunca había parecido tan viva. Estaba animada e ilusionada y le contó cada pormenor del trabajo que habían hecho, desde detalles de la gente hasta historias del incendio. Se había hecho amiga de los bomberos que habían ido como voluntarios para colaborar con su proyecto y lo sabía todo de sus familias. Tenía pensado quedarse todo el fin de semana y otros dos o tres días de la semana siguiente.

Había pasado un día desde que Sam, Sophia y Ellen se habían marchado. Luego dos, y después tres. Marni hablaba con Bella a diario, pero hacía una semana que no la veía, ya que cada vez estaba más cerca de salir de cuentas. Invitó a Nettie a pasarse a tomar una copa de vino después del trabajo, pero su hermana estaba ocupada preparando una conferencia para el fin de semana en la universidad.

Curiosamente, Marni sentía su vida vacía. Empezó a desear tener un perro al que sacar a pasear. Llamó a Bella y le preguntó si necesitaban comida; encantada les llevaría la cena. Bella y Jason tenían planes. Jason imaginaba que podría ser su última cena fuera de casa antes de que llegaran los berridos.

Marni decidió salir a caminar para animarse y cambiar de aires. No llegó lejos. Estaba bajando por su camino de entrada cuando se detuvo al ver una camioneta azul. Apoyado en un lateral del vehículo había un guapo y joven latino.

Sabía quién debía de ser.

—¿Angelo? —preguntó desde su lado de la calle—. ¿Cómo has entrado aquí? No le he dicho al guardia de seguridad que te deje pasar.

Él se puso recto, nervioso.

—Les he dicho que he venido a trabajar en el jardín, pero he venido por Sophia. Me ha llamado para que venga a buscarla.

Marni sonrió.

—No, no te ha llamado, y lo sabes. Tiene una orden de alejamiento contra ti. Sophia se ha marchado a un sitio donde la mantendrán a salvo. No conozco las leyes fuera de Estados Unidos, pero no me sorprendería que te encerraran por acoso y se olvidaran de ti.

—¡Mentira! ¡Me ha llamado para que viniera!

—Chico, tienes que entrar en contacto con la realidad. Voy a llamar a la policía. Si te quedas aquí es por tu cuenta y riesgo.

Él, enérgicamente, cruzó la calle hacia Marni. Ella ni se inmutó, por extraordinario que pudiera parecer.

—¡Te atreves a llamarme mentiroso! —gritó Angelo.

Se decía que si te topabas con un oso en el bosque tenías que ponerte firme, sacar pecho y bramar con fuerza. Tenías que aparentar ser una gran amenaza, nunca darte la vuelta ni correr, sino mostrarte agresivo y peligroso. Ella sacó pecho y gritó:

—¡Tienes la puta razón! ¡Me atrevo!

Luego se giró y volvió a entrar en casa por la puerta del garaje.

Se suponía que no debías dar la espalda, pero ella lo hizo. Bajó la puerta del garaje y cerró con llave la puerta interior. Justo en ese momento la camioneta de la seguridad de la urbanización paró en su casa, el guardia bajó y, señalando frenéticamente el camino que conducía a la salida, le indicó a Angelo que se marchara. Marni no pudo evitar fijarse en que el guardia era bastante menudo. Y que, por supuesto, no llevaba pistola.

Pero Angelo se subió a su camioneta y se marchó.

Entonces Marni empezó a temblar.

Angelo no era un tío grande, pero parecía que tenía los hombros musculados y fuertes. Era más alto que ella, que tampoco era decir mucho. Pero Marni era una mujer mayor y él era un mal tipo, eso seguro. Podría con ella sin ninguna duda.

Llamó a la garita de seguridad de la entrada de la

urbanización, les llamó la atención por haber dejado entrar a Angelo sin su permiso y les advirtió que no volvieran a dejarlo pasar. Les dijo que avisaran a la policía si volvía a intentar entrar.

Luego llamó a la policía y preguntó si podía dejar un mensaje para el agente Bowen, el mismo que le había dado su tarjeta a Sophia. El hombre tardó solo veinte minutos en devolverle la llamada.

—Se trata de mi amiga y empleada, Sophia Garner. El joven que estaba acosándola y amenazándola se ha presentado en mi casa buscándola. Le he dicho que ella se ha marchado a un lugar seguro, y se ha puesto hecho una furia.

—Ha hecho bien en decírmelo —dijo el agente Bowen—. ¿La ha amenazado?

—Desde luego que ha volcado toda su furia en mí, pero yo le he devuelto la mía. Se ha ido. Pero he pensado que usted debería saberlo.

—Gracias. Puede que sea buen momento de volver a tener una charla con él.

—Dice que ella lo ha llamado, y es imposible.

—¿Está segura?

—No. Hace unos días que no hablo con Sophia, pero se ha marchado a Argentina por culpa de él. No me imagino que lo haya llamado. Creo que debe de estar mintiendo otra vez.

—¿Y usted está protegida? ¿Tiene los cerrojos echados?

Ella soltó una risita al recordar el momento en que le instalaron el sistema de seguridad, sobre todo los cerrojos y las cámaras.

—No va a poder entrar aquí. Tengo seguridad de última tecnología. Y ya he avisado al personal de la urbanización para que estén pendientes.

—Bien. Me ocuparé de esto. Gracias.

—¿Pero qué le dirá? No ha quebrantado ninguna

ley. Yo no tengo una orden de alejamiento en su contra. ¿Cómo puede hacer que pare?

—Mi único plan es escucharlo para ver en qué piensa, qué podría estar tramando. Después de hablar con cerca de un millón de sospechosos, uno aprende qué preguntar y a qué prestar atención.

—¿Le importaría contarme cómo ha ido?

—La llamaré cuando sepa algo. Mientras tanto, mantenga las puertas cerradas.

—Claro.

Esa noche, por puro aburrimiento, fue a ver a su hermana. Nettie y Marvin tenían amigos en casa que habían ido a jugar a las cartas, así que no se quedó mucho. Lo justo para ganar veinte dólares. Todos la llamaron tramposa por jugar mejor de lo que decía. La tarde siguiente fue a ver a Bella, que estaba a puntito de caramelo. Estaba tumbada en el sofá con los pies en alto y tenía los tobillos como botas. Menos mal que les había preparado una cena baja en sodio de bistec a la pimienta y arroz.

El agente Bowen la llamó mientras estaba conduciendo de camino a casa.

—Le va a interesar saber que Angelo ha negado haber hablado con usted.

—¡Está mintiendo! —dijo Marni casi con un chillido.

—Claro que está mintiendo. Su patrulla de seguridad ha verificado que estuvo allí y que le pidieron que se marchara. ¡No se olvide de esos cerrojos!

Al menos esa noche pudo hablar con Sam unos minutos, lo suficiente para contarle lo de Angelo y su llamada al agente Bowen. Su posterior charla con el buen agente había verificado que Angelo no parecía saber que Sophia se había marchado del país y confirmado que no tenía pasaporte, por lo que no la seguiría.

—¿Te has quedado más tranquila? —preguntó Sam.

—Por Sophia, sí —dijo Marni—. Ese imbécil no me asusta ni un poco. Ya me conozco a los de su clase.

Lo que no se permitiría decir fue: «¡Quiero que vuelvas!».

Capítulo 16

A Marni no se le hacía muy raro verse sola. Estaba sola varias horas al día como poco. Pero lo que sí se le hacía raro era verse sola un día tras otro. De hecho, exceptuando algún fin de semana, no recordaba la última vez que había pasado algo así. Siempre le había encantado que su casa, sobre todo la cocina, fuera un lugar de reunión. Ahí era donde iban sus amigas. Y ella les servía comida.

Ellen había llamado y le había dicho que el servicio de comida de emergencia estaba teniendo mucho éxito y que volvería a casa en un par de días. Nettie estaba muy ocupada con la universidad. Bella no dejaba de llamarla para informarla de cada punzada y cada dolor. Y Marni no había dormido bien. Estaba teniendo sueños perturbadores. Sobre Rick. Recordó de forma muy clara el trato que le había dado y se preguntó si ella seguiría ahí de no haber muerto él. ¿Y Bella?

No se había terminado el café, pero al parecer iba a ser uno de esos días dedicados a las reflexiones profundas. Revivió la tensión de estar esperando a que él llegara a casa, temiendo que estuviera borracho y la tratara mal. Se había despertado después de gritar en sueños al recordar la vez que la había empujado tan fuerte que la había lanzado por encima de la mesita de café. Le había dado un bofetón en la mandíbula y se la había dejado hinchada y amoratada.

«Pues sí que te has vuelto torpe con el embarazo», había dicho su madre. «A mí me parece un puñetazo», había dicho la tía Dahlia.

Marni hizo lo que siempre la ayudaba a tranquilizarse. Sacó del congelador una tarta de zanahoria de treinta centímetros de diámetro.

«Si vuelves a tocarme, llamaré a la policía», le había dicho Marni.

«Pues ya veremos si vives para contarlo», la había amenazado él.

Volvió al congelador, sacó una tarta amarilla de veinticinco centímetros y puso las dos a descongelar en la encimera.

Sacó azúcar glas y minimalvaviscos. Después vino el colorante alimentario. El cuenco de malvaviscos fue al microondas durante treinta segundos, luego ella los removió y los puso treinta segundos más, y así otra vez hasta que estuvieron derretidos y cremosos.

Rick siempre parecía hacerle daño por accidente. Era como si se pusiera hecho una furia sin poder contenerse. Eso sí que era tener problemas de control de ira. Luego la culpaba por provocarlo. «¿Por qué me provocas hasta que estallo?». Después se arrastraba y se arrepentía. Otras veces no. Otras veces se marchaba, o se iba a dormir, o seguía furioso. Una vez Marni se escondió en un armario y rezó por que él perdiera el conocimiento.

Pero ¡bendito ejército! Rick volvía a marcharse días, semanas o incluso meses, y eso le daba a Marni tiempo para recuperarse.

Mezcló colorante azul con parte del *fondant* y lo

amasó. Lo estiró con el rodillo hasta dejar una plancha fina pero consistente que colocó sobre la tarta de treinta centímetros y luego alisó. No había ni el más mínimo abultamiento o burbuja. Después amasó y estiró otra plancha de *fondant* blanco para la tarta de veinticinco.

Tras la muerte de Rick, la pequeña Bella y ella vivieron con su madre y sus tías. Nettie era una adolescente y ahí fue cuando de verdad se unieron. Fue la época más llena de amor y reconfortante de su vida. Siempre había alguien en casa, siempre alguien que cuidara de Bella, siempre alguien dispuesta a escuchar. Su madre y sus tías tenían citas y salían de vez en cuando, pero se oponían por completo a dejar que un hombre invadiera su estrecho círculo. Trabajaban juntas para que la bebé y la casa estuvieran en orden. A Marni le encantaba preparar la cena y luego nunca tenía que recoger. Nettie sobresalía en clase y Marni tuvo la oportunidad de formar parte de ello, ayudándola, alabándola y, en alguna ocasión, colaborando para pagar la universidad. Marni y las mujeres con las que vivía tenían programas de televisión favoritos para ver juntas y otras veces jugaban a las cartas. Fue la época más tranquila y segura que recordaba. Incluso tuvo un par de romances importantes mientras vivió allí, pero, gracias a Rick, nunca se vio tentada a comprometerse a largo plazo.

Dahlia fue la primera en morir, y luego, unos años después, la siguió Ruth. Celeste, la madre de Marni, vivió hasta los ochenta y cinco y llevaba un par de años en una vivienda asistida cuando se marchó plácidamente.

Un par de tartas más salieron del congelador y Marni hizo una *buttercream*. No tenía ningún plan, pero el mejor momento para pensar era mientras creaba. Repostería estilo libre. Dividió la crema, creó distintos colores y sacó las mangas pasteleras y boquillas de distintas formas.

Uno de los romances que tuvo mientras vivía con su madre y sus tías fue con Jeff. No fue una pasión abrasadora lo que los unió, sino más bien una cómoda y agradable amistad. Por aquel entonces los dos estaban en televisión y Bella en el instituto. Marni veía a Jeff como un hombre afable, formal y de fiar.

Por supuesto, se había equivocado. O tal vez no. Pero cuando él sucumbió a los encantos de Gretchen, se convirtió en otra clase de hombre. La clase que podía serle infiel y abandonarla sin el más mínimo sentimiento de culpa.

Miró el reloj y se quedó atónita al ver que habían pasado horas. Había creado una tarta de cuatro pisos en colores azul, blanco y amarillo. La había decorado con rayas, huellas de mano en miniatura, globos, puntos y lazos. Era enorme. Y preciosa.

Se tomó un momento para intentar averiguar qué la había llevado a hacer esa tarta gigantesca. No habían sido solo Rick o su madre y sus tías. Había sido algo de mayor magnitud. Habían sido los ejes de su vida los que habían marcado un cambio. Un cambio fundamental. Desde Rick hasta la vida con su madre y el comienzo de su carrera como repostera y en televisión. La crianza de Bella, básicamente sola pero con un apoyo increíble. Luego llegó Jeff y la relación con él también marcaron el mayor crecimiento de su carrera. Tal vez Jeff tenía razón cuando se atribuyó el mérito de su éxito, pero, aun así, una mujer no haría eso, no se atribuiría el mérito del éxito de su marido. No, una esposa simplemente se enorgullecería muchísimo de su marido y presumiría de él hasta matar a sus amigas de aburrimiento.

Pero hubo otro suceso que lo cambió todo, más que la presencia de Jeff. Y eso fue su amistad con Ellen. Veinte años atrás Ellen llegó a su vida y eso fue lo que de verdad la lanzó a lo más alto. Ellen no solo era una chef brillante, sino una estratega alucinante. Su influencia se notó profundamente en el programa de televisión. Era innegable, y las cifras así lo demostraron. Duplicaron y triplicaron sus índices de audiencia en los cinco primeros años y luego otra vez. Marni pasó de una cocina en un plató a grabar en su casa diseñada a medida y las cifras se dispararon otra vez. Ellen y Marni trabajaron codo con codo con su director para planificar las grabaciones. En nada de tiempo el programa se vendió y cadenas de todo el mundo estaban solicitándolo. La popularidad en Internet también estaba subiendo vertiginosamente.

Todos los cambios importantes de su vida habían sido muy complicados, muy dolorosos, pero los frutos habían sido abundantes y gratificantes. Ahora se avecinaba otro gran cambio. Iba a perder a su amiga Ellen, que empezaría un nuevo capítulo de su vida. Sophia se había ido. Había un bebé en camino. Y el hombre al que anhelaba estaba a un mundo de distancia, manteniendo a salvo a su hija.

Oyó el timbre y la puerta principal abrirse. No fue consciente de que tenía las mejillas empapadas de lágrimas hasta que Ellen entró, se dirigió a la cocina y se quedó más impactada al verla a ella que al ver la tarta.

—¿Qué pasa? —preguntó espantada.

—¿Qué haces aquí? —preguntó Marni.

—He vuelto del incendio, así que he ido a casa a ducharme, me he cambiado y he venido aquí directa. Y... —empezó a decir mientras tocaba con delicadeza el segundo piso de la tarta—. ¡Madre mía!

Viendo el tamaño de esta tarta, tienes que estar muy angustiada.

—No, estoy bien —dijo Marni secándose las mejillas.

—Marni, eres mi mejor amiga desde hace siglos y a ti solo hay dos formas de sacarte una tarta como esa. O te han dado una comisión enorme para un programa especial o estás disgustada por algo y te has desquitado horneando.

Marni se dejó caer en uno de los taburetes de la barra de desayuno.

—¿Cuándo has llegado a conocerme tan bien?

Ellen se sentó en otro taburete, frente a ella.

—¿Cuándo no? ¿Qué te pasa?

—Me enfrento a un nuevo cambio, uno grande. Y no manejo bien los cambios.

—Manejas los cambios mejor que nadie que conozca. ¿Qué cambio?

Marni respiró hondo.

—Sophia se ha ido y sé que a ti voy a perderte por una gastroneta. Voy a tener que contratar a gente nueva y odio contratar a gente. Es como una regla universal que los tres primeros intentos no funcionen. Hay un bebé a punto de llegar y estoy ilusionadísima, pero ¿y si Bella cree que no soy una buena abuela? ¿Y si no lo soy? Sigo trabajando más de cuarenta horas a la semana y si me faltan mi becaria y mi asistente... —se sorbió la nariz con fuerza—. Y de esto no he dicho nada, pero me he enamorado de alguien en secreto y también se ha ido.

—Aaah, sí —dijo Ellen—. Sam.

—¿Qué? ¿Qué has dicho?

—Que he imaginado que sería Sam.

Marni la miró con los ojos como platos.

—¿Cómo puedes saberlo?

—No sé, creo que cualquier persona observadora

podría haberse dado cuenta. Por cómo lo mirabas, cómo pronunciabas su nombre, o porque te ponías nerviosa como una chiquilla cuando ibas a ir al laboratorio hidropónico. Además, Sophia me contó en secreto que su padre hablaba por teléfono por las noches, muy tarde, que decía cosas muy bonitas y que ella esperaba que fueras tú quien estuviera al otro lado de la línea.

—¡Caray! ¡Y nosotros pensando que estábamos siendo muy discretos!

—No creo que os hayan descubierto oficialmente. Si queréis intentar ocultarlo, os ayudaré si puedo. Pero creo que tendría más sentido que encontrarais un modo de estar juntos, aunque lleve algo de tiempo. Mientras tanto, tenéis el teléfono...

—Está en casa de la enorme familia de su difunta esposa y tenemos muy poco tiempo para hablar, pero es mejor que nada.

—Y no es que vayas a perderme por una gastroneta exactamente, aunque espero poder estar libre para ayudar cuando haga falta. Es emocionante —dijo Ellen con una gran sonrisa—. Muy gratificante. Es como un sueño hecho realidad. Después de tirarte trabajando toda la vida, quieres jubilarte haciendo algo grande. Devolviendo lo que has recibido. Aportando algo, o como quieras llamarlo. Tú vas a hacerlo con tu casa refugio.

Marni se encogió de hombros ligeramente.

—Tengo un agente inmobiliario estupendo que sabe lo que estoy buscando y me va pasando opciones cada semana, pero aún no tenemos nada. De todos modos, sigo decidida a hacerlo. Quiero ayudar a mujeres y niños que estén pasando por una de esas terribles situaciones de violencia, pero Ellen... Me siento fatal diciendo esto... No es mi trabajo. Este... —dijo señalando la enorme tarta—. Este es mi trabajo.

—Lo sé, y no pasa nada. No todos podemos ser trabajadores sociales. Pero un poco de ayuda está bien, ¿no? Ese es mi plan. No pienso dejarte, Marni. Me gustaría acompañar a Mark en alguna otra misión, pero no pienso dejarte.

—Has estado pensándolo...

—Sí. Porque me gusta mucho Mark y me encanta ayudarlo en este proyecto. Y me encanta conocer a la gente que estamos ayudando. También puede resultar un poco desgarrador, porque algunas de las familias a las que estamos dando de comer lo han perdido todo, pero no quiero dejarlo por nada, y creo que tú también deberías echarle un ojo. Por ejemplo, podrías dedicar una sección del programa a los voluntarios que recorren tantas distancias para dar de comer a víctimas de desastres como incendios forestales o huracanes. No estoy lista para renunciar a nuestro programa, Marni. Creo que lo estamos haciendo muy bien, cada vez mejor.

—¿Tú crees?

—Y me vas a necesitar cerca cuando llegue el bebé —dijo Ellen—. Vamos a ser un par de abuelas excelentes. Vamos a tener que apoyarnos la una a la otra porque el pequeñín que todavía no tiene nombre va a estar mucho por aquí.

Ladeó la cabeza y añadió:

—A juzgar por el tamaño de la tarta, ¡has estado pensando mucho en esto!

—Me sentía sola.

—Estabas preocupada —dijo Ellen—. Creía que ya habíamos dejado atrás lo de preocuparnos en silencio por las cosas. Nada ha cambiado tanto como para que vayamos a empezar a no hablar de nuestros problemas, ¿no?

Se oyó un golpecito y la puerta del garaje abrirse.

—¡Huooooola!

—¿Nettie? —gritó Marni.

—Soy yo —dijo Nettie, y sus pisadas resonaron mientras avanzaba desde la puerta trasera hasta la cocina—. Como has llamado dos veces preguntando si te podías pasar a tomar un vino, he pensado que debería venir a ver si estabas bien... ¡Ay, la hostia! —exclamó al ver la tarta. Se acercó más al gigantesco pastel. Alargó un dedo y con delicadeza tocó un globo azul que parecía flotar sobre los lazos rojos—. Madre mía, tienes que haber estado muy jodida para haber hecho esto.

—¿Por qué dices eso?

—Haces tus mejores trabajos cuando tienes un gran problema que solucionar. ¿Te acuerdas de cuando el divorcio?

—Ah, ya.

Marni había cocinado sin parar durante días cuando Jeff y ella habían roto. Apenas se podía andar por la cocina de la comida que había. Las tartas de diseño y los pasteles de especialidad estaban por todas partes. Había platos *gourmet* con salsas especiales, hojaldres, verduritas de lujo, platos horneados, pastel de carne con patatas, carnes fritas, asadas o a la parrilla, salsas de carne y más. Había regalado mucha comida, pero también había alquilado un congelador para el garaje. Algunas de sus mejores elaboraciones, *strogonoff*, salsa de espaguetis con trocitos de salchicha, empanada de pollo, sopa de brócoli y queso, y gambas *lo mein,* fueron a parar a vecinos, amigos y familia.

—¿Creías que nadie se dio cuenta de que estabas como una moto? —preguntó Nettie—. Así es como haces frente a las cosas. Y el resto, los observadores, recogemos los beneficios.

—Pues alegraos de que no me diera por tejer para mantener las manos y la cabeza ocupadas

—dijo Marni—. Sé que hemos bromeado sobre el tema, pero supongo que no me di cuenta de que todos os disteis cuenta.

—Todos nos dimos cuenta. ¿Nos tomamos un vino mientras nos cuentas qué te pasa?

Marni, como de costumbre, se alegró de tener algo que hacer con las manos mientras hablaba. Sacó una botella de la vinoteca y se dispuso a abrirlo. Sacó copas para Ellen y Nettie. Intentó explicar la realidad, que estaba entrando en una fase nueva de su vida y que la ansiedad la estaba devorando.

—Todo está cambiando otra vez. El bebé de Bella está a punto de nacer, Sophia se ha ido...

—Y se ha llevado con ella a su adorable padre —señaló Ellen.

—¡Anda! ¡Así que el padre de la becaria es importante! —dijo Nettie.

—Mucho —confirmó Ellen.

—¿Qué pasa? ¿Que quedáis las dos para hablar en secreto? —preguntó Marni.

Habló del nuevo interés de Ellen, de la necesidad de contratar ayuda, y admitió que sí, que echaba de menos a Sam. Que le había tomado mucho cariño y que, aunque habían ido con calma, él se había convertido en un amigo importante.

Durante el proceso de construcción de la tarta, había visitado a mucha gente importante de su pasado. Rick, su madre y sus tías, Nettie de joven, Bella creciendo en una casa llena de mujeres. Pero todo eso se lo guardó.

La puerta trasera, la que daba al garaje, se abrió y Bella gritó:

—¿Mamá?

—¡Esto es perfecto! —dijo Marni—. ¡Pasa, cariño!

—¡Necesito un poco de ayuda! —gritó Bella.

Las tres mujeres soltaron las copas y fueron a

buscarla. Estaba en el garaje con la parte trasera del monovolumen abierta. Estaba llena de cosas.

—He estado un ratito en la tienda.

—Ya lo veo —dijo Nettie.

—He tenido tres *baby showers*. La que me han hecho mis amigos y compañeros de trabajo fue la semana pasada. Fue para chicos y chicas. Estuvo genial y me dieron muchos regalos repetidos, pero, en lugar de devolver algunos, voy a equipar tu casa para cuando traigamos al bebé aquí. Y lo que no me han dado repetido en las fiestas, te lo he comprado. La doctora me ha dicho que tengo que caminar, así que me he recorrido unas cuantas tiendas.

Marni le había celebrado una pequeña fiesta cuando estaba de siete meses. Habían ido veinte personas a su casa. Y ella, cómo no, había cocinado. Pero Bella también había tenido una que le habían organizado sus amigas de la hermandad y otra de sus compañeros de trabajo. Todos eran fabulosos.

—¿Qué tienes aquí?

—Una cuna portátil, una hamaca, un montón de mantitas, algunos peluches, un móvil, una silla para el coche. Vamos a meterlo todo en casa.

—Menudo alijo, es estupendo —dijo Marni—. Tengo algunas cosas que he ido comprando aquí y allá en los últimos meses, sobre todo mantas, trajes, biberones, pañales y toallitas. Pero no había pensado en las cosas grandes —añadió mientras sacaba una silla para el coche—. Pensé que me traeríais al bebé con una bolsita de cambio y que con eso me bastaría. Lo que sí he encargado es una cuna. Debería llegar en un día o dos.

—¿Lo llevamos todo a una de las habitaciones de invitados? —preguntó Nettie.

—No, llevadlo al salón para que podamos echarle un ojo. Ya le buscaré sitio luego —dijo Marni.

En un instante la sala parecía una exposición de artículos para bebés. Le sirvieron una jarra de zumo a Bella mientras esta decía maravillas de la enorme tarta.

—Vamos a sacar unas fotos. Parece que estuviera hecha para Henry. Es la última opción de nuestra larga y tediosa discusión sobre nombres. Espero que no surjan más posibilidades durante la próxima semana, porque ya estoy lista. Si no pasa nada la semana que viene, me van a inducir el parto. ¡Vas a ser abuela muy pronto! —añadió sonriendo a Marni.

Había pasado un tiempo desde que todas se habían reunido, y tenían mucho que hablar para ponerse al día. Fue como en los viejos tiempos, a excepción del follón que había en la cocina tras un día de creación de tartas. En otros tiempos Marni habría preparado unos deliciosos aperitivos, pero con la cocina patas arriba, llena de cacerolas, cuencos, utensilios y desorden en general, no había ni espacio ni tiempo para prepararlos. Cotillearon mientras se tomaban un vino, y estaban a punto de tomarse otro cuando se oyó un ruido en la puerta trasera.

—¿Celebráis una fiesta?

Era Jeff.

—No sé qué hace aquí —dijo Marni.

Él entró en el salón.

—Somos solo nosotras —dijo Marni.

Él las miró, sonrió y, al ver a Bella, su expresión se llenó de dulzura y cariño.

—¡Pero Bella! ¡Ya estás a puntito de caramelo! ¿Cómo te encuentras, cielo? ¿Estás preparada?

—Eso creo —contestó ella.

Él se hizo hueco para ponerse a su lado y le agarró la mano.

—Estás increíble. Tienes ese brillo de las futuras mamás.

—Es solo por la acidez, Jeff.

—¿Quieres que te traiga helado? Sé que Marni tiene en alguna parte.

—No, gracias. Estoy bien.

Jeff saludó a cada mujer de la sala sin soltarle la mano a Bella en ningún momento. Le dijo a Ellen que tenía el rubor del sol en las mejillas y le preguntó si había estado trabajando en el jardín. Ella le dijo que no, pero que sí que había pasado el fin de semana al aire libre. Luego le preguntó a Nettie si había estado haciendo ejercicio y le dijo que la veía en forma y fantástica. A Marni le dijo:

—¡Menuda tarta! Ha tenido que llevarte todo el día.

—Todo el día —confirmó ella—. ¿Qué te trae por el barrio, Jeff?

—El derecho a alardear —dijo sacando pecho—. En solo unas semanas el restaurante ya está yendo bastante bien otra vez. Y tal vez en seis saquemos beneficios. No puedo atribuirme el mérito por el cambio, pero sí que puedo decir que soy parte de este resultado positivo. Hemos probado con nuevos horarios y ha funcionado. Además, hemos ampliado el menú para llevar, y eso ha generado más negocio. ¡Qué sensación tan buena!

Luego volvió a centrar su atención en Bella y le preguntó por los planes que tenía, por cómo estaba de salud y por todos los artículos de bebé que había esparcidos por la sala. Al instante la tenía riéndose y con los ojos iluminados.

Marni tuvo el lujo de ver a Bella transformarse en una joven feliz que derrochaba alegría. Entonces recordó que su divorcio de Jeff había sido tan duro para su hija como para ella. Bella siempre lo había adorado y él había desempeñado un gran papel a la hora de hacer de sus años de adolescencia y sus primeros años de universidad una experiencia positiva. No había esperanza de que Jeff volviera a ser más que un amigo para Marni, pero ella se alegraba muchísimo de la situación en la que se encontraban ahora.

—Cuenta conmigo para cuidar del bebé —dijo Jeff—. Se me dan bastante bien los niños.

—¿Cómo lo sabes? —le preguntó Bella—. ¿Y cuándo sacarías tiempo?

—Lo sacaré. Lo que no recuerde de mis días de tío lo volveré a aprender rápidamente.

Tuvieron una agradable charla salpicada de risas. Al cabo de un rato, mientras disfrutaba al máximo de la magia de volver a estar con su gente y al no querer que ese momento acabara, Marni rellenó las copas de vino. Eso era lo mejor de su vida: tener a sus seres queridos en su nido.

No le sorprendió ver que le gustaba tener sus momentos de soledad, siempre que no fueran demasiados, que fueran elegidos y, lo más importante, que apareciera gente cuando ella empezara a sentirse sola. Después de unos treinta deliciosos minutos de charla y conexión, notó que Bella estaba un poco pálida. Bella solía tener las mejillas con un tono rosado encantador, pero ahora tenía una lividez grisácea. Se frotaba la barriga con suavidad.

—¿Bella?

—Ya, ya, no me encuentro muy bien. ¿Puede ser que el zumo estuviera un poco pasado?

—No, si ha salido de mi cocina —dijo Marni—. ¿Te traigo otra cosa?

—No, dame un momento.

Bella se levantó, se tambaleó un poco, se agarró la barriga y gimió. Al instante, un río de fluido le cayó por las piernas y se acumuló junto a sus pies. Volvió a gemir y se dobló por la cintura... o lo que antes había sido una cintura.

Jeff se levantó de inmediato y la ayudó a sentarse en el sofá que tenía detrás.

—¡Ay, madre! —dijo Bella—. ¿Qué se supone que es esto?

Volvió a gemir agarrándose la barriga.

Todas la miraban con los ojos como platos. Esperando.

—Voy a tener que irme a casa a cambiarme.

Volvió a gemir de dolor. Marni tardó un instante en ser consciente de lo que estaba pasando: su hija había roto aguas y estaba de parto.

Bella agarró la mano que Jeff le había tendido para ayudarla a levantarse, pero volvió a sentarse de golpe con otro gemido. Empezó a resollar mientras se sujetaba la barriga como si intentara impedir que le saliera volando. El proceso se repitió una tercera vez mientras intentaba levantarse con dificultad. En esa ocasión miró atrás y vio la gran mancha en el asiento.

—¡Jo, mamá!

Marni saltó como un resorte y se acercó a Bella.

—Es la última de mis preocupaciones. Por favor, siéntate y concéntrate en la frecuencia de los dolores.

—¡El primero no ha parado del todo! ¡Ay, madre, sigue saliendo más cosa! —dijo inclinándose hacia un lado—. No para. Vais a tener que llevarme al hospital.

—Ni siquiera intentes contenerlo. Relájate y haz las respiraciones —dijo Marni mientras se sacaba el móvil del bolsillo y marcaba el 911 a toda prisa—. Si puedes, llama a Jason y dile que nos vemos en el hospital —añadió antes de decir por teléfono—: Soy

Marni McGuire. Mi hija está de parto, es su primer bebé, ha roto aguas, parece que hay sangre, y las contracciones son fuertes y constantes. Creo que tenemos una emergencia.

Alejó el teléfono y lo miró un segundo.

—¡No, no quiero tomarme un momento para evaluar las contracciones!

Bella soltó un alarido y se agarró la barriga.

—¿Responde eso a su pregunta? Necesitamos médicos y una ambulancia. ¡Rápido! —dijo Marni.

—Quiero que permanezca en línea conmigo, señora McGuire, para que pueda guiarla si se produce una situación de emergencia. Los vehículos de emergencia están en camino.

—Bien. Está en altavoz. Bella, ¿puedes llamar a Jason? Jeff, asegúrate de que la ambulancia pueda acceder a la casa.

—¿Llamo a la garita de seguridad? —preguntó Jeff.

—No te molestes —dijo Nettie—. Los bomberos llevan un chisme en los camiones que abre la puerta.

—¿Sigue ahí, señora McGuire?

—Estoy aquí, estoy aquí.

—¿Puede, por favor, pedirle a la paciente que describa la intensidad de sus contracciones en una escala del uno al diez siendo el diez la más dolorosa?

Mientras la operadora de emergencias hablaba con Marni, Bella hablaba con Jason y le decía que, por favor, fuera directo al hospital y que su madre había pedido una ambulancia.

Y entonces gritó:

—¡Ay, no! ¡Ay, no! ¡Ay, no! ¡Ya viene, ya viene, ya viene!

—¡No empujes! ¡Respira! —le dijeron todas las mujeres a la vez.

—Creo que estamos en el once —dijo Marni al teléfono.

—¿Puede mirar y decirme qué ve?

—¡Para eso tendría que encontrar el modo de tumbarla! ¿Cuánto le queda a la ambulancia?

—Cuatro minutos. Por favor, indíquele a la paciente que no empuje y que haga las respiraciones.

—Bella, ¿lo has oído? —preguntó Marni—. Agárrame la mano, mírame a la cara. Vamos a esperar a que lleguen los profesionales. Jadea así: ¡huf, huf, huf, huf! Bien, así está muy bien. Una vez más. Y otra. Lo estás haciendo genial.

Lo único que podía hacer Bella era gemir. Luego volvió a intentar jadear. Giró la cara y le entraron arcadas. Ellen y Nettie corrieron a por toallas.

—Ha vomitado —le dijo Marni a la operadora.

—Eso indica que está a punto de dar a luz. Voy a comunicárselo a los sanitarios. No cuelgue. Que siga haciendo las respiraciones.

Bella, con valentía, parecía estar haciendo todo lo que podía, pero acabó llorando de miedo.

—¡Ay, mamá, el bebé! ¿Está bien el bebé?

—¿Que si está bien? —preguntó Marni—. Cariño, ¡parece que está listo para salir! Tú haz las respiraciones e intenta estar calmada.

Oyeron el sonido de un motor potente.

—Bien, ya están aquí. ¡Han debido de saltarse todos los semáforos! ¿Has contactado con Jason?

—Está de camino.

Y entonces, de pronto, un grupo de hombres muy grandes y una camilla invadieron la perfecta casa de Marni, arrastrando con ellos la suciedad que habían pisado en la última emergencia.

Uno parecía estar al mando.

—¿Has tenido ganas de empujar? —le preguntó a Bella.

En lugar de responder, ella casi se alzó del sofá y empujó.

—¡Respira! —gritó todo el mundo.

—Vamos a subirla a la camilla a echar un vistazo —dijo el hombre—. Levantadla con cuidado.

La subieron a la camilla y el técnico sanitario la cubrió con una sábana y, con destreza, le cortó la ropa interior. Miró bajo la sábana y dijo:

—Ya se ve la cabeza. ¿Es el primer bebé?

—Sí.

—Pues vamos. Siempre es mejor si podemos llegar al hospital. Los primeros bebés se toman todo el tiempo que necesitan. ¿Quién quieres que vaya contigo detrás?

—Mi madre, por favor.

—¡Vamos! —ordenó el hombre, y otros dos sacaron la camilla y la metieron en la ambulancia.

En ese momento Marni pensó que ya estaba todo bien. Y lo pensó porque no tenía conocimientos médicos y había dado a luz a solo un bebé y hacía mucho tiempo. Pero no estaba todo bien, ni mucho menos. La metieron en la ambulancia. Marni iba a un lado de la camilla, apoyando a su hija, y el sanitario al otro. Le tomó la tensión, dijo que estaba alta y le puso una vía.

—Para la medicación y los líquidos necesarios —explicó. Luego le puso unas suaves mantitas de bebé sobre el pecho, le auscultó la barriga y confirmó el latido del niño antes de levantar la sábana para echar otro vistazo.

—¡Vale! Parece que vamos a tener que hacerlo ya.

—¿Hacer qué? —preguntó Marni casi gritando.

—Una vez que empiece, lo guiaremos para que salga. Bella, en la siguiente contracción, necesito que empujes.

—¿Que empuje? —preguntó Marni.

—¿Lo voy a tener ahora? ¿En una ambulancia? ¿A este bebé de cincuenta mil dólares? —preguntó Bella.

—Pues sí, lo siento —dijo el sanitario—. La limusina ya estaba reservada.

Capítulo 17

El técnico sanitario se llamaba Dan y era un hombre encantador. Henry era su séptimo bebé y él tenía el récord de su trabajo. Y todos sus bebés habían nacido bien y estaban muy sanos. Sus hermanos y hermanas del cuerpo de bomberos lo apodaban «Doc».

Había sacado a Henry, llorando y con tres kilos y medio, y se lo había puesto a Bella sobre el pecho. Mientras la ambulancia seguía avanzando, ella lo arrulló y besó su pringosa cabecita a la vez que lloraba y no dejaba de decirle que lo quería. Cuando llegaron al hospital, el equipo de Obstetricia de urgencias estaba esperando en la puerta con una incubadora y un montón de enfermeras y médicos.

Marni nunca se había alegrado tanto de ver a alguien. Ni ver a Julia Child la habría alegrado tanto. Se lanzaron hacia Bella y, con delicadeza, tomaron al bebé y se la llevaron en la camilla como en procesión en dirección a la zona de Maternidad. Invitaron a Marni a seguirlos. Luego pasó una hora de exámenes y chequeos, lámparas de calor y limpieza. Durante ese rato llegó Jason, que, después de darle un beso y un achuchón a Bella, vio cómo cambiaban el pañal a su hijo, le daban calor en la incubadora y, finalmente, volvían a ponerlo en los brazos de Bella.

El teléfono de Marni echaba humo. Jeff, Ellen y Nettie los habían seguido hasta el hospital y esperaban información sobre Bella y el bebé. Marni les escribió diciéndoles que todo estaba bien.

Cuando tuvo un momento, Bella le susurró:

—Vaya experiencia más salvaje.

—Podrías vender este parto en eBay. Miles de mujeres pujarían por una sola hora de parto y un alumbramiento rápido.

—Pues perdón por seguir temblando de terror —dijo Bella.

Pasaron horas hasta que se aseguraron de que todo estaba bien, dejaron que los amigos y familia vieran al bebé y a Bella, y todo se calmó. Marni, muy educadamente, esperó su turno para achuchar a Henry y establecer vínculo con él como era debido. El teléfono no dejaba de vibrarle, así que supuso que se había corrido la voz y la gente quería saber cómo estaban todos.

Bella, Jason y Henry compartieron una *suite* de maternidad. ¡Qué forma tan maravillosa de tener un bebé! Les sirvieron una cena deliciosa e incluso un poquito de champán. Hubo un riquísimo postre y una ducha calentita para Bella. Mientras los padres comían y se ponían cómodos, Marni acurrucaba al bebé. Y hablaba con él.

—No tienes ni idea del bebé tan deseado que eres, de cuánto amor y esfuerzo te han traído hasta nosotros. A tu mamá y a tu papá les ha costado mucho traerte al mundo, y me quedo corta si digo que vas a cambiar mi vida. Estoy deseando disfrutar de los años que tenemos por delante. Voy a quererte a cada segundo.

Eran las nueve de la noche cuando Marni se marchó a casa. Todos los que habían estado antes en su casa se habían ofrecido a llevarla, pero ella quería estar sola, así que optó por un Uber. Ellen le había llevado el bolso y el teléfono al hospital, así que no había tenido problemas.

Sentada en el asiento trasero, vio que tenía mensajes de Tom, que ahora era su agente inmobiliario, y de Sam. Como no quería escucharlos en el trayecto, esperó. Y, de hecho, una vez en casa, se puso el pijama, se sirvió una copa bien merecida de vino, y se la llevó a su dormitorio.

Vio que le habían limpiado la cocina y el salón, que habían quedado casi arrasados. Debían de haber sido Ellen, Nettie e incluso Jeff. Pero la tarta seguía en la encimera, como un monumento.

Primero escuchó el mensaje de Tom. Le había encontrado una casa que podía ser un refugio excelente si es que ella seguía con ese propósito en mente. Tenía dos plantas, cinco dormitorios, cuatro baños, una cocina grande, una despensa enorme, un salón gigantesco y un sótano reformado, y estaba ubicada sobre una parcela grande. Era una casa vieja y no le iría mal alguna reforma y redecoración, pero era lo bastante grande.

Luego escuchó el de Sam:

«Quería haberte dicho esto cuando hemos hablado. Mi primera opción no era dejarte un mensaje sin más, pero, como estás ocupada, con esto tendrá que bastar. En realidad, quería habértelo dicho antes, pero supongo que es mejor que al final no surgiera. Estamos bien, así que no te preocupes. Me he comprometido con mi departamento de la universidad para llevar a cabo una investigación y escribir algunos artículos sobre la creación de un laboratorio hidropónico en Argentina. Ya que voy a estar aquí unos meses, tiene sentido. Sophia se ha matriculado en la universidad de aquí y ha elegido unas cuantas clases mientras decide su futuro. Y yo, si investigo para el Departamento de Agricultura, con eso les compenso el tiempo que voy a estar fuera. Así que he alquilado un bungaló en la propiedad de mi cuñado y me han prestado una camioneta. Sophia quiere quedarse con su tía, pero yo ahora tendré un lugar donde escribir que no esté abarrotado de familiares y un montón de niños pequeños. Y, aunque no me hace gracia pasarme meses lejos de ti, al menos voy a tener intimidad y nadie escuchará nuestras conversaciones. Porque...».

Marni se preguntó si se habría cortado la conexión o la línea. Incluso se dirigió a él, a pesar de ser un mensaje de voz.

—¿Sam?

El mensaje continuó:

«La idea de estar meses lejos de ti es terrible. No lo soporto. Pero voy a hacer lo que pueda por apoyar a Sophia. En solo unos días ya se la ve distinta. No solo porque está lejos de Reno, sino porque sus tías y sus tíos están mimándola mucho. Su familia está encantada de tenerla en casa. A veces olvido que es el lugar donde nació. Ella es este lugar. Puede que sea donde tiene que estar. Pero eso tendrá que decidirlo ella. Así que me quedaré aquí un tiempo. Te llamaré siempre que pueda y contaré los días hasta que pueda verte».

De nuevo, hubo un silencio. Y después añadió:

«Quiero que sepas que te quiero. Y la distancia no puede cambiarlo».

A Marni la invadió una sensación de calidez. Sonrió y el corazón le dio un vuelco. En Argentina era muy tarde. Para ella solo eran las diez, pero allí eran las dos de la madrugada.

Encontró el número de Sam en la lista de llamadas recientes y marcó. Se sintió solo un poquito culpable mientras sonaba un tono, y otro, y otro. Al final él respondió.

—¿Marni?

—Mi nieto ha nacido esta noche —dijo ella con voz suave—. Es precioso. Perfecto. Lo he tenido en brazos una hora y sé que ya me quiere.

Oyó una risa profunda.

—Cuéntamelo todo.

—Allí es muy tarde. Lo entiendo si quieres...

—Todo —repitió Sam.

Y ella se lo contó. Era casi la medianoche de ella cuando colgaron, a regañadientes. Las últimas palabras de Sam fueron:

—Los dos tenemos asuntos familiares importantes de los que ocuparnos, pero luego nos ocuparemos de nuestros asuntos personales.

—Sí. Yo también te quiero.

Por la mañana Marni se despertó sintiéndose la mujer más afortunada del mundo. Y tenía una tarta de diseño de cuatro pisos de la que ocuparse.

Sacó unas fotos y luego se dirigió al Parque de Bomberos de Breckenridge. Era un regalo de agradecimiento perfecto.

Cuando Ellen llegó a casa del hospital, vio que los remolques y la autocaravana estaban aparcados en los caminos de entrada y en la calle y que la casa de Mark estaba a oscuras. Quería contárselo todo sobre la noche tan emocionante que había tenido, pero sabía que estaría cansado por el viaje y la dura jornada, así que, muy a su pesar, se metió en su casa.

Y ahí, en su sofá, estaba Mark. Profundamente dormido y roncando.

Ellen se arrodilló a su lado y, con delicadeza, deslizó unos dedos sobre su frente. Él abrió los ojos y parpadeó un par de veces.

—¿Está bien Marni?

—Bella ha tenido al bebé. Ha venido con prisas y ha nacido en una ambulancia. El Cuerpo de Bomberos de Breckenridge ha hecho los honores.

Él soltó una risita y se incorporó.

—Ha debido de ser todo un espectáculo. ¿Están bien la madre y el bebé?

—Parece que están perfectos. Y la abuela se recuperará. ¿Lo has descargado todo?

—No todo, pero mañana termino. ¿Qué planes tienes?

—Puede que no trabaje la jornada entera, pero voy a tener que ver qué necesita Marni. Creo que ahora mismo su mundo está patas arriba y mi trabajo siempre ha sido intentar ponerlo en su sitio.

Ellen sonrió y añadió:

—La verdad, eso es lo que más me gusta de mi trabajo. No, lo que más me gusta es que me necesite.

—Eres una buena amiga —dijo él levantándose del sofá—. Qué final tan feliz. Y qué casualidad que encima hayan ayudado los bomberos, ¿no?

—Sí —dijo ella antes de darle un besito—. Y tu primer intento con la cocina de emergencia ha tenido mucho éxito.

—Gracias a ti.

—Gracias a todos tus amigos.

—Debes de estar agotada —dijo Mark dándole un abrazo.

—Estoy cansadísima.

—¿Te alegras de estar en casa?

—Sí —dijo Ellen—. He de admitir que lo pasé bien en la autocaravana y me encantó el trabajo que hicimos, pero me gusta mi cama.

—Claro —dijo Mark. Luego le dio una palmadita en el trasero y empezó a ir hacia la puerta.

—¿Adónde vas?

—He pensado que debería dejarte tranquila. Para que puedas descansar.

—¡Ni se te ocurra! —contestó ella con rotundidad—. Vaya, perdona. Por supuesto, si quieres dormir solo... Tienes que estar muy cansado. Yo también estoy cansada, pero es que...

Él sonrió y se le acercó.

—¿Quieres compañía, Ellen?

—Creo que me he acostumbrado a compartir mi espacio —dijo, y se le encendieron las mejillas—. En menos de una semana, parece que me he acostumbrado.

—Por mí genial. Yo también.

Para Marni, el nacimiento de Henry fue un poco como retroceder en el tiempo. En lo que respectaba al programa, parecía como si hubieran vuelto a sus orígenes. Le recordaba al periodo previo a que Sophia empezara a trabajar para ella. A Ellen y a Marni les costaba estar al día con la agenda y empezaron a hacer grabaciones para adelantar. Ahora además, por deseo de Ellen, tenían que intentar ajustarse a una nueva planificación, una que le permitiera colaborar con la cocina de emergencia de Mark.

Al mismo tiempo, ahora su vida tenía un toque mágico. Pasaba una hora o dos con Henry a diario, o más cuando Bella tenía algo que hacer como ir a la peluquería o al supermercado. El tiempo se detenía cuando Henry estaba con ella. Lo sostenía contra su cuerpo y le leía. A veces le leía recetas, pero a él no parecía importarle. Y su sonrisa no solo le parecía graciosísima; se había convencido de que sonreía para ella.

Mientras Marni creaba un vínculo estrecho con Henry, Bella alcanzaba su plenitud. Estaba preciosa con la maternidad. Para Marni lo mejor fue ver a su hija enamorarse de Jason otra vez. Sin duda, el reto de quedarse embarazada y el estrés de la *in vitro* les habían pasado factura. Pero ahora que el bebé estaba ahí y Bella y Jason podían tomarse algo de tiempo libre, la vida de su pequeña familia tenía una energía renovada.

Ella esperaba que esa energía les durara mucho. Sabía que los matrimonios y las relaciones en general eran cíclicas y tenían sus altibajos, pero no perdía la esperanza.

Estaba muy ocupada. Siguió adelante con sus planes de fundar una casa refugio para mujeres maltratadas y sus hijos. En ese empeño se hizo muy amiga de Tom, el agente inmobiliario y *drag* ocasional. Su nueva fundación estaba ganando reconocimiento en la zona y Tom estaba buscando otra casa para sumarse a la causa. Resultó una asociación muy insólita pero muy grata. Tom, muy amablemente, donó sus honorarios a la fundación para que pudiera crecer. Y ella empezó a imaginar que, cuando dejara de trabajar en la cocina, sería la directora de una fundación que ayudaba a mantener a salvo a mujeres de todas las edades.

Otra persona que estaba emergiendo como más que una parte de su pasado era Jeff, que también estaba enamorado de Henry. Bella había tardado mucho tiempo en perdonarlo y reconectar con él, pero al final lo había hecho. Y a Marni le produjo un gran placer ver que Jeff, en efecto, era un buen abuelo. Su negocio, ahora sin Gretchen de por medio, tenía buena solidez y él estaba muy presente en la vida del pequeño Henry. Decía que estaba deseando ir a los partidos de fútbol y a las jornadas de puertas abiertas en el colegio.

También se sentía recompensada por el brillo en la mirada de Ellen. Ellen y Mark estaban enamorados y tremendamente implicados en su proyecto especial. Como ya estaban a finales de año, no había habido muchos fuegos y ella no había tenido que irse del trabajo para ayudar en el servicio de comidas de emergencia de Mark, lo que le daba tiempo para disfrutar de su nueva relación, que iba acompañada de una nueva familia.

Angelo no había dado más problemas ni generado más estrés y, según Sam, había dejado de intentar contactar con Sophia, pero el agente de policía que seguía el caso los había informado de que había vuelto a meterse en líos y estaba en la cárcel. Sam sabía muy bien cómo acceder a los registros públicos para seguir los movimientos de ese joven, pero parecía que Angelo ya no estaba obsesionado con Sophia.

Las coloridas hojas del otoño cayeron y Marni cocinó una espectacular cena de Acción de Gracias para su gente; la mesa estaba llena y feliz. Henry era un bebé feliz que, por norma, siempre estaba en brazos de alguien. Se lo pasaban de unos a otros, le hacían carantoñas, lo achuchaban y le canturreaban.

Su vida no podía haber sido más rica o satisfactoria. Si Bella no le llevaba a Henry, entonces ella iba a casa de Bella. Aunque, claro, faltaba algo: Sam. Hablaban y se mensajeaban por el móvil y por correo electrónico constantemente, pero ella estaba deseando que volviera, y contaba los días. Y él le había prometido que volvería en cuanto terminara su proyecto de investigación y estuviera seguro de que Sophia estaba acomodada del todo. Ella era muy feliz en Argentina con su otra familia.

Fue un soleado día, tres días antes de Navidad, cuando su vida volvió a cambiar. Estaba sentada en el suelo del salón con el pequeño Henry tumbado a su lado sobre una colcha cuando Ellen abrió la puerta. Marni dio por hecho que sería algún envío, que eran constantes. Pero, al levantar la mirada, vio el envío más maravilloso que podía tener.

Ahí estaba Sam, tan guapo con esa bonita sonrisa.

—Qué imagen tan preciosa —dijo él agachándose y apoyándose sobre el talón de la bota—. Feliz Navidad, abuela.

—Soy «Mimi», no «abuela», ¡que no se te olvide!—dijo Marni riéndose—. ¿Qué haces aquí?

—Ha sido idea de Sophia. Está felicísima viviendo con sus tíos. Están planificando una Navidad muy ruidosa y calórica. Se le ocurrió que te sorprendiera con una visita, y no hizo falta que me lo dijera dos veces.

Sam alargó un dedo para acariciar con delicadeza el suave pelo de Henry.

—Así que este es el nuevo muchachito. Es muy guapo.

Henry miró a Sam y esbozó una sonrisa tan grande como el sol.

—¿Cuánto te vas a quedar? —preguntó Marni.

—Voy a volver dos semanas dentro de un mes más o menos para traer mis cosas. Aún tengo que embalar unas cosas y luego ya solo volveré de visita y por poco tiempo. Sophia tiene pensado terminar el máster en Buenos Aires y luego ya decidirá dónde se instala.

—¿Te quedas? —preguntó Marni con tono suave. Él asintió.

—Empezamos algo, tú y yo. Y me muero de ganas de ver cómo sale.

Ella estiró una mano para acariciarle la mejilla. Él se agachó para besarla. Fue un beso largo, intenso y dulce.

—Creo que saldrá muy bien —respondió Marni.